www.miluzw.com

晚安，我的美梦小姐

陆宝 著

江苏凤凰文艺出版社
JIANGSU PHOENIX LITERATURE AND ART PUBLISHING, LTD

图书在版编目（CIP）数据

晚安，我的美梦小姐 / 陆宝著. -- 南京 : 江苏凤凰文艺出版社，2018.9

ISBN 978-7-5594-2603-1

Ⅰ. ①晚… Ⅱ. ①我… Ⅲ. ①长篇小说－中国－当代 Ⅳ. ① I247.5

中国版本图书馆 CIP 数据核字（2018）第 172690 号

书　　名	晚安，我的美梦小姐
作　　者	陆　宝
责任编辑	李　黎　李珊珊
责任监制	刘　巍　江伟明
出版发行	江苏凤凰文艺出版社
出版社地址	南京市中央路 165 号，邮编：210009
出版社网址	http://www.jswenyi.com
印　　刷	湖南凌宇纸品有限公司
开　　本	880 mm×1230 mm　1/32
印　　张	9.5
字　　数	160 千字
版　　次	2018 年 9 月第 1 版，2018 年 9 月第 1 次印刷
标准书号	ISBN 978-7-5594-2603-1
定　　价	36.00 元

影视版权抢订热线：18395960619

CONTENTS

目录

Good night

CONTENTS

目录

Good night

第一章

我要红了吗

（一）

“上班睡觉，下班尿尿，洗手间里还差点睡着！你马上就给我收拾东西走人！”

凶巴巴的主管，挤着她那张打满玻尿酸的脸，在洗手间训斥贾静静。

“对……对不起，主管，我不是故意的，我实在很困……”贾静静可怜兮兮地把手背在身后，低着头，像个犯了错的小学生一样无助。

“我不听，你的理由实在荒唐可笑，马上滚！公司不欢迎你这样毫无上进心的员工！”

贾静静辩无可辩，扁了扁嘴，慢慢地移出卫生间。

这是贾静静第九次被公司直接开除了，理由都是同一个：上班睡觉。其实她也十分委屈，她是一个重度嗜睡症患者，一天得睡十八个小时，否则提不起兴致做任何事。从中文系毕业一年以来，别说策划、文案、编辑这样的活儿，就算只是个接收快递、端茶倒水的前台，贾静静都无法胜任。

最困的时候，她用透明胶带粘住上眼皮，但强大的困意不但征服了她的意志，竟然还冲破了胶带的粘力，她一头栽下去，不省人事。

今日刚好是三八女神节，微冷的空气里，处处漂浮着商家金钱堆满的铜臭味和情侣们恋爱的酸腐味，贾静静抱着一个塞满办公用品的大纸箱，走在马路上，觉得自己浑身散发着单身与贫困的清香。

她一路走到崔亦昕的公寓，一出电梯门，就看到七八个形形色色的人围在崔亦昕家门口，贾静静的心沉了一沉。

不会这么倒霉吧？刚丢了工作，连朋友也死了吗？

贾静静丢下纸箱，一把扒开人群，拼命敲门道："崔亦昕，崔亦昕！你说话！"

无人应答。

"不行，我得报警！"贾静静掏出手机，110三个数字还没按完，就听到身旁有一个男人弱弱的声音："你朋友……出事了吗？"

"难道……没有吗？"贾静静呆若木鸡地望向那七八个人。

七八个人的神色，则呆若一群木鸡。

"我刚刚还听到她在里面喊打喊杀啊。"男人说。

"那你们围在这里干什么？"听到自己的朋友没死，贾静静松了口气。

"她老是不分昼夜，鬼哭狼嚎，严重影响我们的日常生活！去物业投诉不管用，我们必须要亲自找她聊聊啊！"回话的女人，黑眼圈重得像是被雨冲刷过的烟熏妆。

"这样啊。"贾静静点了点头。

门锁发出一声清脆的声响，贾静静还没来得及反应，就被一股力量拉进了门内，然后，门又"砰"一声关上，宣告屋外那群人控诉无效。

“咚咚咚……”

“叮咚叮咚……”

邻居们反应过来之后，砸门的砸门，狂按门铃的按门铃。崔亦昕却笑嘻嘻地站在屋内，塞给贾静静一条巧克力，顺手拉掉了门铃的线。

“亲爱的，女神节快乐。”崔亦昕拉着贾静静的手，进入房间。

“你这样……不好吧？”贾静静咬了一口巧克力，一语双关道。

眼前的崔亦昕穿着深灰色的 v 领毛衣，光着腿，盘坐在电脑前，电脑旁还架着一支手机，屏幕停留在上一局游戏结束惨败的状态。贾静静知道，此刻最起码有一万人在线观看穿成这样的崔亦昕跟自己闲聊。

“有什么不好呢？我看不好的是你吧，又失业了？”崔亦昕嗤嗤笑着，涂满鲜艳颜色的指甲指向自己。

贾静静十二万分佩服自己的这位朋友，平时说话一点儿毛病没有，一到镜头前，不知怎么的，嗓音就捏得极细，身为一名电竞主播，她游戏打得稀巴烂，但屏幕上就有一堆迷弟排队给她刷礼物。

“谢谢西门大官人的玛莎拉蒂，么么哒。”

“你们想看看我失业的闺蜜吗？也是美女一枚哦，谁送游艇我就给你们饱个眼福。”

“哇，宝贝好贴心哦。”

崔亦昕突然将镜头转向贾静静的方向，贾静静木雕泥塑的模样就这么猝不及防出现在镜头里，贾静静迅速跑开。

“你很过分唉！”贾静静生气地说。

“哈哈哈，我的闺蜜可爱吧，但是她生气啦，我现在要去安慰她了，明天咱们再见吧。”崔亦昕造作地捂嘴娇笑了好几声，才关掉了电脑和手机。

世界彻底安静了。

“说吧，第几次被辞退了？”崔亦昕抱臂，悠哉悠哉地看着贾静静。

“我……我想问你借点钱。”贾静静憋红了脸，还是说出了口。

"嗯？第几次找我借钱了？"崔亦昕抬了抬眉。

"因为只有你会借给我啊，我没钱吃饭，也没钱交房租了。"贾静静声音越来越小。

"哎……"崔亦昕拿起手机转账给她。

"谢谢。"贾静静一把抱住崔亦昕，"我……我找到工作，立刻还给你！"

"得了吧，找到工作还是要被辞退。你不如把房子退了吧，住我这儿，只要你不怕吵……其实你也不会怕吵，毕竟搁哪儿，哪儿睡着。"崔亦昕嘴皮子很溜，一连串话，含枪夹棍，贾静静毫无还口之力。

"也……好，就怕，就怕影响你工作。"贾静静瞄了电脑一眼。

"哈哈，你倒影响不了我，还能陪我解闷儿，我最近心情抑郁得很，可能是我上升太快了，挡了别人的道，总有人黑我，还举报我，说我低俗。我怎么就低俗了，允许他们讲段子，就不允许我打游戏的时候，和男粉说笑两句？不讨好这些粉丝，我吃什么喝什么！"崔亦昕劈里啪啦，跟放鞭炮似的，发了一通牢骚。

贾静静不知道该怎么安慰她，毕竟比起她，自己可怜多了。

"算了，你等我十分钟，我炒个蛋炒饭，一会儿吃。"

贾静静听话地坐到床边，想掏出手机玩会儿游戏，熟悉的困意来袭，不一会儿，贾静静便一头栽倒在崔亦昕的床上。

崔亦昕炒完饭，回头叫了几声贾静静的名字都没人应，跑房间一看，她果然已经入睡。

"哎，我怎么会认识你这种大奇葩。"崔亦昕帮她脱了鞋，脱了外套，又替她盖上被子，反复哀叹了好几声。

（二）

有人熟睡，也有人工作。

无尽的夜色，包裹着整座忙碌的城市。EMT 酒店集团总部大楼，灯火通明，它的耀眼，无遮无挡，仿佛在向这座城市炫耀，它的主人，即便在黑夜，也能发出最耀眼的光。

十六楼，会议室。

圆形的会议桌边，坐着十几名着正装、姿态端正的青年人，他们或对着电脑快速敲字，或严肃望着坐于首位的年轻男人。

男人不过三十岁模样，细长且精致的眉眼，清俊又立体的五官，一身剪裁合体的黑色西装，坐得笔直的腰板和熨烫得没有一丝痕迹的蓝色领带，都让他整个人显得更加精明能干。这便是整个 EMT 的领导者，方启昀。

“大家都说完了，那我就补充几句。”方启昀薄唇微启。

手下的高管们纷纷开始记录。

“美嘉半岛的新酒店开张，我会亲自过去剪彩，并在那里住一夜。美嘉半岛是国内刚刚兴起的热门景点，旅游设施还没有完全配套，我们已经拔得头筹，接下来要做的便是完善酒店的服务质量、餐饮质量等，此外，酒店海景房前的那一块地，必须尽快落实到位。我们的酒店是针对高端人群的，他们对景致的要求非常高。”方启昀说。

“是。”负责人应道。

“方总，关于新酒店，HR 那边想招一个试睡员过去，让试睡员代替客户抢先体验酒店环境、质量与服务。HR 想要从投诉我们酒店的客人名单里找。”一名青年人说。

“HR 的想法很正确，如果我们的酒店能让最挑剔的客人都无话可说，那才是真的成功。”方启昀道。

“大家如果没有异议，今天的会议到此结束，散会。”方启昀起身，率先离开会议室，大家这才松了口气。

“方总，刚刚布偶直播的陆总给您来过电话，想邀您一叙。”助理刘堂风跟上来汇报。

方启昀松了松领带，想到只要有陆离在，就一定会有一群莺莺燕燕，不禁皱皱眉。

（三）

司机将方启昀送往离市区十万八千里远的一处山庄。

方启昀双脚刚落地的那一刻，便狐疑地望了望四周，“这是你家？”

站在门外迎接的陆离，一身休闲打扮，热情似火：“刚买的新居，怎么样？是不是像世外桃源？”

方启昀再望了眼四周的荒芜，答道：“世外确实是，至于桃源嘛，真是一丁点儿没看出来。”

“还是那么不捧场，熟悉的口气，熟悉的配方。”陆离笑得极夸张，拍了拍方启昀的肩，二人一同入内，助理跟在后面，司机则坐在车内等候。

这处山庄，虽然外观看上去很像一家农家乐，但内部视觉效果焕然一新。

茂密葱茏的竹子错落有致地排列在鹅卵石道路两侧，路的尽头是一幢白墙红瓦的别墅，别墅旁是一个宽大的泳池。眼前的场景，似乎又回到了大学时代，绿草如茵，泳池、派对、香槟、美女。

“原来是中西合璧。”方启昀弯了下唇角。

“别把我想得那么俗。”陆离笑。

“还不俗吗？”方启昀微微抬了抬下巴，指向泳池边那一群不惧严寒、穿着比基尼嬉笑打闹的美女们。

“质量已经很高啦，这么多年了，眼光还是那么刁，小心孤独终老。”陆离拱了拱他，随后加入了美女们打闹的队伍。

方启昀有些后悔应陆离的邀请，他两根手指，随手夹了一杯鸡尾酒，喝了一口，便躺倒进沙滩椅里闭眼休息。

然而，陆离并没有让方启昀惬意多久，带了两名美女就将他闹起来。

“平台刚签下的主播，宋姗姗，齐宝儿，来，跟方总打个招呼。”陆离左拥右抱，对着方启昀，相互介绍。

“方总好，我是姗姗，一直听闻方总的大名，人帅多金，还特能干，今儿终于见到了。”

“就是，多亏了陆总，要么我们只能在新闻里看方总呢，方总不跟我们一起玩游戏吗？”

方启昀抬头瞄了两眼，锥子脸，大欧双，身材有料，声音甜，说话两面不得罪，典型的从男人堆里爬出来的网红。

还没等方启昀拒绝，陆离便先开口：“方总只喜欢玩资本，不喜欢玩游戏。”

方启昀深谙陆离的套路：“你到底打的什么算盘？不会只想让我参观你的山庄吧？”

陆离：“看见没，看见没，姑娘们，玩资本的人就是这么直接。”

方启昀不动声色凝视着他，给了陆离很大压力。

陆离讪笑：“你们在美嘉半岛的项目不是要开业了吗？把这俩姑娘也放过去呗，让她们给你直播，先赚一波人气。”

方启昀面无表情地回道：“美嘉的项目属于精品高端系列，网上看直播的大多数都是闲人，不是我们的客户目标群体。”

陆离尴尬地摸摸后脑勺：“真是很难忽悠到你，人时时刻刻脑子这么清楚，活得累不累啊。是这样啊，听说开业典礼那天，吴天王会过去，这俩姑娘如果能蹭上跟吴天王……”

“不行，我们跟吴烨工作室签了协议，得保护他的人身安全和个人隐私。”方启昀直接回绝。

“知道你很难做，我的意思是，你只需要放她俩进去，姑娘们自己会努力的，听说吴烨这人好色得很，就喜欢年轻小姑娘，保管能放倒他，到时候新闻出来了，是他自己行为不检点，怪不到你酒店。”陆离如意算盘打得很精明。

方启昀唇角弯了弯，径直向山庄大门方向走，只留下一句话：“那就让你的姑娘们放倒保安再说。”

陆离不禁扯着嗓子身后骂他：“你这人就不能仗义一次吗？非这么铁面无私吗！”

合作谈不成，还害得自己在姑娘面前颜面扫地，陆离气得一口血差些从喉咙里喷出来。

（四）

崔亦昕看了眼手机上的时间，贾静静已经睡了整十三个小时，依然没有要醒的意思。

百无聊赖之下，崔亦昕打开直播平台，刚登录，就收到一条来自内部的信息，平台警告她不要再直播低俗内容，否则封杀她的账号。

“又是谁投诉我？”崔亦昕摔了鼠标。

身后床上的贾静静翻了个身，发出一声梦呓。

“哎，失业了也不知道愁，睡得可真香。”崔亦昕看着她白净的侧脸，脑中忽然闪现昨日男粉丝的话。

——皮肤好白！眼睛太大了吧！好像漫画中走出的美少女！

“哈哈……”崔亦昕笑出了声。

怎么之前没想过，宅男们除了喜欢火辣的身材外，还喜欢这种无害的萝莉样貌。直播不了自己撒娇，可以直播贾静静睡觉嘛。

崔亦昕说干就干，将电脑与手机的镜头全部对准贾静静，然后打开直播。

一个，两个……十个，百个，一千……

崔亦昕心中没底，因为业内没有先例，她还想着自己要不要说几句撩拨的话，挑起气氛，但事实的走向远超乎她的想象。短短两小时，她的直播房间已经达到两万人同时在线观看，并且观众的数量还在不断增加。

忽然，有一名ID名为“上山打老虎”的网友，一下子发了三个一千红包。

“喂喂，醒醒，遇到土豪了！”崔亦昕出现在镜头中，兴奋地不断拍打贾静静的脸。

“唔……”贾静静踢开被子，换了个姿势，继续沉睡。

她这个不经意的小动作，点燃了整个房间的氛围，宅男们纷纷刷屏刷礼物，夸赞贾静静好可爱，“上山打老虎”更是接连发了二十个一千红包才离开。

除了电视剧中演尸体的，崔亦昕这是第一次知道，原来真的有人可以躺着不动，就把钱挣了。

见钱眼开的崔亦昕在镜头内镜头外上蹿下跳，像发现了新大陆一般亢奋。无聊的观众们，不知出于怎样的心理，一直守着看贾静静睡觉，不舍离去，她偶然说出的一句梦话，一声磨牙，都能令他们激动良久。

这场没有任何实质内容的直播持续了三小时之久，崔亦昕关掉直播之后，便在后台数钱，除去给平台的，自己净赚三万五！

另一边，贾静静睡觉的视频已经在网络上流传开来，大家纷纷称呼她为“睡仙儿”，媒体对此也深感兴趣，加班加点赶新闻，深剖这场睡觉直播为什么能够走红，分析观众心理。新型酒店平台PickinG，第一个嗅出了风向标后的商机。

“现在的人真无聊，看别人睡觉都能看几个小时！”

“就是无聊啊，浪费时间，钱多了烧得慌！”

……

PickinG 平台的小姑娘们纷纷自诩新时代独立女性，对这样直播自己睡觉，还有在直播平台看别人睡觉的人，都嗤之以鼻。

然而，她们的老板并不这么看。

“这姑娘长得清新脱俗，睡容也很可爱。”PickinG 创始人将视频画面定格。

“不是吧老板，你喜欢这样的？”小姑娘惊得差些掉了下巴。

“不可以么？”创始人笑笑，推了推鼻梁上的眼镜，厚厚的镜片背后是一双拥有着毒辣眼光的眼睛。

“啊？”小姑娘更惊讶了。

“我们平台处于创始阶段，拼资本，无法拼得过那些大公司，但我们可以借助互联网的影响力来积累资本。互联网直播的热度来得快，散得也快，及时抓住热度，就是最有效、传播速度最快的宣传，比百条硬广都有效。”创始人耐心地解释道。

“好像是这样……老板你好厉害！”小姑娘一脸崇拜的模样。

“好了，去联系吧。”创始人淡笑。

（五）

贾静静醒来时，发现整个世界都变了。

崔亦昕数钱数得合不拢嘴，贾静静也接了个电话，对方说自己是 PickinG 平台员工，邀请她当什么试睡员。

“骗子！”贾静静立刻把电话挂了。

失业已经够可怜了，这些骗子还来骗自己，真是可恶。

“静静，我们出去吃大餐吧，海鲜自助、日式料理、西餐，你想吃什么？”崔亦昕一副暴发户嘴脸。

“你……这些钱是从哪里来的？”

“这些钱？从银行提的啊。”崔亦昕接着将自己直播她睡觉，成功将她变身网红的事情跟贾静静说了一遍。

“你先别生气，咱们有话好好说。”崔亦昕说完后，自觉后退两步，她怕贾静静冲上来打她。

贾静静愣在那里，崔亦昕认为这是暴风雨前的宁静，于是又站得远了一些。

“其实吧，你这榆木脑子必须开开窍，我暴露你隐私是不对，但是咱们有钱了是不是？为了钱……”崔亦昕的话还没说完，贾静静居然露出一脸傻笑，且打断了自己的话。

“那就是说，PickinG 打电话招我当试睡员的事情是真的？不是骗子？太好了！我有工作了！”贾静静欢喜莫名。

这下轮到崔亦昕傻了，如果可以，她真想把贾静静的脑子劈开研究研究，怎么脑回路和别人那么不一样。敢情人家根本不在乎隐私外不外露，她在乎的是自己有了新工作！

贾静静立刻回拨了刚刚被自己挂掉的那个号码：“您……您好，我愿意去做你们的试睡员！”

她的脸色，由紧张不安，到掩饰不住的窃喜。

挂掉电话，贾静静立马扑到崔亦昕身上，像树袋熊抱树干那样抱着她：“我就要有新工作了！试睡员耶！可以免费住漂亮的民宿，还有工资，真是太棒了！”虽然自己并不知道专业的试睡员除了睡觉还需要做什么，但是根据自己的感受写总没有问题的吧！

崔亦昕被她抱得快窒息，忙挣脱开。

“PickinG 约我明天上午十点直接去民宿。”贾静静说话的语势都上扬了。

“你还真是傻人有傻福。”

事到如今，崔亦昕不得不承认，她这个闺蜜，确实天赋异禀，命中注定有些不同于常人的狗屎运。

（六）

次日上午十点，贾静静准时抵达位于秀丽街的民宿。

简单典雅的小院，随处可见修剪精致的花草，跨入院子的那一瞬间，日子仿佛都慢了下来。

PickinG 平台创始人看上去很年轻，他先与店主问好，然后走向贾静静，近距离打量了她几眼，颇为赞赏地点了点头。

“贾小姐，这是合同，你签一下就行。”他将合同递给她。

贾静静打开合同的时候，创始人挑重点道：“我们给你注册了平台账号，你直接用就行，分享测评时，多发图片，图片永远比文字具备更直观的吸引力。毕竟你也是第一次，不用太紧张，感受到什么写什么就行。”

“明白。”贾静静郑重地点头。

编辑几段文字与图片，中文系毕业的贾静静当然不在话下。

“我是说……你可以多放几张自拍。”创始人意味深长地补充道。

“啊？好……”虽然觉得奇怪，但还是应下了。

当天，贾静静四处走走，拍了一些照片后便困意袭来。第二天早上，她坐在电脑前，将拍摄的民宿照片与自拍整理成长图，配上文字，上传至网站。

她的摄影水平一般，但是文字功底十分了得，不仅对房间内部设施做了全面且精炼的测评，还添加了一些自己选择民宿会比较在意的点，比如周边是否有自然景观、游乐场所，是否有噪音等等，图文浑然一体，文章妙笔生花，好似天生对这块有天赋，贾静静只用了一个小时就完成了这篇测评。

只一天，在 PickinG 的主页推荐下，越来越多的人点进贾静静的这篇测评，并给她留言，在她的影响力下，这家民宿在接下来的一周内，入住率天天爆满。为此，贾静静拿到了一笔数目不小的奖金。

“呐，钱还你。”贾静静利落地数出十张一百，还给崔亦昕。

崔亦昕将钱丢到一边，歪着脑袋打量贾静静，她的眼底眉梢藏着狡黠，似乎在计划着什么。她也看了贾静静写的那篇测评文，确实跟现在大部分的文不一样，虽然没有完整的结构，有些项目也没写进去，但是耐不住她笔下生辉，整个文章生动自然又接地气，尤其配上她清新脱俗的样貌，实在是招人喜欢。

“你要不要自己开个微信公众号或者微博？”崔亦昕提出了自己的想法。

“啊？为什么？”贾静静一愣。

“傻瓜，你看你这一篇试睡测评文给那个民宿带去多少顾客？现在 PickinG 虽然发展的不错，但是万一有天倒了，你在 PickinG 上吸引到的粉丝，也就是流量，不就全没了？但是！你如果自己有公众号有微博，就能够留住他们，也让更多人想找你的时候能找到。”崔亦昕越说越兴奋，“等到你粉丝多了，你不仅可以继续做试睡员，还可以做别的，就算卖东西，做广告，也养得活你自己的！”

“我……可以吗？”贾静静迟疑道。

多年以来，嗜睡的困扰令她变得非常不自信。

“你漂亮，性格温软，现在又 GET 了新技能，怎么不行！话说我以前还没发现，你在吹牛方面这么强！”崔亦昕笑嘻嘻地捏了捏贾静静的脸。

“我才没吹牛呢，你又不是不知道，我的体质是能感觉出床的舒适度的，另外，那家民宿是真的真的非常好！”她皱皱鼻子，像一只气鼓鼓的小兔子。

崔亦昕噗嗤一声，“好好好，知道你不会骗人。那就说明你文笔好，好了吧？所以你要不要听听我的建议？反正也不会亏了什么。”

贾静静垂眸思考了一阵，觉得自家闺蜜说的没错，平时如果出去旅游或者办事总要住酒店的，顺便做一下试睡测评倒是可以。自己有时候也会写一写随笔，PO 出去也无伤大雅，反而也许会有更好的效果。

说干就干，她“噔噔噔”跑去拿出笔记本电脑，盘腿坐在床上，开始了“自媒体的康庄大道”。只是，劳累了一上午，熟悉的困意比以往来得更加猛烈。

崔亦昕只是去客厅倒了杯水，回来后就发现她倒在床上，憨甜入睡。

贾静静睡着的模样，十分静谧祥和，很像婴儿在母体内的形态，蜷缩着身子，对世界毫无防备。她似乎并不知道，她这个时候能带给别人一种轻松舒适的特殊磁场，似乎只要在她身边，就能与她一般，瞬间入眠，高枕无忧。

崔亦昕唇角弯了弯，拉上了窗帘，也躺在了贾静静身边。

“叮叮——”

崔亦昕的手机响了好几声，她调成了静音后便不再管它，徒留一串未接听的，陌生而孤寂的号码。

（七）

EMT 人事部。

主管陶然坐在电脑前，翻着 PickinG 首页，点击量极高的一篇民宿测评。他滑动鼠标的手最终停顿在作者的一张自拍上。

他先是皱眉头，随后像是想到了什么，忽然一笑。

陶然的助理敲门进来，将手中的资料递给他道：“这一年里，投诉我们酒店最多的客户都在这里了。”

“我心中有人选了。”陶然说道。

“您不看……就有人选了？”助理一脸吃惊。

“这位就可以。”陶然将电脑转过去，正对助理。

“这个……不是那个睡仙儿吗？让她来？”助理感到迷惑。

“这姑娘，是个好苗子，我们集团确实有这样的职位需求，她的业务能力和所能带来的互联网效应，远远比刁钻客户强。”陶然微微一笑。

“她出现在PickinG首页，会不会已经被……”助理提出疑虑。

“PickinG还没有完成A轮融资，哪有闲钱供着她？但我们可以。”陶然自信地说道。

“是，我明白怎么做了。”助理点头，收拾起文件，刚准备退出办公室。

“等等……”陶然喊道。

“还有两位，一起联系了。”陶然从抽屉中拿出两份文件，递给助理。

助理大略扫了几眼文件，这两名姑娘，一名曾是上市旅游公司顾问，一名是爱马仕旗舰店导购员，两人的简历都不错。她偷瞄了自己上司一眼，三十出头便坐上这个位置，果然不容小觑，居然可以在这么短的时间内，挖到这样出色的人。相比之下，贾静静就逊色了不止一点半点，但她不会傻到去怀疑上司的眼光。

心思略一转，助理回得愈加恭敬了，“是。”

（八）

崔亦昕近日开直播时，对这名叫“上山打老虎”的网友格外关注。甚至到了如果他不在直播间内，她就感觉怅然若失的地步。毕竟，人傻钱多的人遍地是，但人傻钱特别多的人却不容易找。

“《离镜》出了一个新英雄，璃末比较全能，今天我们玩儿这个。”

崔亦昕笑靥如花，将摄像头调整到最佳角度，并打开高清美颜功能。

崔亦昕邀请了平台另一名男主播，与她双排。

——昕哥怎么老跟他一起玩儿啊，我吃醋了。

——昕昕跟我一起玩吧，带你飞。

面对粉丝强烈的占有欲，崔亦昕只是往镜头处抛出一记媚眼，夹杂着一丝嗔怪的意味。她在回看自己的直播记录时，曾留意到，自己每一次不经意间咬嘴唇和斜睨镜头时，总会收获大批礼物。所以之后的直播里，她会吸取经验，将眼线在眼尾拉长上挑，让眼睛看起来更加妩媚，并将唇妆化得更加丰盈，让人有亲吻的欲望。

崔亦昕玩得心不在焉，她手下的璃末已经送了五个人头，不禁有些焦躁。

这时，屏幕上出现“上山打老虎”的身影，他一出现，便是大手笔，崔亦昕仿佛被注入一杆兴奋剂，眼前蓦地一亮。

认认真真打完这把游戏，“上山打老虎”连刷了十艘游艇后，消失不见。

崔亦昕跟粉丝告别，在镜头前枯坐几秒后，主动加了“上山打老虎”的账号，等了许久，却没有回音。

“上山打老虎”这两天在线时间越来越少，大多数时候只是发一些红包就下线，普通粉丝都排着队等她翻牌子互动，他却似乎不屑一顾。这是她第一次主动加一名粉丝账号，他却没有回她。

莫名的，崔亦昕内心涌上一片很深的失落。

正在怔神之际，贾静静一声尖叫，犹如平地惊雷。

“怎么了这是？”崔亦昕拍了拍胸口，翻了一个巨大白眼。

贾静静冲进房间，抱住她说：“EMT给我打电话了，邀请我去培训！”

“EMT？培训试睡员吗？”崔亦昕一听，瞬间起了兴致。这家酒店集团声名赫赫，旗下有数不清的酒店，以前听说总部经常会派内部试睡员去旗下酒店测评，来保证每一家酒店的服务及设施都是最好状态的。

“对对，培训结束后，我就能作为他们公司的试睡员参与项目，然后签约，对了，培训期间也给百分之六十的薪水！”贾静静脸上一团喜气。

“你这歪打正着的，走向了一条小众高端路线嘛。”崔亦昕挑了挑眉道。

“等我赚到钱，请你吃日料，最贵的那一家！”贾静静说得豪情万丈，似乎攀上EMT，数钱数到手发软的日子就在眼前。

“我不会跟你客气的，毕竟，是我把你捧红的。”崔亦昕将手搭在她肩上，撩了撩她的头发，“只是……”崔亦昕话音一转道：“不会是骗子吧？”

“才不是！他们给我发了地址、联系人还有电话的！我查了，就是EMT总部大楼的地址！”贾静静气鼓鼓地反驳道。

她不会知道她有多美好，天真烂漫，气愤或欣喜，都在脸上，一览无余，这恰恰是崔亦昕早已丧失殆尽的东西。

崔亦昕拍了下贾静静的后脑勺，调笑道：“傻子。”

这时，崔亦昕的手机震动了一下，拿出一看，竟是直播app上跳出的消息，显示“上山打老虎”通过了她的好友验证。

“唉？”她之前的抑郁一扫而空。

崔亦昕点进他的资料，一片空白，她想给他留言说点什么，端着架子打了一句“谢谢支持”，却最终还是删了个一干二净。

“哦对了！还有一件好事！”贾静静拿出手机，翻了两下给崔亦昕，“喏！公众号和微博的粉丝蹭蹭蹭上涨，好开心！”

崔亦昕整理好心情接过手机，果然，就这么点时间，粉丝就能立马从PickinG平台导入到静静自己这里，空间非常大，但是如果一直不去管，不去运营，很难发展起来。

“你账号密码都给我，经常拍点自拍，写些随笔给我。或者有时候我定主题你来写，知道了吗？”崔亦昕轻轻捏了下贾静静的鼻子，让这傻丫头自己运营肯定是件难事，就交给自己吧，谁让是闺蜜呢。

“我要拿出工资的一部分去各个酒店和民宿做测评！”贾静静眼神里透着坚定。

第二章

起飞的时候遇见你

（一）

贾静静第一次进入 EMT 大楼时，仿佛刘姥姥进入大观园。

不再是破旧的写字楼内随意租了拥挤一间房的小公司，而是占据 CBD 黄金位置的一整栋楼。

她被带到一楼东角的一间空屋子内，这间屋子，三面透明。人事部的人介绍说，这里原本是酒店的微型布局展示台，客户来拜访时，可以一目了然。最近，EMT 在全世界的布局都在调整，这里便闲置下来了，可以暂时用作试睡员的培训教室。

除了贾静静，剩下的两名女生，一名曾是知名旅游公司顾问，叫林贞，一名是奢侈品店导购员，叫李梦娜，二人精明强势的气场，显得贾静静格外软弱迷糊。

三人互相打了招呼，坐在椅子上，纷纷在心底揣测另外两人的底牌。不一会，一位老师走了进来。这位老师姓徐，据说是全国业内顶尖的试睡员，她评价很高的酒店，都会得到旅客的一致好评，并被业内视作学习的对象。

“我们在美嘉半岛的项目，下周一开业，你们三个是我们精挑细选出的试睡员，各有过人之处。我们只有不到五天的培训时间，大家一定要尽可能记住我说的。”徐老师并不多寒暄，直入主题。

三个人注意力瞬间集中起来。

“酒店试睡员是一门新兴行业，试睡员的产生有其自身的理论基础。评论式营销已经成为最有效营销方式的一种，得以广泛应用。所以大家要注意的第一点就是，评论用语一定得专业，不可随心所欲。”徐老师说道。

接着，徐老师打开投影仪，开始播放自己先前做好的 PPT，上面截图了每个旅游网站一些经典酒店测评案例，又通过这些案例讲解了它会成功的要素。

一小时过去，贾静静坐在椅子上，突然感知到熟悉的睡意，她狠掐自己的手心，清醒一秒后又陷入混沌，循环往复。坐在一旁的李梦娜察觉到贾静静的异常，余光瞥向她。贾静静朝她尴尬地笑了笑，她眼神的涣散令李梦娜皱起眉头。

这样下去不行，自己不可以再失去这份工作了。

贾静静咬咬牙，指甲狠狠掐住手背，敏锐的痛感令她龇牙咧嘴，眼眶瞬间飚出泪。

徐老师终于也觉察出贾静静的不对劲，看到她泪眼模糊，惊了惊，问道：“你身体不舒服吗？”

“不，不是。”贾静静摇头。

如果承认身体不适，她可能会被送回家，错失培训的机会。但自己嗜睡的病症，却不能暴露。

其他两人都好整以暇地看着她，而徐老师还在等着她的回复。

“我觉得能得到这次机会，还能坐在这里听徐老师讲课，真的很荣幸！我这是感动得落泪。”贾静静说出这句话后，自己都牙酸。

李梦娜与林贞先是一愣，接着面上似笑非笑。徐老师也愣住了，她作为国内试睡行业的先驱，被人奉承惯了，但如此明目张胆的讨好，她还是第一次见，不禁觉得贾静静这姑娘，简直清新脱俗。

“那你好好听，希望我的经验可以帮助到你。”徐老师很官方地表态。

课程结束后，徐老师与工作人员率先走出门，李梦娜和林贞收拾纸笔、包包时，发现贾静静坐在椅子上，已然睡着。

两人眉梢一挑，谁也没有上前叫醒她。她们互看了一眼，随即离开。

在职场摸爬滚打许久的人，都对陌生人报以敌意。李梦娜与林贞心中明白，EMT 招募试睡员，并不会招三个，最终一定会在她们中间挑一个最适合的。交浅言深是大忌，跟对手道出心中所想，更是大忌中的大忌。她们都对贾静静的行为好奇，但谁也不先开口，表露这份好奇。

夜已深，贾静静睡得香甜，由于重心不稳，她的头逐渐向右偏移，最终栽倒在地。

“唔……”贾静静发出一声梦呓，继续熟睡。

整个 EMT 大厦的灯一盏一盏熄灭，加班的员工们也依次离开公司，最后只剩下十二层的灯还孤独地亮着。坐在那里的主人，对着一堆繁杂的资料，不断揉着太阳穴，身后巨大的落地窗，映出他脸上的疲惫。

方启昀看了眼手表，关了电脑，起身打算离开。

“方总，车停在花圃前了。”蓝牙耳机里，司机跟他说道。

方启昀坐电梯到一楼，看到走廊尽头的一间屋子灯还亮着。他迟疑片刻，向那间屋子走去。

白色的灯光下，一名年轻的女孩儿倒在地上，头发凌乱，姿势极其不雅观。

方启昀立刻推门走了进去，靠近她时才发现，这姑娘并不是如他想象般晕倒，只是睡着了，她轻轻浅浅的呼吸声，在寂静的空间里被慢慢拉长。

“喂……”方启昀推了她一下。

女孩毫无反应。

又推了她一下，女孩这才换了个姿势，仰面朝上，却依旧没有苏醒。方启昀看清了她的脸，这是一张白皙清秀的脸，算不上令人惊艳的美，却能令人卸下防备，像是走入了某种舒适区。

居然有人可以在这样亮的灯光下熟睡成这样，方启昀感觉不可思议。

他捡起散落一旁的资料看了几眼，立刻辨别了她的身份，原来是公司聘来的试睡员。这样的睡容，真是活色生香的广告。陶然挺会挑人，方启昀在心底暗赞道。

“喂，真的不起来吗？”方启昀轻拍了拍她的脸。

她的肌肤，触碰时手感柔软，吹弹可破一般，方启昀心底起了一丝异样的感觉，他蓦地缩回手。

时间已然不早，方启昀往门外走，又顿住脚步，回头多看了几眼她的睡颜，唇角微扬，将西装外套脱下，盖在她身上，这才离开。

走出 EMT 大厦，方启昀看到不远处警卫亭中的保安，正在跟两个不明身份的中年男子闲聊，他皱了皱眉，电话叫来司机。

“找个锁来，将大门封了。”方启昀嘱咐道。

司机脸上闪过诧异，但并没有多问，只是应道：“是，后备箱就有锁，我这就去做。”

待司机将门锁了，又告示了保安后，回到车内，刚将汽车启动，又听到车后座，方启昀不带丝毫情绪的一句：“明早六点过来将门打开。”

“是。”司机快速应道。

身为方启昀的贴身司机，不该问的不问，不该知道的千万别好奇，与总裁朝夕相处，却保持适当距离，才是保住饭碗的良策。

夜色如浓稠的墨，沉郁得化不开。

方启昀回到私人公寓，洗完澡之后，习惯性打开冰箱，取出矿泉水与一盒安眠药。蓦地，脑海中浮现那个女孩儿熟睡的面容。

她睡着的模样有种特殊的磁场，只是在她旁边待着，便能感觉心安。天塌下来又如何？不如这一刻的好眠。纷繁、杂乱的念头都像垃圾一样，被抛得远远的。

方启昀唇角微微翘起，他将安眠药放回冰箱，步入房间。

纯白的羊毛地毯，吸收了所有细小的噪音，整个房间静得出奇。墙角点着檀香，香气悠悠。方启昀随手拿起遥控器，关上窗帘。

夜色更深，不一会儿，房间内传来方启昀轻浅匀称的呼吸声。

（二）

贾静静醒来时，看到李梦娜与林贞正用复杂的眼神凝视着她，窗外大亮，已然是工作时间。她不好意思地挠挠后脑勺，匆忙从地上爬起，身上盖着的西装掀翻在地。

“唉？这是谁的衣服？”贾静静一脸茫然。

李梦娜长期在奢侈品店工作，练就了她一双毒辣的眼睛。她一下子认出，这件西装是意大利顶级裁缝的手工定制，而袖口的袖扣，更是爱马仕的限量版。整个EMT，拥有如此高品位的男人恐怕不多，而传闻中，EMT 的总裁，是意大利罗马派定制西装的忠实客户。想到这里，李梦娜的心蓦地一沉。

徐老师已经夹着资料，走入展示厅，贾静静弯腰低头道：“对不起，对不起，我先去卫生间洗漱，马上就来。”

“她，在公司待了一夜？”徐老师望着贾静静离开的背影，不可思议地问道。

“谁知道呢。”林贞脸上的表情似笑非笑。她虽没看出西装上的端倪，但确定这是一件男士西装，稍稍联想一想，便是香艳的一幕。

贾静静匆忙回来时，刚好赶上徐老师将讲义分发完，开始讲课。

一开始，她尚且能聚精会神，靠近中午时，贾静静再次昏昏欲睡。她将身体崩得笔直，控制自己少打哈欠，可于事无补。大脑仿佛缺氧一般，打哈欠的频率越来越高。耳边嗡嗡作响，全世界的声音仿佛在渐渐消弭。

“所以说，我们眼睛所能触碰的一切，都要……”徐老师看到贾静静的模样，声音一顿，面上露出不悦。

“上课睡觉，怎么混进来的，关系户吧。”林贞讽刺道。

李梦娜眉心紧锁，并不附和林贞，谁也不知道她究竟在想什么。

“……都要写进测评，因为客户的需求是方方面面的。另外，美嘉半岛的项目提前三天开业，也就是说，我们的时间剩下不到一天。我能教的只有这么多，剩下的靠大家自己领悟，希望大家工作愉快。”其实理论知识比较少，发给她们的讲义上也包含的差不多了，这行本就是新起的，希望她们每个人都能走出不同的路吧，徐老师默默叹了口气。

林贞和李梦娜皆是一惊，美嘉半岛的项目开业时间一再提前，难道有什么她们不知道的内幕吗？可无论是什么内幕，都跟她们无关，她们只需做自己该做的，展露出自己与EMT这个巨头品牌相匹的实力即可。

“谢谢徐老师。”林贞和李梦娜起身作告别。

而贾静静已经不可控制地进入梦乡。

徐老师离开展示厅后，林贞和李梦娜开始收拾物品，打算离开。林贞瞥了一眼贾静静雷打不动的睡容，忍不住吐槽道：“想到我们要和这种货色竞争岗位，内心真是不舒服。”

李梦娜并不搭理她，林贞面子上有些挂不住，音量大起来道：“你就真这么心如止水？我一直觉得你跟我是一路子的，最起码，我们都有真才实学。这个人，明显是关系户，说不定就是个高层情妇，你不觉得恶心？”

“那也是一种资本啊。”李梦娜话语间没有任何情绪波动，直接抛下林贞离开。

林贞羞恼不已，她狠狠剜了贾静静一眼，目光掠过那件高级西装时，唇角渐渐浮出一丝狡黠的笑意。

她在桌上捡起一支记号笔，发泄似地在西装上涂涂画画，完成这件恶作剧后，林贞心满意足地离开。

午休时间。

总裁办公室助理刘堂风下到一楼，他是来替自己总裁取回西装的。方总裁的要求是：不可以告诉那姑娘他的真实身份，也不可以惊动公司其他人。

刘堂风走到展示厅，看到贾静静一个人半倒在椅子内午睡时，不禁握拳，在原地跳了几下，觉得天助他也。他蹑手蹑脚地拿走盖在贾静静身上下的西装，一溜烟儿跑到电梯口。几名员工见到他打招呼，刘堂风才放慢脚步，瞬间恢复高级助理的形象。

“方总，您的衣服我取来了。”总裁办公室内，刘堂风毕恭毕敬地双手捧上西服。

“动作很灵敏。”方启昀说道。

“方总过奖了。”刘堂风一笑。

方启昀从电脑前抬眸，“那道金色的痕迹是什么？”

“嗯？”刘堂风一愣，翻开西服，才发现这件高级定制，已经被金色记号笔画得面目全非。

“这，这个贾静静也太大胆了！”刘堂风跺脚道。

“她叫贾静静？”方启昀敏感地抓住关键词。

“……是。”刘堂风开始搞不懂自家总裁心中所想了，难道，他看上那姑娘了？不能吧，方总身边莺莺燕燕环绕，那姑娘着实普通了一些。

“好了，你下去吧。”方启昀挥手道。

“是……”刘堂风扁了扁嘴，觉得委屈，作为与总裁关系最亲密的男人，总裁有了秘密，自己却得不到分享，这真是叫人难过。

（三）

贾静静是通过手机短信，才得知项目开业时间提前的消息。她求着崔亦昕，一起手忙脚乱地收拾行李。

周一，一行人抵达美嘉半岛时，漫天云霞漂浮，风景美不胜收。

EMT 派人将三人送至酒店，所有人便跑去会场，为明日的开业典礼忙碌，贾静静她们成了少有的闲人。

林贞被安排去家庭套间，李梦娜去豪华套间，而贾静静则被安排去商务套房。

整间酒店，保安层层把守。前台的两姑娘，仪容一丝不苟，一个在接电话，一个在发微信。

“六楼，你自己上去吧，贵宾们明天九点下楼，所以你最好八点前吃完早餐。”前台姑娘抬头丢给她一张门卡后，继续埋头发微信。

“好的，谢谢。”贾静静捏着门卡，一个人进入电梯，穿过走廊，最后，脚步停在 605 房间门前。

淡淡的檀香隐入鼻间，不知道为什么，贾静静心忽然跳得很快。

打开门，整个房间面积很大，商务风，黑白相间的颜色，墙角点了熏香，和刚刚在门外闻到的味道一样。

贾静静洗了澡，换上睡衣，躺到床上。明明高床软枕，贾静静居然破天荒地睡不踏实，翻来覆去，半梦半醒。时针不知不觉指向九点。

另一边。

方启昀刚结束一个视频会议，助理刘堂风便将次日需要上台致辞的演讲稿双手奉上。

方启昀瞟了一眼，“送我房间去。”

“是。”

方启昀整了整领带，起身从休闲室走向酒吧，那里已经清场，方总将进入今天最后一项工作——接受《名人》杂志专访。

刘堂风捧着演讲稿，乘电梯至六楼，来到605房间，这是方总下榻的专属套房。进门后，刘堂风把演讲稿放在玄关处，刚打算离开，忽然听到梦呓的声音！

刘堂风蹑手蹑脚，大着胆子悄悄入内，他看到了一个女人披头散发横躺在床上！

太香艳了，太香艳了！刘堂风怕自己叫出声，捂住嘴，快速退出了房间。

一直退到电梯里，刘堂风才敢大口呼吸。方总对外一直宣称没有女朋友，原来私生活如此丰富，刘堂风觉得自己发现了一个了不得的秘密！

刘堂风有些后悔自己没看清老板娘的庐山真面目，后一想，老板娘在养精蓄锐，方总却在卖命工作，一会儿回房间，得跟老板娘大战三百回合吧？方总真是辛苦，一整天，脑力活加体力活，马不停蹄，自己身为助理，一定要体贴。

想着想着，刘堂风便跑去了一楼餐厅，亮出身份，命令服务生给他红酒和蛋糕。

红酒可以调情，甜食能够补充体力，刘堂风觉得自己聪明绝顶。

方总要是得知这片心意，一定感动得为自己升职加薪，并且和他分享秘密。刘堂风脑补了整幅画面，笑得嘴巴咧到后脑勺。

……

九点四十分，刘堂风将红酒和甜食悄悄送到605房间。

九点四十五分，方启昀与《名人》杂志的编辑告别，进入电梯。

电梯一面上行，一面下行。

方启昀穿过走廊，来到605房间。

刘堂风在一楼大堂看到前台姑娘惊慌失措的表情，反复念叨"完了，完了……"

"吱嘎……"门打开，方启昀看到一个穿着宽大睡衣的女人，盘坐在自己床上，正一边喝酒，一边将蛋糕吃得满嘴都是。

方启昀怔住，贾静静倒是应景地叫了一声。红酒顿时洒了床单，方启昀看清了她的脸。

"你是……"她就是弄脏他西装的姑娘，她是贾静静。只是一秒，他便恢复了清冷的神情，装作第一次见到她。

"你是什么人？"他问。

"我还想问你是谁呢，闯女孩房间，你哪来房卡的？"贾静静眼神中还略带惊恐，但是不得不装作很凶的样子。

方启昀径直拿起手机，打给刘堂风道："叫保安上来。"

"别别，你干嘛啊，恶人先告状，我可是EMT聘请的试睡员。"贾静静有些急，跳下床，匆忙解释自己。，声音软软糯糯。

"哦？"方启昀眸色一暗，又打电话给刘堂风道："叫前台也上来。"

此时的刘堂风已经率领保安走到六楼，接到总裁大人电话，又往回走，边走边纳闷，方总今晚怎么了？春宵一刻值千金，他叫保安和前台干什么？

605房间内，方启昀与贾静静正在进行一场默不作声的博弈。

贾静静上前一步，方启昀便后退三步。明明自己是受害者，他倒满脸的戒备，贾静静为此感到委屈。

“你都不说你是谁。”她低着头嘟囔了一句。

“很快你就知道了，你这种女孩儿我见过太多，你不是最聪明的一个。你这种伎俩我也见过太多，这并不是最高明的一种。”方启昀面无表情，心里却暗暗失望，原本以为是一块璞玉，没想到……

眼前的男人，长得极俊朗，五官似雕刻一般立体精致，说话却刻薄得让她完全听不懂。

“什么聪明不聪明，我就算不聪明，也……也轮不到你来说！我是来工作的，你呢，突然闯进我房里，什么都不说就要叫保安，还对我恶语相向。”贾静静的眸子里满是委屈，像一只被欺负的小白兔。

“很快就真相大白了。”方启昀淡漠道。

这时，刘堂风带着保安和前台姑娘进入房间，前台一见到方启昀，就慌张地低头认错：“对……对不起，方总，我，我不小心拿错了房卡，贾……贾小姐的房间是在隔壁 606。”

此话一出，除了保安，所有人都沉默了。

刘堂风悄悄看了一眼贾静静，立刻认出了她。她不是，她不是……天呐，他都知道了些什么！

再一看，贾静静肤白胜雪，宽大的睡袍与她的身型极不相配，却有着别样的魅力，因为情绪激动，她争吵间，肩膀还不小心裸露了出来。

非礼勿视，非礼勿听！刘堂风撇开眼，转过身。

“你确定你们不是商量好的？”方启昀狐疑地在前台与贾静静脸上来回打量，谁都不像是说谎的样子。

“方总，真的对不起，是我工作失误。”前台姑娘一再认错，微信群里领导在骂人，导致自己分心，竟然出了这么大差错。

贾静静见自己果然不是无理方，长呼一口气，拍了拍胸口。发现肩膀露出后，立马整理好了衣衫，抬头向他们望去，“确实不是我的问题吧，那这位先生您是不是应该为不分青红皂白污蔑我向我道歉。”虽然她性子软，可是不代表她好欺负呀。

“贾小姐，实在不好意思，我替方总跟您说声抱歉。方总作为EMT的总裁，确实有很多不怀好意的人想要接近他。而且这次虽然不是您的错，但是这确实也是方总的房间，对不对？”刘堂风走到贾静静身边，轻声对她说道。

她的脑袋顿时化为一团浆糊，今日闹剧里的主人公，居然是EMT的总裁！贾静静不太关注财经类新闻与节目，所以对于方启昀其名与他的履历，究竟意味着什么，概念都模糊得很。可就是这样一位面容模糊的人，乍然出现在自己跟前，其光芒与气场，也难以望其项背。他虽然蛮不讲理地污蔑自己，不过他的助理说的也有道理，这毕竟是前台做得不好。

贾静静对着刘堂风点点头，示意自己已经不介意了。

“两名前台，予以辞退处置，人事经理，扣除一月薪水。这种事，幸亏是我碰上，如果是其他贵宾，后果不堪设想，不允许再出现第二次。”方启昀依旧顶着一张扑克脸，对刘堂风说。他的内心却渗出一丝窃喜，只因原来是自己误会了她，她并不是虚荣拜金，满腹心机的女生。这样的窃喜，令他自己都觉得意外。

“是，那个……我让保洁来清扫房间。”刘堂风应声，就要出去，被方启昀制止：“不必了，我不喜欢睡别人睡过的房间。”

“可是……这是空余的最后一间高级商务房了。”刘堂风有些为难。

“高级商务房？但是，根本让人睡不着呀，整张床都膈得慌。”贾静静糯糯的声音传到所有人的耳朵里。

所有人都朝贾静静投去震惊的目光，一副“你知不知道自己在说什么”的表情。

“我们的枕头被子填料都是高级天鹅绒！”刘堂风很是护短，对贾静静说话的语气就没那么客气了。

方启昀抬手拦住他，问道：“你觉得哪里不舒服？”

贾静静皱眉："说不上来，就是浑身不对劲儿，好像床底下有东西。"

方启昀和刘堂风对视一眼，刘堂风走过去，一把掀开被子和床单，将床垫从头摸到尾，蓦地摸到一块坚硬的东西。两名保安立刻警惕地跟过去，合力搬开床垫，看到了一小块黑色的盒状物品，刘堂风正欲拿起，方启昀抬手制止。

"床底下哪有东西？"方启昀轻声问，目光却幽幽地盯着那块盒状物品。

刘堂风顿时明白自家总裁的意思，顺口接道："让你来当试睡员，是提有用的建议，不是鸡蛋里挑骨头。"

贾静静就算再傻，也看清了现在的局势，她知道那黑色的盒状物品是什么，她居然在这玩意儿上面睡了这么久，想想便后背发凉。贾静静害怕地朝人多的地方靠了靠，无意识间就靠到方启昀身上。

"我，我要换房间。"贾静静强装镇定。

"好，给这位挑剔的小姐换个房间。"方启昀语气里听不出任何情绪，身子却没有移开。

很久以后，贾静静回忆起这个夜晚，觉得仍旧很难给它下一个定论，原以为是职场剧，画风一转，变为喜剧，接着又转变为商战剧，但其实，它是一部偶像剧。

（四）

美嘉半岛一处私人沙滩，EMT 酒店开业典礼正在不疾不徐展开。贾静静也成了嘉宾中的一员，她坐在人群中百无聊赖，时不时站起来瞭望一下远方。

台上的方启昀，台下的刘堂风都在忙碌，他们神色如常，仿佛谁都没有经历过昨夜的"窃听"事件。

主持人上台，开始一一介绍来宾。先前还喧嚣的人群，一下子安静，贾静静也无法时不时站起来活动一下。暖风与阳光，熏得她昏昏欲睡。

这样的场面，自己只是一届透明人，又不用上台讲话，睡一下应该不要紧的。这样想着想着，贾静静的脑袋和眼皮便随着地心引力，一路下沉。

她的神态全盘落入前排的林贞眼中，林贞转过头，讽刺地扯起唇角，自己的两个竞争对手，一个是怎么都睡不醒的蠢货，一个是从来到美嘉半岛后就不知所踪的奇葩。

主持人邀方启昀上台致辞，他开口讲第一句话时，便一眼瞥见坐着几欲睡着的贾静静。

“今天，我们能在美嘉半岛隆重举行酒店开业剪彩仪式，要感谢美嘉半岛旅游署负责人，以及各界朋友的支持、关注……”

在所有人都仰着脖子认真听方总致辞时，贾静静却游离于梦与现实的边缘。

“借此，我也要感谢 EMT 所有员工，是你们的努力，创造了 EMT 今日的辉煌……”

贾静静的脑袋又往下垂了半分。

方启昀站在高处，台下的一切望得一清二楚。这个贾静静，自己说话有那么无聊吗？她居然睡觉？她居然敢睡觉？

方启昀内心微微不爽。

贾静静半寐半醒间，察觉有人在动自己的头发和脸，整个世界似乎清凉了几分。她一个激灵醒来，发现自己头上多了顶太阳帽，鼻梁上多了副墨镜。

“李梦娜？”贾静静诧异又迷糊地望着她。

李梦娜见她醒了，神色仓皇了一秒又恢复如常，“我看你皮肤白，经不住这么晒的。”

“谢谢。”贾静静这句感谢发自肺腑。

“我有事儿先走了。”李梦娜低声道，似乎很怕引起别人注意。

这时，方启昀正在邀请重要嘉宾一起上台剪彩。人群又恢复了骚动，大家都离开座位，争相向前围观剪彩拍照。

“唉，我把帽子和墨镜还给你。”贾静静道。

“不，不用了。”李梦娜直接走远。

贾静静正觉得莫名其妙，一个陌生的男人又走过来，冲她说：“你跟我来。”

“你是哪位？”贾静静在原地不动。

“……EMT 的员工，我们老板找你。”男人说。

老板？贾静静抬头看了眼正在剪彩的方启昀，他找自己做什么？因为昨晚的事情吗？既然对方说明来意，贾静静便没再多想，跟着男人离开会场。下了观光车，男人带她前往酒店内部。可能因为大多数人都在剪彩会场，酒店内并没什么人，带她来的男人只是飞快走路，并不跟她说话。

“方总一会儿过来吗？”贾静静怯怯地问。

“嗯嗯，一会儿过来。”男人敷衍式的回答，没给贾静静带来心安，反而让她莫名不安。

两人乘坐电梯，来到五楼的 509 房前，男人用门卡打开房门，示意贾静静进去。

“方总让我在房间等他？”有必要每次和他见面，都在如此暧昧的环境下吗？贾静静的脸有些发热，还没想明白这个问题，她手里的包便被男人抢了。

“啊！我的包！”

男人再用力将贾静静推进房间，贾静静一个不注意，摔倒在地上，顾不上疼，她龇牙咧嘴地要冲出去，包包却砸向脑门，贾静静被砸得眼冒金星，随后听到“啪”一声门关上的声响。

门被从外反锁，贾静静很快意识到了自己的处境，她翻开包包，除了手机，其他东西一应俱在。

贾静静看了一眼四周，冲到床头柜边拿起电话，电话中一点声音都没。她彻彻底底意识到，那男人是切断了自己所有向外求助的可能。这是五星级酒店，隔音效果做得很好，别说现在酒店没什么人，就算门外人挤人，在屋内喊破嗓子，屋外也不一定能听到。

贾静静想到这里，颓然地坐到地上。

把自己锁在房间里，真是方总的意思吗？可自己只是无意间发现了一个窃听器，并不知道这其中牵扯着什么巨大秘闻，他没必要为此杀人灭口吧。方启昀那张英俊却冷然的脸，在贾静静脑海中不断放大，他周身森阴的气息，仿佛也透过回忆，让贾静静身置冰窖。

被贾静静幻想成杀人大魔头的方启昀，此时正在餐厅内，优雅地端着酒杯，与各路来宾把酒言欢。

“成总，感谢您能来，我敬您。”

“哪里哪里，方总这么年轻就这么能干，方老爷子可以安享晚年了。”

“家父前几日还念叨您呢，说想念和您一起钓鱼的时光了。”

“那改日我登门拜访老爷子，来，干杯。”

方启昀将杯中红酒饮下，刘堂风小跑着走进来，附在方启昀耳边道：“查出来了，山泉酒店对咱们之前对他们的收购价不满，存心找晦气，买通了清洁工，在床垫下放窃听器，他们可能是知道，昨晚您会与王总在房内讨论公司内部要事，想窃听您们的谈话，以此做要挟。”还好昨晚方总跟王总重新约了时间，本来都觉得在酒店内谈是最安全的，没想到还是发生了这种事。

顿了顿，刘堂风的声音更低了，“遭殃的，听说还有新叶集团的杜总。”

方启昀不动声色地举了举空杯：“那我就替家父等着您了。”

与方启昀寒暄的成总笑着点头，识趣地走到一边。

方启昀走到吧台处，这才变了脸色，沉声问：“消息来源可靠吗？”

刘堂风拍拍胸口道：“必然可靠。”

方启昀唇角露出一丝不为人知的笑意，“这就有意思了，山泉的胃口还真是大，我怕他吃撑了。”

刘堂风想了想道：“多行不义必自毙。”

“报警了吗？”方启昀又问。

刘堂风：“还用您说，只是，需要那丫头做笔录。”

方启昀愣了愣：“那个试睡员……贾静静？”

刘堂风：“是。”

那丫头……方启昀回忆起来，都是她昏昏欲睡的迷糊样，真不知道这样的她，能否承担做笔录的重责。

“通知陶然，让他把贾静静叫过来。”想起她竟然在自己发表讲话时睡大觉，方启昀不禁皱眉。

“是。”刘堂风并没有听出自家总裁提到贾静静时，语气有什么不对，就连方启昀都没意识到，自己内心浮出的这一丝奇妙懊恼究竟意味着什么。

（五）

大约半小时后，酒会现场仍旧衣香鬓影、暗香流动，方启昀却独自一人站在走廊。

“老板，老板，陶经理说，联系不上贾小姐，她手机关机。”刘堂风急急跑来。

“也许在房间？”方启昀提了一句。

“刚刚找了，不在。”涉及到公司的事，刘堂风一贯表现得比方启昀还着急。

方启昀微眯了眯眼眸，回想起典礼现场，自己讲话，她在睡觉，自己与嘉宾一同剪彩，剪完彩，她人便不见了。那丫头，虽然没礼貌了一些，蠢了一些，但总不至于不打声招呼就消失，她可是来工作的。除非……

“山泉那边下手了。”方启昀轻声说。

“他们居然冲一个姑娘下手，简直不要脸！”刘堂风愤慨道，虽说贾静静不是老板娘，但好歹是一姑娘，刘堂风一向怜香惜玉，最看不惯男人商场上争斗，把女人卷进来的行为。

“调录像。”方启昀说。

关键时刻，自家总裁总是处变不惊。刘堂风一直觉得，只要跟从方启昀的步伐，一切难题都能迎刃而解。只是，往往都是刘堂风跑腿，今天，方启昀居然亲自跟着他去监控室。事出反常必有妖！

要调取的监控录像分别是剪彩会场与大门出入情况，监控室的工作人员生平第一次见到集团总裁本人，一直战战兢兢，大气不敢出地在设备上操作开始与暂停，方便总裁浏览。

大门出入情况还算正常，每一辆进出的车辆，车牌号都在登记名单内，人员也没有任何可疑的行为。

剪彩会场，最开始井然有序，剪彩开始时，会场出现骚动。所有人的激动澎湃和贾静静的无精打采形成鲜明对比，画面中很容易便找到她的身影。

“就她，画面放大。”方启昀指示道，极力克制自己反常的焦急。

工作人员照做。

画面中可以清晰看到，一名坐于贾静静身后的年轻女人，将自己的遮阳帽、墨镜都换给了处于瞌睡状态中的贾静静，然后起身离开。

“李梦娜？”刘堂风皱起眉头，自言自语道。

“谁？”方启昀反问。

“和贾小姐同一批入公司的试睡员。”刘堂风回忆道。

紧接着，一名年轻男人自画面中出现，和贾静静说了几句话后将她带走。他们坐上了观光车，然后脱离监控范围。

“她是三岁孩子么？随便来个人，就能带走她？”方启昀语气突然一变，让工作人员吓得抖了三抖。

“方总，我觉得，觉得……”刘堂风紧盯视频，像是想起什么。

“有话快说。”方启昀斜睨着他，这种时候还吞吞吐吐只会让他更烦躁。

“是是，我觉得我好像在哪里见过这个男的，特别眼熟，他似乎不是山泉的人。”刘堂风说话似便秘，吞吞吐吐半天，说的话依旧没一丝养分。

方启昀起身，大步离开监控室。

“方，方总，你去哪儿？”

“酒店。”

“你怎么知道她在酒店？”刘堂风摸摸脑袋。

“她坐的是酒店的观光车，既然没有离开会场大门，那只能在酒店。”方启昀看自己助理的眼神宛如智障。

“可是，咱也不能一间一间找啊，都是贵宾，得罪不起。”刘堂风说道。

方启昀皱眉，“那你想起那个眼熟的男人是谁了吗？既然想不起来，就少说话多做事。”

“方总，你好像，真的很在乎贾小姐啊。”

刘堂风一句惊醒梦中人，方启昀有些尴尬地轻咳两声，整理好脸上表情，淡然道：“最近事情多，我有些上火，她是我们唯一的证人，不能出现闪失。”

“那接下来……我们怎么办？”刘堂风一脸惶惑。

“你带着保安，一间房一间房去敲，敲错门就说自己认错人。我去陪宾客，拓展业务。”一副理所当然的语气，知道贾静静还在酒店里以后，方启昀放松了不少。

体面的事儿，总裁做。助理负责什么？专替总裁做那些他想做，却不好意思做的事儿。比如，买路边摊的臭豆腐，比如，用不雅的话咒骂不听话的董事，再比如，不惜得罪贵宾也要救一个姑娘。

刘堂风不服气也得服气。

方启昀走至监控室门外，不忘回头警告工作人员："继续给我盯着摄像头，有什么异常就汇报，要是不小心漏掉了什么，你也就不必在这岗位待着了。”

“是是是。”工作人员诚惶诚恐。

方启昀大步流星离开，转身投入到富商与名媛的队伍中，而刘堂风则带着保安，沿着酒店房间，一间一间寻找贾静静。

这真是一件辛苦差事，从三楼到四楼，刘堂风受了无数人的白眼和投诉，搜寻到五楼时，居然在电梯内撞见吴烨一行人。

吴烨摘下墨镜，“刘助理也住五楼？”

“不不，我是来替方总办一些事儿的。”刘堂风态度谦卑。

吴烨扫了一眼他身后的三四名保安，笑了笑，重新戴上墨镜，“方总要做的事儿，甭管结果如何，阵仗一定不能输。”

刘堂风暂且分辨不出吴天王这话是贬义多一些，还是褒义多一些，便未接话。两行人，走着走着，都发现了目标同是509房间。

吴烨有些憋不住了，“方总让你做什么？”

“找人。”

“找谁？”

“一个姑娘。”

吴烨再次摘下墨镜，面色有些不自然，恰巧，这丝不自然又被刘堂风尽收眼底，刘堂风内心产生了一丝不太妙的联想。

“方总该不会连一个情人都要跟我抢吧？”吴烨不满道。

情人？刘堂风愣了愣。

“我这话问出来可能很冒昧，但我还是要问，您情人什么样？”

“大长腿，大眼睛，反正什么都占个大字，话不多，喜欢跟我玩躲猫猫的游戏，被我助理给抓回来了。”吴烨说。

除了大眼睛外，贾静静这人从上到下还真是跟大字不沾边了。

“很抱歉，是我唐突了。”刘堂风手一挥，示意保安前往下一间房。

吴烨打开门，一边荒唐地笑，一边叫着：“亲爱的……”

刘堂风内心深处感觉恶心，眼睛不禁往里瞄了一下，房间空空荡荡，哪里有人的影子。

“人呢？”吴烨狠拍了下身后一年轻男人的脑袋。

“明明在的，她手机都被我搜来了。”男人手上晃着一只红色的手机。

刘堂风在门外定睛瞧了瞧，那只手机有些眼熟，一些片段在脑海中闪现，那是昨夜在方总房间里见过的，贾静静的手机！因为颜色太过扎眼，一下便能认出。

刘堂风冲进509，一把夺了手机，吴烨和助理都瞪眼望他，感觉不可思议，方启昀的助理怎么这么没礼貌？刘堂风与那年轻男人对视一秒，立刻认出他就是监控画面里拐跑贾静静的男人，他们俩之前见过几面，所以在监控室才会觉得他的身影眼熟。

“这只手机是我们酒店员工的，我敢肯定我们的员工被带到了这间房间，所以这里面一定有误会。”刘堂风不卑不亢。

吴烨望了望自己的助理，又望了望刘堂风，一脸莫名其妙。

这时，床底下传来一阵咂嘴的声音，紧接着又传出一声模糊不清的梦呓。空气忽然变得安静。刘堂风上前一把掀开床单，众人看到贾静静抱着包，躲在床下，睡得酣甜。

吴烨与自己的助理面面相觑，接着又狠拍他脑袋："怎么把人家的员工带回来了？娜娜呢？"

刘堂风看了一眼这位好色天王，蹲下身试图叫醒贾静静，然而，装睡的人有办法唤醒，真正沉睡的人则无敌。贾静静不但没醒，还流了刘堂风一手口水。刘堂风无语起身，挥手让保安将贾静静抬出去。

电梯内，刘堂风打电话向方启昀汇报："我找到贾小姐了，她被当作吴烨的情人，拐去 509 房间了。"

"吴烨？"

"是。"

"她被吓坏了吗？"

"没，睡得可香。"

电话那头沉默半晌，随即挂断。

方启昀握着的高脚杯，倒映出整场酒会的纸醉金迷，他的眼底却透露着一股沉静。

那丫头，真是在哪儿都能睡着，她对世界毫无戒备的样子，让方启昀有一丝嫉妒。方启昀唇角弯了弯，从通讯录中调出陆离的电话。

"喂，我知道你把你的网红姑娘们带来美嘉半岛了。"

"记者们明天在东部海滩有聚会，唯一娱乐的主编也在。"

"吴烨的房间在 509。"

说完这几句话，方启昀便挂了电话。他晃了晃杯中酒，绛红色的液体，将整场的欢笑淹没，整个世界，像极了一场虚幻的假象。再用力倾斜一些，就会幻灭。

（六）

贾静静从美嘉半岛回到千城，气温骤降，身价却倍增。作为“山泉酒店老板非法窃听 EMT 总裁”事件的发现人，贾静静算是立了大功。

三名预备试睡员回到公司，负责人点名夸奖了贾静静。

“经验这些可以累积，知识可以学习，但是天赋不是每个人都有的，贾小姐是天生做试睡员的料，豌豆公主本人呀。”负责人微笑地望着贾静静说道。

“狗屎运。”林贞从牙齿间轻飘飘又狠重地吐出这三个字，声音刚好只能让贾静静跟李梦娜听见。

李梦娜面无表情，贾静静瞬间有些难堪。

“当然了，三位在项目期间的表现都很优秀，所以总部商议后决定，将你们留在公司做深度培训，表现特别优异的人，没有试用期，直接正式签约，而适应力不够强的人，公司没有那么多试睡员的岗位去养闲人。”负责人表情认真而严肃。

他话语间的意思，三人都听清楚了。接下来持续一个月的培训至关重要，会直接淘汰公司看不上的人。

卫生间内。

林贞一出隔间的门，就撞上李梦娜。擦肩而过间，林贞从鼻间发出不屑的冷哼，说道：“我觉得我俩还是另谋出路吧，这留下的人，肯定是她。”

“为什么？”李梦娜反问。

见李梦娜终于回应她，林贞话匣子打开，便收不住，“负责人的态度太明显，贾静静因为体质特殊的事儿，估计被内定了，只是她发现窃听器这事儿，没那么简单。”

顿了顿，林贞见李梦娜并没有表现出特别的好奇，有些尴尬，但还是忍不住将自己知道的内幕一股脑抛出来，“听说她发现窃听器，不是在自己房间发现的，别人处心积虑窃听一个员工干什么？其实……是在方总房间。”说到关键处，她压低了声音，却发现李梦娜神色冷淡，对这个八卦并不感兴趣的模样。

“方总哎，就是 EMT 的总裁！我想起来了，之前贾静静在公司睡了一夜，第二天身上不是盖了一件高定西装么？说不定就是方总的，不对，一定是方总的！”林贞陡然提高音量，说得唾沫横飞。

李梦娜的目光穿过林贞，望向洗手池边的镜子，林贞兴奋愤怒交杂到扭曲的一张脸，清晰地出现在镜子内。

耳边，林贞不加节制的推理，一直回响在空荡荡的卫生间。

“她勾引总裁啊，为了份工作就急吼吼跑去献身，真不知道该同情她还是鄙视她。”林贞说。

李梦娜掠过林贞，在洗手池边洗了手，淡淡地回道：“是又怎么样，不是又怎么样，就算是真的，别人之间也是有感情的，纵然身份不对等，纵然不能光明正大手牵手出现在众人眼前，可是感情啊，本来就是最说不清道不明的东西。”

李梦娜甩甩手，拉开卫生间的门，却蓦地看到贾静静站在门外。

四目相对间，贾静静的难堪写了满面。

她们的对话，她应该都听到了吧。

“贾……”李梦娜刚开口，贾静静便转身跑了，仅仅是愣了一秒，李梦娜跟着她的方向追了过去。

林贞慢腾腾地从隔间出来，在镜子前理了理衣服，自言自语道：“一个两个，装什么装呐，想什么做什么，以为我不知道？算了，让你们装去吧，老娘不陪你们玩了！”

（七）

李梦娜追着贾静静直到走廊尽头。

“哎，你等一下。”李梦娜喊住她。

贾静静局促地站在角落，不知该怎么面对她。撞破别人造谣自己，却不敢理直气壮地为自己讨个公道。贾静静怯弱惯了。

“她说的……我并不这么认为。”李梦娜静静地看着她，说了这么一句。

“谢谢。”贾静静回道。

“那一天，我是说在美嘉半岛，似乎给你带来了麻烦，我本来只是想恶作剧一番的，没想到他们把你带走了，乌龙一场。”走廊人来人往，人多口杂，李梦娜并不想说得太详细，只要贾静静听得明白就行。

“啊？”显然，贾静静并不明白。

“我是说……”李梦娜对上贾静静澄澈的眸子，解释的话忽然说不出口。

“没什么，祝你一直幸运下去。”李梦娜轻松地说。

“你也是。”贾静静礼貌地回道，并报以一个温暖的笑容。

比起另一个说话刻薄的同事，贾静静对李梦娜印象不差，直觉告诉她，李梦娜对她没有太多敌意。

十二层总裁办公室旁的一间会客厅，暖气打得很足，室内的盎然春意，似乎比室外要早很多。

一名体态富足的中年男人，坐在方启昀对面的沙发上，正缓缓喝着一杯功夫茶。

“生意场上，哪有永远的对立面，敌人的敌人，不就是朋友了吗？”茶水刚烧开，方启昀便提壶，亲自为中年男人满上。

“方总打算怎么做？”中年男人不动声色地看向他。

方启昀面上的笑容若有似无，“当然是以其人之道还之彼身。”

“我以为方总喜欢正大光明的打法。”中年男人笑道。

“他们不配。”方启昀淡淡地回道，语气却满是倨傲，王者之风尽显。

“哈哈哈哈，我喜欢方总的这份骄傲，方总也确实配得上这份骄傲。”中年男人大笑道，言下之意同意了这次合作。

“杜总说笑了。”方启昀始终不卑不亢。

杜衡业站起身，拍了拍方启昀的肩，笑道：“希望下次我来这儿时，是来恭祝方总成功收购山泉的。”

方启昀眉头轻微一皱，却很快恢复平常，“杜总有空也可以常来坐坐。”

杜衡业意味深长地看了他一眼，这才告辞。

眼见杜衡业走远，守在会客厅门外的刘堂风小跑着进来，迫不及待地问：“新叶同意跟我们合作了吗？”

方启昀厌恶地掸了掸肩，低声道：“老狐狸有什么理由不同意呢？”

刘堂风想了想，又问道：“需不需要我派人盯着新叶，防止他们背后搞小动作。”

方启昀举手制止道：“不必，这样会弄巧成拙，疑人不用，用人不疑。”

“是。”刘堂风恭敬从命。

第三章

时来运转

（一）

贾静静揣着美嘉半岛的大包小包特产回到家，正是下午三点，崔亦昕破天荒地没有直播，而是躺在被窝里睡觉。

“喂，你被我传染了？”贾静静一把掀开被子，想跟闺蜜嬉闹一番，却一眼看到崔亦昕半张脸的瘀青。

“你怎么了？谁打的？”贾静静捋开崔亦昕的发丝，近距离一看，瘀青程度比第一眼看到的还严重。

崔亦昕睁眼，坐起身，朝贾静静笑了笑：“我说我摔跟头了，你也不会信。”

贾静静着急道：“你还开玩笑！快告诉我是谁？”

崔亦昕看着她，眼底闪现盈盈泪光，似乎在下一秒就会滴落，然而她仰起下巴，将泪水吞回眼眶，悠悠一笑：“参加一个线下活动，被人当小三打了，就因为她男朋友总是看我直播。”

“就这样？”

“就这样。”

“你以后换个方式直播吧，总在镜头前卖弄风情，这种事以后还会有的。”贾静静很是担忧。

“噗，傻瓜。”崔亦昕毫不在意地揉了揉贾静静的头发，手感绵软得和她整个人的气质一样。

“在这个世界上，不管你做什么，都会有人不满意、看不惯，你所需要做的不是迎合那些不喜欢你的人，而是做自己。当你有一天强大了，你就能站在这些人无法企及的高度，远离他们。”

崔亦昕这一锅鸡汤来得出其不意，贾静静忽然不知道该说什么。印象中，崔亦昕远比她独立、懂事，所以一直活得出类拔萃，可最近，她似乎多了很多秘密，并且，不打算跟自己分享。

“说说你吧，是不是有事要跟我分享？”崔亦昕手搭到贾静静的肩头。

“嗯，有一件好事，可也算不上好事。”贾静静说。

“说说看。”崔亦昕饶有兴致道。

“我，你也知道我的体质，在美嘉半岛试睡时发现了窃听器，他们说我为公司立了大功，但是同事似乎不喜欢我，造谣我跟总裁，我不认识总裁……”贾静静脑海中蓦地闪现方启昀阴沉的脸，不禁打了个寒颤，更加坚定地强调道：“对，我都不认识总裁。”

崔亦昕眯着眼打量她，笑着说：“我刚刚说什么来着？你不需要理会不喜欢你的人，自己强大，是立足于世界的真理。你看现在，才做了一篇测评，就又能吸引这么多粉丝，都有民宿联系我，让你去试睡呢！这不就说明了你的进步？你已经渐渐能独当一面了。”自己这个闺蜜不仅文采好，运气也好。在她去美嘉半岛之前，试着去一家酒店做测评，文章被自己投放到各大平台，没花一分钱，效果竟也出奇得好。

“可是……可是接下来就是密集的高强度培训期了，说是会淘汰人。”贾静静声音透着一股不自信。

“你在担忧什么？”崔亦昕问。

“我怕学习进度跟不上，我以前从未接触过这个行业，每天都还很困，而且微博和公众号那里也要每天持续更新……”贾静静道出了心魔。

“试试每天喝两杯浓缩咖啡，提神效果最佳。”崔亦昕说道。

“真的吗？我以前都没试过这种方法。”贾静静眼前一亮，仿佛看到了希望。

“试试看。”崔亦昕又拍了拍她的肩。

贾静静傻呵呵地笑着，与崔亦昕对视，看着她的脸，忽然停住笑意，将崔亦昕拖下床，“我陪你去医院，走走走！”

“我不用去医院！”崔亦昕挣扎着。

“那怎么行！你这张脸可不能毁容！”贾静静看着文静，实则力大如牛，在跟崔亦昕的拉扯战中，崔亦昕明显落于下风。

“静静，听我说，我不能去医院！我得故意留下伤痕！”挣扎到门框边上，崔亦昕怒道。

贾静静这才放开她。

崔亦昕一向有主见，可这次的主见让贾静静不能理解。她坐到梳妆台前化妆，将瘀青四周扫了高光粉，眼部的伤痕也用浅色的眼影描得格外明显，除此之外的妆容依旧精致，做完这些，她打开电脑与手机，开始直播。

贾静静望着她，她的眼角隐约有泪痕，脸上的伤痕也触目惊心，笑容却仍旧明朗，可那是一种职业化的笑容。和以往享受镜头的感觉不同，崔亦昕的眼底多了一丝空洞，一丝迟疑，这样的崔亦昕让贾静静感觉陌生。

“今天不打游戏，想跟大家聊聊天，或者唱歌也行。”崔亦昕语气温柔，等待着更多人进直播间。

“我脸上的伤？嗯，我最近出了一点事，感情上的事，谢谢大家关心啦，没事的，你们点歌吧。”崔亦昕一面装作乖巧，一面又刻意将自己的伤痕对准镜头，裸露在所有观众眼中。

“谢谢大家的礼物，好惊喜，有你们疼我，我就知足啦。”

有些人愿意将自己的伤口坦露于众人，祈求得到别人的怜悯。有些人从不轻易将伤口示人，因为别人看的是热闹，痛的只有自己。而崔亦昕，她以伤口博关注，却似乎并不在意那些人的态度。

（二）

一起吃过晚餐后，贾静静去洗澡，而崔亦昕换上一身运动装，拿了手机跟耳机，准备出门夜跑。

她租住的公寓，临近江边，有一条长长的滨江大道，春日渐暖，平常夜跑的人并不少，可今日却人烟寥寥，崔亦昕迟疑了下，娴熟地将耳机固定在唇边，戴上一顶极有个性的棒球帽，打开直播，开始了夜跑。

夜风飒飒，但崔亦昕还是出了不少汗，绕着江边跑了一圈后，她靠在栏杆旁休息，蓦地，树下出现一道黑影，黑影的双眼迅速锁定崔亦昕。他趁崔亦昕不注意，上前伸手抢夺她的手机，到手了拔腿就跑，崔亦昕立刻反应过来，一边追一边喊：“抢劫啦，抢劫啦！”

路灯下，那黑影暴露出身形，是名年轻的男人，身手敏捷，却刻意跑慢了，似乎在等崔亦昕追上来。而江边散步的寥寥几人见到这情况，没有人见义勇为，都躲得远远的。

“混蛋，把手机还我！”

崔亦昕愤怒地和那男人扭打在一起，男人还手并不用力，一面绰绰有余地应付她，一面往后退。

直播平台上，画面晃动得厉害，数万观众目睹崔亦昕被男人抢夺手机，并引至没人的地方。他们屏息，觉得像是在看一部激烈的好莱坞动作大片，剧情已经到了最精彩处。

——“小昕昕不要！快跑！”

——“我要去保护你！一脚踢翻那个猥琐男！”

……

一个个键盘侠，眼睁睁看着崔亦昕被强行塞进一辆车内，接着，直播就被男人关闭了。

终于，有清醒的观众，拿起手机，开始报警。

崔亦昕被绑架的这一夜，贾静静睡得并不酣甜，她一直梦到被人追杀，追到天涯海角，在尽头处看到了方启昀，他的背后是电闪雷鸣。贾静静便在这样奇幻的梦境里，不断蹬被子，一夜未得好眠。

（三）

次日，贾静静顶着一双浓烈的黑眼圈去报道，距离培训时间已经过去了一小时。

她懵懵懂懂出现在展示厅时，像一位格格不入的不速之客。台前站着的男人停下讲话，皱眉打量她，坐在台下的林贞唇角早已讽刺地翘起。

“贾小姐来了。”坐在角落的陶然起身，笑着跟她打招呼。

贾静静不认识他，却能感觉到他是在为自己缓解尴尬，于是朝他抛出一个感谢的微笑。

“之前你们学的内容都比较笼统，从今天起要全方位了解EMT，以便将来更好地为EMT工作。这是EMT华东区唐经理，来为你们介绍EMT酒店的堂食、大厨特供，帮助你们熟悉酒店价格浮动以及同行业酒店价格浮动等。”陶然介绍道。

贾静静弯腰低头，“经理好，对……对不起，我不是故意迟到……到……嗝！”

一声带着咖啡味道的饱嗝溢出，整个展示厅鸦雀无声。唐经理的眉头皱得更深了，他一向视个人形象为公司形象，最无法容忍形象邋遢且不够自律的人，尤其是女人。

“快坐吧，你已经错过了EMT的发展史介绍，而我不会讲第二遍，想要了解只能靠你自己去挖掘。”唐经理冷冷地说道。

贾静静一屁股坐在椅子上，手忙脚乱拿出纸笔，像小学生一样摆出认真听讲的姿势。

陶然望着她，唇角的笑意愈来愈深。

“这一季，EMT华东区所有五星级酒店的特供里都包含这道特殊的甜点，大家都知道，雪媚娘这种甜点，一般里面是芒果、榴莲、奥利奥等材料配上奶油，皮还是那个皮，内里却是换成蟹肉和龙虾肉，再经过特殊的处理，呈现出十分独特且美妙的味道。”唐经理介绍道。

台下，贾静静忍不住发出一声轻微的惊叹。原来甜点和海鲜也是可以结合为一种新型食物的，有钱人真是会吃。林贞鄙视地望了一眼她，内心腹诽贾静静简直是个土包子。

“最重要的是，蟹用的是阿拉斯加海域的帝王蟹，而龙虾只用蝉龙虾。”唐经理强调道。

这下子，轮到林贞与李梦娜发出低低的赞叹了，贾静静倒是无动于衷，因为她并不知道阿拉斯加海域的帝王蟹与普通的帝王蟹有什么区别，更不认识蝉龙虾是什么虾。

“既然是特供菜单，黑松露也是必不可少的。”唐经理继续介绍着。

贾静静听着听着，胃突然一阵痉挛，她捂住胃，肚子又疼起来，额头上渗出豆粒大的汗珠。

“我，我去一下卫生间。”贾静静艰难地站起，脚步虚浮着，一路小跑至卫生间。

卫生间门外排着队，贾静静脸色愈加苍白，她走到电梯口，恰好有一部电梯空着，她毫不犹豫走进去，却发现这部电梯只有抵达 12 层这一个选项。

整个 12 楼空空荡荡，地板锃亮，倒映出贾静静的身影，空气安静得要窒息，里面藏着贾静静不安的心跳。

12 楼的卫生间配置奢华，却没有一个人，贾静静解决了肚子疼的问题，胃疼的问题愈加肆意地显现出来。

“嘶……”她倒吸一口凉气，疼得蹲在地上。

贾静静全身无力，意识也逐渐模糊。

“吱呀……”卫生间的门被推开，一双黑色的男士皮鞋蓦地出现在她眼前。

“你怎么会在这里？”男人声音冰冷又富有磁性，听着有几分熟悉。

贾静静强撑着精神抬头看他，方启昀一张仿佛精雕的脸出现在眼前，他的双眼里不饱含任何情绪，让贾静静紧张到浑身颤栗。

“我这么可怕吗？”方启昀皱眉。

“不……不是……”贾静静咬着牙，想要站直。

“你不舒服？”方启昀看到贾静静苍白的面容，这才反应过来。

“嗯……肚子疼，胃更疼。”又一阵痉挛袭来，贾静静再也无法保持上下级的礼仪，也没有办法微笑着强撑着说自己没事，这种时刻，离她最近的人，便是她的救命稻草。

她眼泛泪花，伸手拉住方启昀的袖子不松手，方启昀下意识地后退两步。

“你……”方启昀皱皱眉，盯着依然十分用力地抓着自己袖子的手。

一颗精致的袖扣，咕噜噜滚落在地。方启昀眸子暗了暗，这是怎样一个女人，破坏欲竟如此旺盛，连毁他两件西装！

“难……难受……呜呜……”贾静静无助地哭起来。

方启昀内心某处坚硬如铁的地方，蓦地塌陷一块，他打电话给刘堂风道：“立刻上来12楼卫生间。”

不过几分钟，刘堂风便气喘吁吁地推开卫生间的门，见到贾静静抱腿蹲在地上的那一刻，他内心惊呼：自家总裁果然跟这位贾小姐有一腿呀！光天化日之下，两人在卫生间……太香艳了，太香艳了！

刘堂风想得脸红脖子粗，冷不防被方启昀一巴掌打醒。

“想什么呢？她应该是急性肠胃炎，送医院吧。”方启昀说。

“啊？哦哦。”刘堂风这才注意到贾静静狼狈又痛苦的模样，赶紧扶起她往外走，并顺手拨打了急救电话。

救护车来时，刘堂风一边将贾静静搬上车，一边嘟囔道：“你知不知道，我可是高级助理，送你去医院这种事让我来做，简直是纡尊降贵……哦不低，暴殄天物，也不对……”

“……是大材小用。”贾静静有气无力地说。

“哦对，我们理科生，不像你们文科生这么文邹邹的。方总也是理科生，只用四年时间，修完斯坦福大学经济和法律双学位硕士课程，我特崇拜他。他那样的人，一直精准地算计自己的未来，对人对事都冷漠，但你是个意外。我之前觉得吧，你这样的怎么配当我老板娘呢，我不是贬低你哈……只是你这个条件吧，真的太一般了，整天追着方总跑的姑娘那都是豪门千金、名媛淑女这个级别的。但是吧，现在觉得，也不是全无可能。”刘堂风话匣子打开，便滔滔不绝起来。

说了一大堆，他发现，贾静静再也没有回应他。

低头一瞧，她倒在担架上，一动不动，竟是昏厥过去了。

“护士，救人呐，这可是我们未来老板娘！”

医生、护士围成一团，为贾静静做了简单检查后，医生握着体温计，眉头紧皱。

“病人发高烧了！”

司机猛踩油门，救护车一路鸣笛向医院驶去。

（四）

走廊之上。

刘堂风着急地踱来踱去，不断给方启昀打电话，在第六次后，方启昀终于接了电话。

“你每个月只有一次拨打我私人电话的权利，已经使用完了……说吧，什么事？”

“方总，贾小姐出事了！”刘堂风叫道。

“她又出什么事了？”方启昀语气变得急促。

这时，贾静静被护士从急救室推出来。

“没什么大事儿，挂几瓶水就能退烧了，急性肠胃炎是因为吃错了东西。”护士主动对刘堂风说道。

“护士说，没什么大事儿，挂几瓶水就可以了。”刘堂风将护士的话转述给方启昀。

“既然没事儿，为什么要一惊一乍？挂了，私人电话，你不能超过五分钟。”方启昀无奈道。

医生又从急救室出来，摘掉口罩说：“其他没什么事儿，就是现在我们怀疑她烧出肺炎，需要住院观察。”

“又有事了！医生说可能烧出肺炎，需要住院观察！”刘堂风苦着一张脸，明知方启昀最厌恶下属说话颠三倒四，却还是不得不跟方启昀汇报道。

“为什么不早说？肺炎是闹着玩的吗？刘助理你现在越来越分不清讲话重点了。”方启昀轻轻抿唇。

“我……方总，你好像有点在乎她，不是说私人电话不可以超过五分钟吗？现在十分钟了。”刘堂风被训斥过后，火速找准重点。

“在乎员工有什么不对吗？我在乎我们EMT的每一个员工，有他们的付出，才有EMT的现在和未来。”方启昀也不知道自己在说什么，直接挂掉了电话。

莫名其妙，自己会在乎一个喜欢睡觉，看起来就不大机灵的女人？自己明明只是对普通员工进行照常慰问。这个刘堂风怎么能这么曲解自己的意思，简直不知所谓。

方启昀打开电脑，却发现自己无法投入工作。他起身在办公室踱来踱去，终于打了个电话给陶然。

“陶经理，你招来的员工生病住院，你代表公司去进行慰问。”

“就是那个……试睡员贾静静。”

“账从公司对内账户上走，具体事宜你问刘助理。”

打完这个电话，方启昀发现自己通体舒畅，终于能集中精神投入工作。

（五）

贾静静从床上醒来时，怔了几秒才发现自己在医院，陶然一张温和的笑脸出现于眼前。

“是你……”贾静静想起来，自己在展示厅见过他。

“我是人事部经理陶然。”陶然体贴地介绍自己道。

“陶……陶经理。”贾静静挣扎着要起来。

陶然文质彬彬，左手拎一只果篮，右手捧着一大束康乃馨。

“我代表EMT来看望曾经有恩于EMT的员工。”陶然官方地说道，目光却顺势打量这个一夜爆红的“睡仙儿”到底和常人有什么不同。

“陶经理，你怎么知道我生病的？我记得送我来医院的是刘助理呀。”贾静静好奇地问道，她说话带着语气词，语气词里又带着一丝小奶音。在职场待久了，贾静静略天真的气质，让人肩膀一松，陶然内心对她本人生出了几分好感。

“当然是….. 刘助理说的，他很忙，先回去了。”陶然自然是不能供出方启昀。

“其实你不用特地来的，我没事儿。”贾静静说。

陶然从包内拿出一张鼓鼓的信封，放在贾静静床头，“你有没有事儿，可不是你说了算的。一点心意，别拒绝，买些补品，养好身体。”

贾静静知道信封里装着什么，她忙不迭地起身，要将钱还给陶然。

“我已经拿了工资了，怎么还能要公司的钱呢？”

陶然笑笑不说话，他看到过贾静静的公众号，去酒店试睡做测评肯定也花了不少钱，手头应该非常紧，更何况这笔钱是总裁的直接关照呢？想到这里，又把信封往她手里塞了塞。

贾静静推搡不过他，只得惶恐地收下钱，陶然慰问之后，便要离开。

走之前，他突然回头说了一句：“你这样的姑娘，人生不会过得太差。”

每一个资深 HR，都阅人无数，他那么笃定，仿佛能透过时空看到贾静静未来的影子。

陶然打开集团内部常用的一款办公软件，状似无意地打开了定位。

而此时此刻，EMT 的总裁办公室内，方启昀也状似无意地打开手机，“恰好”看到了陶然的定位消息：千城第一人民医院。

脑海中又浮现那张白净明洁的脸，他清晰地记得她脸颊一侧浅浅的梨涡，甚至，她睡着时呼吸的频率他都记得。初见她的那个夜晚，他拥有了最沉的一次睡眠。最近，方启昀只要思绪停滞，那日的一切情景便恍若近在眼前。

华灯初上时，方启昀便离开 EMT 大楼，他拒绝了司机的接送，亲自开车，却没有直接回家，而是绕着城区来来回回行驶。

终于，在十一点的时候，方启昀将车开进了第一人民医院的地下停车场。

“贾静静呀，她在十二楼34床。”护士边翻记录本边指路。

“好，谢谢。”

他的身后，百无聊赖的护士们不禁多看了两眼他的背影。医院里来来往往的人虽多，但相貌和气质都如此精致出众的男人却是极少数。

出了电梯，整条走廊静悄悄，白色的灯光打在灰白的大理石地面上，透出浓重的阴郁感。

方启昀找到了贾静静所在的病房，他侧身站在灯光的阴影里，悄悄朝里打探，贾静静正躺在最靠里的一张床上沉睡。

她的睡容酣甜，方启昀脑海中闪过了一个词：睡美人。她是豌豆公主，也是睡美人，童话里美好的女主角，都预示着现实中的她。

再瞧瞧其他两张床上躺着的女人，一名弯腰朝床下吐痰，另一名翘着二郎腿，鼾声如雷。方启昀厌恶地皱眉。

“你找谁？”身后蓦地响起一道女声。

方启昀回头，是巡房护士。走廊的声响，惊动了病房内吐痰的女人，她将目光投过来，好奇地张望着。

方启昀离开病房，走到护士台：“你们这里还有空的VIP病房吗？”

护士怔了怔，回道：“有是有，但是……”

“多少钱？”方启昀直接打断护士，并从包中拿出一张黑卡。

护士盯着那张黑卡看了两秒，又将方启昀从头到脚打量了一遍，才说：“您等一下，我去问一下护士长。”

片刻后，护士对方启昀说：“护士长说可以，您是为12楼的贾静静办理转病房吗？”

她对他印象深刻。

“是。”方启昀的回答很短促，却让面前护士们移不开眼。

“您跟我来。”一名护士带领方启昀前去付款和办理相关手续。

等到方启昀离开后，护士台的护士们才开始小声议论开。

——“这是34床病人的男朋友还是老公？好帅呀。”

——“最重要的是心疼自己女人，就一个肺炎，还要住单人病房，让她好好休息，啧啧。”

——“还很有钱呢，他身上的西装是迪奥定制款。”

——“羡慕。”

此刻躺在床上输液，刚脱离病痛的贾静静，一定没想过自己已经是护士们一致羡慕的主儿了。

另一边，方启昀交完钱，打算离开，护士和他搭讪：“您叫什么名字？是病人家属吗？”

“我是……”方启昀并不想让别人知道自己来过这里，便转口说：“我叫陶然，不是病人家属，如果病人醒了，直接告诉她，是陶然帮她付了钱就行。”

护士虽然奇怪这位先生为什么总强调自己的名字，但也没多想，笑着应了。

“哦对了……”方启昀想起什么，他向护士要了一张纸，写下一串数字，“她的检查结果出来，麻烦发短信给这个号码。”

方启昀从不会将自己的私人号码暴露，很多生意上的伙伴想找他，都是通过助理联络，这一次，他为了关心贾静静的病情，把自己的号码给了一名素不相识的护士。

护士看到的，只是他的贴心，但并不知道，他的破例。

于是，第二天早晨，贾静静一睁眼，便发现自己从普通病房被移到了一间超级豪华VIP病房。高床软枕、液晶电视、真皮沙发，还配有冰箱、微波炉、饮水机，甚至是专属wifi……正在她一脸懵的时候，巡房护士进来给她测体温。

“你的病理报告出来了，支气管肺炎，我们现在给你挂头孢，你不过敏吧？”护士问。

贾静静摇头。

有人敲门，紧接着，有护工推着餐车入病房，餐车上摆放的早餐香气扑鼻，诱得贾静静食指大动，说起来，她已经两三顿没吃东西了。

“这些，得要多少钱呀？”贾静静紧张巴巴地问。

“包含在VIP病房内的服务，也是我们医院的特色服务，你尽管吃吧。”护士朝她露出微笑，“说起来，你男朋友真的心疼你，只是希望你休息得好，就包下了这个病房。”

“男朋友？谁啊……嘶……”贾静静一愣，针头刺入血管的痛意，激得她眼泪溢出。

“陶然陶先生啊，长得很帅呢。”护士艳羡地望着贾静静道。

陶然？贾静静又是一愣，心中顿时生出许多感激与愧疚。

“我的病严重吗？什么时候可以出院？”贾静静突然问道。

“烧已经退了，接下来如果用药效果好的话，最快明后天就能出院。”护士回道。

“我想要尽快出院。”贾静静认真地说。

公司对她这样友善与重视，她唯一能够回报的就是，认真参与培训，提高自己的能力和媒体上的影响力，给公司效力。

护士离开后，贾静静一边吃早餐，一边翻手机看新闻。两条点击量最高的新闻，第一则是老牌天王吴烨婚内出轨网红，照片视频俱在，吴烨方面到现在为止还没有任何回应。贾静静翻这条新闻时，还能用八卦的心态看热闹，但翻到第二则新闻时，她的脸色和翻手机的动作都瞬间凝固。

——“著名电竞主播直播夜跑被绑架，数万观众围观。”

新闻里的第一张图，便是崔亦昕的自拍照。照片下附着一个小视频，视频画面晃动剧烈，却依稀可以看到崔亦昕被抢手机、和陌生男人斗勇，最后被塞进一辆车的全部过程。

贾静静大脑一片空白。

片刻之后，她打电话给崔亦昕，电话被接通之后，还未说话，贾静静便“哇”一声哭出来，声音之悲楚，令崔亦昕不禁怀疑自己自编自导的这场戏是否太逼真了一些。

“好了，乖，我这不是没事儿吗？就算是为了你，我也会保护好自己的。”另一边，崔亦昕边柔声安慰她，边在镜头前将声音开了免提。

“以后不要夜跑，新闻里夜跑的女生总是出事，可吓人了。”

“好，我答应你。”

“也不要再随便撩人，看着可不正经了。”

“这点，他们不同意呀。”崔亦昕眼风一扫，掠过镜头，一派妖妖娆娆。

“你答应我！”贾静静吼了一声，却听到了自己的回音，“你又在直播？崔……”

崔亦昕微微一笑，“啪”一声挂了电话。

（六）

沙滩上，陆离全身上下只穿了件花裤头，慵懒地睡在吊床里，将墨镜拉到鼻梁下，正狐疑地盯着手机。屏幕上，崔亦昕面对闺蜜“睡仙儿”的嘶吼，表现镇定，挂了电话后，仍旧和粉丝谈笑风生。

“有趣。”

“这就有趣了？老板，我觉得您的口味很多变。”一个贼眉鼠眼的男人给陆离捏着肩膀，歪着头看了一眼手机，顺嘴回道。

陆离对他的想法很不满意，但倒是乐意和他深究女人，尤其是名女人。在陆离看来，事业上越是没出息的男人，对女人越是有一番深刻的研究心得。

“你知道崔小喵这个主播吗？”

“知道知道，在叮咚平台，直播打游戏，长得特妩媚的那个。”

“你觉得她怎么样？”

“莫言的一本书名就可以概括，《丰乳肥臀》，棒得很。”

陆离用手边的书砸向男人的头，“谁让你评价她身材了？我是问你，你觉得她有没有大火的潜质？”

男人揉了揉脑袋，认真想了想，点头：“我觉得有，毕竟，打游戏像她那么烂还能火的，挺少的。”

陆离的手机再次砸向男人，“我是问你，她的商业价值！难道你没有觉得这姑娘很会来事儿么？”

“来事儿？”男人不懂。

“就是很会自我炒作。”陆离觉得自己的助理真是蠢得无可救药，一想到方启昀助理那机灵样儿，气不打一处来，恨不能立刻辞退他，眼不见为净。

“您是说，她和她姐妹是作秀？亏我之前还觉得睡仙儿这姑娘单纯呢。”助理终于开了窍。

“睡仙儿睡觉走红纯粹是个偶然，但却是被崔小喵设计的。”陆离晃了晃手指，一脸高深莫测。之前有人推给他一个公众号，点进去一看，就是这睡仙儿的。每篇文章主题巧妙，有些关于社会热点，有些关于挑选酒店的方式方法，有些则是生活随笔，内容文笔也甩了现在很多畅销书作者一大截。怪不得这么短的时间内能吸引来这么大的流量。但是看主题的选取，文章的排版，以及接广告做营销，感觉都不是这单纯的睡仙儿能做的，除了崔小喵，还能是谁？

“哦这样啊，怪不得睡仙儿那么生气。”助理一脸认同。

陆离将手机第三次砸向助理的头，“睡仙儿有什么好生气的，赚了人气赚了钱，她感谢崔小喵还来不及！你这个蠢货！”

助理抱住头，生怕自己被老板砸成个傻子。

“我一直在关注这个主播，她嗅觉敏锐，每次都能成功蹭热点，直播内容虽然毫无营养，但并不讨厌。她前几天就在为这次绑架事件做铺垫了，一直隐隐约约晒伤疤来着，让粉丝猜是谁打的，这一次的绑架，成功跻身热点事件，引发了各种猜测，就在要惊动警方时，她又回来了，说是已经私下解决，让大家不要为她担心。”陆离眼眸眯了眯。

“那这样不是所有人都知道她炒作了？”男人问。

“露出破绽不要紧，要紧的是能红。”陆离斜眼看男人。

“哦哦……”男人不停点头。

“睡仙儿能睡，小喵能炒，二人珠联璧合……”陆离抚摸着下巴，然后从吊床上跳下来，吩咐助理：“找到崔小喵和睡仙儿的联系方式，越快越好。”

一定要趁别的公司签下她们俩之前，先下手为强，但愿没有太晚。

陆离喝了一口椰汁，手指不停在屏幕上点击，给“崔小喵”刷了一辆又一辆跑车。

第四章

无底线竞争

（一）

周三早晨，崔亦昕来接贾静静出院。

在这之前，她先去了住院部，打算为贾静静结清住院费，护士却告诉她，贾静静的男友已经为她付完所有的钱。

两人一见面，崔亦昕便搂住贾静静，笑得极不正经。

“什么时候有的男朋友，我怎么不知道？”她问。

“不是不是，你听护士跟你胡说了是不是？那是 EMT 的人事部经理。”贾静静脸红脖子粗地解释道。

“经理呐，职位挺高，你得抱紧了，二十五年母胎 SOLO，有个男朋友不容易。”崔亦昕又笑得意味深长。

“真的不是，他只是代表公司来看望我，顺便交了住院费，这是，这是 EMT 的员工福利！”为了撇清跟陶然的关系，贾静静将自己也不确信的想法说得肯定。

崔亦昕眯着眼睛打量她，内心几乎肯定贾静静是勾搭上了一个了不得的男人，但此时此刻，她决定放过她，来日方长，不怕她不老实交代。

“现在去哪儿？”崔亦昕问她。

“公司。”贾静静毫不犹豫地回道。

“这么勤奋，都不像你了。”崔亦昕用夸张的语气赞美她。

“当然了，我要赶紧提高自己的能力，才对得起公司给我的关照。”贾静静眼里都是感激和认真。

“好好好！哦对了，最近新开了一家民宿，听说挺有特色的，你可以周末过去看看。祝你早日成为大V哦！”闺蜜终于知道努力了，崔亦昕满是欣慰。

“嗯！”贾静静重重点头。

在崔亦昕开车送她去EMT的路上，贾静静不断嘟囔崔亦昕出卖她，增加自己直播人气的行为。

“你的可爱，不能我一人独宠，得和大家分享呀。”崔亦昕不以为意，笑得欢快。

“你最机灵了！”贾静静一向知道她精明，偏偏对她生不起气。从小到大，因为嗜睡症的困扰，令贾静静一贯自卑，大学时，她和崔亦昕当室友。崔亦昕护着她，永远在她需要帮忙的时候挺身而出，仿佛一个保护神。

这时，崔亦昕的手机忽然响起来，她只是看了一秒，便掐断，不多一会儿，手机再次响起，不知是心下烦躁，还是紧张，崔亦昕总觉得铃声一声比一声尖锐，眉头不禁皱成了一座山。

“谁的？”反应迟钝如贾静静，也察觉出不寻常。

“到了，你下车吧。”崔亦昕猛地刹车，将副驾驶座上的贾静静晃得一阵恍惚。

贾静静一步三回头地下车，她透过车窗，看到崔亦昕坐在车内，跟电话中的人吵架，崔亦昕有些歇斯底里，是贾静静从未见过的模样。

步入公司内，贾静静发现一楼展示厅根本没人，问了安保才知道，所有人都去了山泉酒店，说是要实地探查即将被收购的经济型酒店。

她不知道自己该不该去，一时之间愣在空房间内。

走廊的另一端，有男人谈话的声音出现，伴随着脚步声越来越近。贾静静在那一瞬间，因为害怕尴尬，仓促地躲进了楼道的门后。

那两个男人竟也走进楼道，幸好只是停留在门口抽烟，没发现贾静静的存在。

“咱们真这么做？太不厚道了。”

“商场如战场，只要能达到目的，什么厚道不厚道，山泉那么做就厚道么？”

一名男人将另一名男人说得沉默，四周安静得出奇，两人又掏出一根新的烟，烟火一明一灭之间，仿佛做了一个决定。

门后的贾静静捂着嘴，生怕自己被烟呛出声来。

“那就这么决定了，人找好了么？”

“嗯，不过那女的要临时加价。”

“满足她，不在乎这些小钱，但这件事不能出现纰漏。”

“好。”

两个男人将烟头掐灭，踩在脚下，离开楼道。贾静静松了口气，等到脚步声远去时，才探着身子出门，却蓦地撞上一个陌生男人。

“贾小姐听得开心么？”他笑着问。

贾静静立刻辨别出他的声音，正是刚刚在楼道内说话占主导地位的男人。他直到自己躲在门后，还知道自己的名字。想到这里，贾静静顿时毛骨悚然，惧怕地往后退，却退无可退。

“贾小姐别害怕，我叫汪德川，新叶的总裁助理。这是我的名片。”

汪德川从西装口袋中抽出一张早已备好的名片，礼貌地递给她。

贾静静接过，却觉得名片拿在手中发烫。

汪德川不动声色地打量了她一遍，眼底露出些微轻蔑的意味，面上却还是客气道：“如果有兴趣的话，可以来新叶看看，我们的实力不比 EMT 差，甚至更胜一筹。”

说完这句，汪德川便离开，贾静静站在原地不知所措，反应过来后才发觉自己的后背已是冷汗涔涔。

新叶？厚道？山泉？这些关键词在贾静静脑中翻来覆去。只要一想到那男人的模样，贾静静心中就仿佛被什么撞了一下似的，这种说不清道不明的感觉，是人类的本能，一种面临不祥之事时所产生的本能。

（二）

位于杉则路的山泉酒店，是一家典型的经济型酒店，杉则路临近大学城，四周的经济型酒店尤其多，各个要么打经济战，要么打情怀牌，山泉酒店中规中矩，生意并不算好。

EMT 的一行人出现在大堂时，大堂空空荡荡，只剩前台姑娘在暖气的作用下昏昏欲睡。

“我希望你们记住一点，在提交测评时，不光是客观评价该店的设施、服务、餐饮质量等，还要对比周边同等级酒店，提出建设性意见。”负责人对林贞和李梦娜说。

林贞扫了一眼大堂，唇角弯了弯，说道：“装修也太古板了，周围都是大学生，怎么会喜欢这种酒店嘛，难怪没人气。”

没有一个人接她的话，大家纷纷望向她。

“我说错了吗？”林贞挑眉道。

“没有，有问题是好事，多思多虑是一名优秀的试睡员应当有的品格。”负责人朝她微笑道。

李梦娜手指触碰到墙壁，厚厚的灰尘令她眉头直皱。

“经济型酒店刚崛起时，很兴盛，但大家都开始分这块蛋糕时，就开始淘汰很多不思进取的酒店了。试睡员也是，如今你们是宝贵，因为这是个新兴行业，但不久的未来，当这个职业发展成熟后，你们不思进取，也会被淘汰。你们这个年纪，重新选择职业，必定都是经过深思熟虑的，要严格要求自己才行。”负责人不客气的眼神在林贞与李梦娜之间来回扫，均没有看出二人脸上露出不悦的神色，这才满意地转过身。

酒店服务生小跑着将房卡递过来，负责人交给林贞二人，吩咐道：“你们不是来休息的，只有三个小时，三小时后楼下集合。”

“好。”二人应道，随即拿着自己的房卡，乘电梯上了楼。

李梦娜去了三楼，而林贞入住的房间在四楼。她一路拖着行李箱来到房间门口，刷完房卡，随着门锁“滴”一声，房门打开。

映入眼帘的不是整洁干净的房间，而是一片春光旖旎。地上堆砌着乱七八糟的衣服，床上一对赤裸着身体的男女显然受到惊吓。女人尖叫着缩进被子内，男人扯被子盖住腿，朝林贞喊道：“你，你是谁？”

林贞惊得目瞪口呆，低声说了句“抱歉”，很快退出房间，愣了几秒后，她低头看看房卡，抬头看看房间号，发觉自己并没有走错房间。

“搞没搞错啊？”林贞皱眉，抬起手敲门，打算跟他们理论。

片刻之后，一名中年女人开了门，满脸杀气。男人看起来比她小很多，缩在她背后，遮着脸，似乎很怕被人认出来。

“你是怎么进来的？”女人不客气地质问。

“还能怎么进来？”林贞晃了晃房卡，“倒是你们两个，怎么会出现在我房间？”

林贞边质问着，边将自己的行李往房间放，一副收复失地的模样。

“什么你的房间，这明明是我们的房间！”女人吼道。

“405，你的房卡呢？”林贞将房卡上标的号码，递到女人眼前。

女人看了一眼后愣住，她拿起自己的房卡，不可思议地道了一句：“也是405，这不可能啊。”

十分钟后，林贞与中年女人一起出现在前台，女人身后的小白脸不知所踪。

前台昏昏欲睡的小姑娘，听了事情的前后经过，精神抖擞地起立向女人鞠躬道歉：“陈总对不起，对不起，我把房卡搞错了，将您房间的另一张卡给了林小姐。”

“开重房可是大事，不是你几句对不起就算了的。”几人的身后响起一道男声。

大家转头望去，是新叶集团的总裁助理汪德川。

“真的很对不起，对不起……”姑娘吓得脸色惨白，已经哭出声来。开重房确实是酒店行业的巨大失误，如果事情传出去，会直接导致她无法在该行业立足。听小姐妹说前段时间一个EMT的前台也犯了一样的错误，但是好在房间都是给他们公司内部人开的，事情还没有传开，EMT的事大家知道了也不敢往外说，即使这样，那个前台也被开除了……而眼前的情况比EMT的要糟糕很多，现在众目睽睽，有顾客，有EMT试睡员，还有这个自己根本得罪不起的女人，想到这里，姑娘哭得更惨了。

她这一哭，倒让中年女人下不了台。如果她继续纠缠，会显得自己仗势欺人，可是就这么算了，内心又不甘。

顿了顿，中年女人对汪德川说：“这件事我不追究了，只是，我的红宝石项链没了，酒店有义务帮我找吧？”

前台姑娘停止哭泣，一脸呆滞。林贞则抬起眼角，与中年女人目光相撞。

刚刚只有自己进过她的房间，中年女人这时候说起项链的事，岂不是在暗示自己顺走了项链？这简直是奇耻大辱，怎么可以忍？可要是自己先开口，那就是主动将罪名按在自己头上。想到这里，林贞脸色愈来愈难看。

汪德川目光在中年女人和林贞之间来回流转，片刻之后，他将中年女人拉至一旁，用只有他们三人听得见的声音说：“陈总，您别难为她，我请您吃个饭赔礼道歉行吗？”

中年女人冷哼一声，十分不屑，汪德川也不生气，继续低声下气道：“我知道我没资格请陈总吃饭，那您看您这边需要赔偿多少，我看看能不能找公司协调一下……毕竟这项链，肯定找不回来不是么？”

中年女人沉默着打量了他几眼，脸色这才转晴，“大公司调教出来的助理，果然很会做人，你就是估摸着，我不敢得罪新叶和EMT是不是？”

“不敢不敢。”汪德川慌忙低下头。

“得了，这事儿到此为止。”中年女人说道，随后望向林贞，“今天你看到的事……”

汪德川忙打断道：“她嘴很严，不会说出去的。”

中年女人径直离开，林贞也不笨，从对话中，她猜出了女人的身份，要么是某企业的总裁夫人，要么是某企业的女总裁，跟丈夫感情甜蜜，最起码在外界看来是这样，实际上，她私底下早已包养了小白脸。选择来这不起眼的经济型酒店，也是为了避人耳目。

林贞呼出一口气，对汪德川道谢：“多谢您替我解围。”

“没什么，我们跟EMT是战略合作伙伴，照顾方总的员工，也是我份内之事。”汪德川笑得体面，悄无声息地递给林贞一张自己的名片。

林贞一愣，却也悄无声息地收下了。

（三）

山泉酒店总部内，总裁许昌然正在冲员工发脾气。

“一群饭桶！现在这事已经被捅到业内，对我们的形象很不利！”

许昌然摔了一个杯子，尤不解气。

“许总，我觉得这事太蹊跷了，咱们酒店这么多年都没出过事，开重一次房，就闹这么大。”员工斗着胆子说道。

“废话！酒店行业竞争多激烈，我们的对手都巴不得我们今天就死！”许昌然气急败坏道。

“也不一定就是对手干的吧……谁不知道我们公司正等着被收购，在这档口上……”员工没有再接着说下去。

许昌然恢复了一丝理智，眼睛眯了眯，想到了别的可能性，但这可能性令他不寒而栗。

“许总，出事了，出大事了！”一名女性员工门都不敲，直接进来说道。

她满脸的焦急，令许昌然内心越来越沉。

“是咱们市的中心旗舰店，有一名女客人，在酒店电梯出口，遭到了陌生男人的强行拖拽和猥亵，那女客人人脉广阔，此刻一大批媒体都跑到了咱们店门口，势必要帮那客人讨一个说法。”女员工缓了口气说道。

许昌然眼前一黑。

“走，去中心店，先稳住局势。”许昌然说着便要出门，走了几步，又像是想起什么，回头交代下属道：“给运营部的人发消息，官博先道歉，不管事实如何，我们先道歉。”

“是。”下属连忙点头。

匆忙走在路上的时候，许昌然内心生出无数杂乱的念头，他有些后悔不该听信旁人怂恿，去跟即将成为自己东家的EMT作对。

商场如战场，能打胜仗的将军便是好将军，没人管你用什么方法，哪怕是烧对方的粮草。

（四）

陆离的助理名为陶辞，是 EMT 人事部经理陶然的远房表弟。虽然没有陶然机智聪慧，但调查人的速度还是挺快的。

不到一天，崔亦昕与贾静静的联系方式及全部资料，都出现在了陆离的餐桌上。

“原来睡仙儿真名叫贾静静啊，我以为她不开直播号是吊粉丝胃口呢，原来是个嗜睡症患者……居然还被 EMT 招去当试睡员了，有意思，你那表哥比你有先见之明多了。”陆离抿了口咖啡，侃侃而谈。

“他是人事嘛，眼光是毒。”陶辞抓抓头。

“崔亦昕，这姑娘简历很优秀，明明可以靠能力吃饭，却偏偏靠脸，想赚快钱，要么对自己很自信，要么很缺钱。”陆离翻着资料，笃定地下结论。

他看上的两个姑娘，都还没被平台签下，这算是个好消息。

夏威夷的私密沙滩上，陆离将资料丢一旁，快速吃完最后一片面包，抹了抹嘴角，起身，“让司机把车开来。”

“咱们去哪儿？”陶辞问。

“机场，回千城找方总要人。”陆离势在必得。

贾静静俨然还没意识到自己成了香饽饽，她正兀自苦恼，缺席的试睡课要怎么补回来。是自己花钱去住山泉酒店，还是借一下同事的测评笔记？似乎都不是好办法。

要命的是，自己住院了三天，再回到公司后，世界似乎都变了。所有人对她的态度变得疏离。林贞对她一向不客气，如今更是冷嘲热讽全挂在脸上，李梦娜一贯话少，见了她，只是淡漠地点头。令她感觉最不适的是负责讲课的几位老师，休息期间，他们聚在一起聊天，等贾静静靠近时，便很有默契地相互沉默。他们的窃窃私语，像一把刀子，狠狠地刮在贾静静身上。

午餐时刻，贾静静从包内掏出几个紫菜饭团，鼓起勇气走向人群，然而大家不等她开口，便一下子散开，像是约定好一般。

吸了吸鼻子，贾静静装作没事一样，一个人走到走廊，在一个角落处蹲下，大口大口咬着饭团。狼吞虎咽的动作，消灭了喉咙深处的一丝哽咽。

突然，面前出现了一片阴影，修长而舒展。

贾静静抬头，是方启昀。他向她伸出手，贾静静却不敢触碰，只是虚拽了一把方启昀的袖子，自己快速站起，因为动作太急，眼前一黑，一切恍惚得不真实。

“你挡到我的路了。”方启昀面无表情地说。

贾静静回头，自己蹲着的地方竟是电梯口，慌忙让出一条道。

他站在电梯口等电梯，贾静静立在他身后，顿了顿，才开口道：“旁边的电梯好像更快一些。”

“这是专属电梯。”方启昀没有看他，声音淡得没有丝毫情绪。

电梯门打开时，刘堂风小跑着追上来，先是打量了贾静静几眼，又像反应过来什么似地狂按旁边地电梯按钮。

目送他俩离开，贾静静长吁出一口气。

十二楼，刘堂风小跑着追上方启昀。

“山泉那边，已经自乱阵脚了。”他小声地禀告道。

“嗯，按原计划行事。”方启昀不动声色道。

二人走路步伐逐渐一致，方启昀却突然话锋一转，“她的肺炎好彻底了？”

“问了医生，说是康复了。”刘堂风回道。

“那就好。”方启昀点头，这突如其来的关心让他感到了自己的不同寻常。

顿了顿，刘堂风忍不住问道：“老板，你明明很关心她，为什么假装不在意？”

“我何时很关心她了？我对我们公司的每一位员工都一视同仁。”方启昀怼回去，随后又很快恢复云淡风轻，随口问了一句：“你就没发现，她已经被同事排挤了吗？”

刘堂风脑海中回忆了一下贾静静一个人站在走廊的模样，眉头一皱，“凭什么？”

“EMT 从来没有给员工报销医药费的先例，贾静静得到了特殊对待。”方启昀说到这里，停顿了一下，面色有些微不自然地继续说道：“是陶经理没有顾虑周全，私自做了这个决定，还从公司内账上走，会计室那几个嘴碎的一传，全公司便知道了。”

刘堂风觉得哪里不对劲，一时又说不上来，快走到办公室时，他才问了一句：“需要处理一下公司这些多事的舌头吗？”

公司内斗，还斗得如此低端，一向为方启昀所不喜。刘堂风自认为揣摩对了老板的想法，却没料到方启昀只淡淡地回了一句：“要成为金牌的酒店试睡员，她将来要经历的风雨多了去，因为这点小事就要趴下，那她也配不上我的格外关注。”

“老板说的话就是有哲理……等等，老板，你终于承认你对她格外关注啦。”刘堂风终于捕捉到了自己内心的那丝不对劲，源于方启昀提起贾静静这个姑娘时反常的神态。

“啪”一声，方启昀办公室的大门，将刘堂风因八卦而憋得通红的脸，阻挡在门外。

门的背后，方启昀唇角露出一丝得意的微笑，却不由得有一些心慌，害怕于这个小姑娘给自己带来的改变。

这时，他的手机响起，来电人是陆离。

“hey，哥们儿，你是不是约了每策的应总一起吃晚餐，据说应总喜清淡，我订了日料餐厅，一起吃饭吧。”他欢快地说道。

“你小子倒是机灵。”方启昀面对陆离的厚脸皮，笑容已经渐渐消失。

一天前，他告诉自己，想见面聊聊关于他的“网红合作计划”，自己并不感兴趣，直接拒绝，没料到自己兵来，他将挡。自己用水，他土掩。

（五）

山泉酒店旗舰店门外，媒体和群众围得水泄不通。

许昌然一下车，眼前闪烁着白光，他用袖子遮挡眼睛的同时，听到相机的“咔嚓”声汇成一片。

“拍什么拍！”许昌然不满道。

工作人员护送他到酒店内，他一眼看到一名戴墨镜的女子翘着二郎腿，坐在沙发上。室内戴墨镜，她的反常举止示意她不愿与任何人沟通。

然而……许昌然就是来解决问题的。

“这位女士，我们可以聊一下吗？”许昌然递出自己的名片，态度尽量客气。

女子却连墨镜也没摘下，一把呼开名片道：“滚开，我不聊！”

望着自己被掀到地上的名片，许昌然感觉耻辱，却不能发作，硬着头皮低声说道：“闹大了对谁都不好看，你要多少钱，我们私了。”

女子忽然发怒，将墨镜摘下，狠狠摔在地上，大声斥道：“我被摸屁股了，光天化日之下被摸屁股了！还差点被拖走，命都要没了！你跟我说私了？”

酒店内的人纷纷往这边看来，酒店外的人见到这种情景，兴奋地一窝蜂挤进来，保安拦也拦不住。

场面已然失控，女子并不打算就此消停。她揪着许昌然的领带，大声嚷嚷道：“如果是你家女人被摸屁股了，你还能让私了吗？你说啊！”

许昌然窘态毕露，内心窝火，却又不能表现出来，不然罪加一等。

“你们都是死人呐，还不快拉开她！”山泉的员工着急地冲保安吼道。

保安忙上前拖开女子，记者们失去阻力，直接冲到许昌然跟前来拍，镜头直对准他的脸，精准地捕捉他每一刻的丑态。

许昌然整理好衣服，朝着记者的镜头，官方地说道：“对于受害者的遭遇，我们很同情，也将给予高度关注，山泉酒店总部会第一时间成立处理小组协助受害者，另外，我们也已报警，会积极配合警方调查。”

“骗人，骗人！”女子在身后张牙舞爪，拼命喊道：“在事情没闹大前，他们根本没有任何解释和道歉，他们说我无理取闹！”

“许总，受害者现在情绪激动，看起来不像是在撒谎，山泉酒店如此不作为，让广大消费者寒心，您怎么看？”一名记者举着话筒问。

“关于这件事……”许昌然暗自咬咬牙，狠着心道：“总部并不知情，是该店自作主张，我们会教育该店店长与员工，一起积极解决问题。”

旗舰店是山泉最初下足血本的一家店，如今为了整个山泉的声誉，许昌然逼不得已出卖它，虽于心不忍，却一点别的办法也没有。

“那么许总，这件事，山泉会给予受害人赔偿吗？以及酒店后续的安保问题该如何改善？”记者步步紧逼。

山泉的公关部负责人姗姗来迟，许昌然丢给他一记眼神，他连忙护住许昌然去楼上休息室，自己留下来应对记者的刁钻提问。

“我们是四星级酒店，有安保巡逻，所以不存在安全问题，这是例外。”

“我们会积极配合一切调查，在此之前，我们暂时不作任何回应。”

人群中传来窃窃私语，紧接着一只高跟鞋砸向负责人的头，刹时被磕出血。

“有安保我怎么还收到色情小卡片呐！你们是要勾引我丈夫，还是教坏我儿子？不要脸的酒店！”中年妇女尖锐的嗓音划过喧嚣。

这一幕幕迭起，成了当日社会新闻头条，许昌然的狼狈嘴脸成了大家茶余饭后的笑谈。

可许昌然本人，并不是坐以待毙的性格。

（六）

就在山泉遭遇一连串打击时，方启昀正出发，往费尔蒙酒店的自助餐厅而去。

晚餐时刻人比较多，但方启昀、陆离、应祁这一行商业精英打扮的人，还是迅速吸引了所有服务生的目光。

“应总，久仰，我是陆离，启昀的大学同学，刚从英国回来。”刚落座，陆离就双手奉上烫金名片。

方启昀话很少，他坐在窗边，默默切着牛排，听着陆离是如何顺着自己这根杆儿，三言两语将应祁撩拨得对布偶直播平台兴致满满。应祁是手握数亿资产的投资人，陆离是个有想法有创意的海归富二代，可惜他的理想得不到陆家老爷子支持，要在如今直播平台层出不穷的当下杀出一条光明血路，陆离很需要钱。

“现在可是直播行业的红利期，人口就是钱，流量就是钱。”陆离依旧口若悬河介绍着自己的行业。

应祁也听得入神。方启昀目光转向窗外，前方不远的花圃处，有一座青铜人像喷泉雕塑，人像雕刻精致，每一根头发都有一处泉眼，可以伴随着音乐的节奏点，往外喷水，每一注水交射的弧度形成独特造型。

有几对情侣正在喷泉下嬉戏，也有人形单影只，正在躲避水柱。

定睛一看，那人的身影似乎有些熟悉，她是……贾静静？

随着一注水的落降，灯光打下，方启昀看清了她的脸，真的是她。此时此刻的贾静静似乎玩心大发，一人走上陡峭的台阶，却不小心一脚踩空。

方启昀心抖了抖，差些要站起提醒她注意。

有个男生快速地跑上来扶住她，贾静静扭头朝那男生道了声“谢谢”，男生笑得灿烂，摇摇头。

这个细节落在方启昀眼里，十分刺眼。

“方总，方总？”应祁喊他。

“嗯？”方启昀回过头，迅速换上一副倾听的神情。

“刚陆总说，他看上了你们公司的一个员工。”应祁说。

陆离在搞定投资之后，终于将话题转到了自己身上，本次晚餐的话题也正式切入到陆离的第二个目的——挖人。

“于工作来说，高层肯定不行，基层员工，你应该看不上。于私人感情来说，你要追哪个女孩儿，不需要经过我同意，EMT 没有不人性化到干涉员工私生活的地步。”方启昀清晰又快速地表达完自己的立场。

“还真是想要找你要个女孩儿……”陆离笑得贱兮兮的，让方启昀内心升起一股不好的预感。

“那个贾静静……”

“不可以！”

“为什么？我已经打听过了，她是你们公司签下的试睡员，我挖她来我们平台，不影响她试睡，再说了，她本来也是依靠直播出名的。你不肯，除非……你对她有别的心思。”陆离此话一出，言语中的暧昧令应祁也察觉到，转头看他，方启昀脸色居然有些不自然起来。

从小，父亲就教育过自己，凡事不喜形于色，对待在乎的人不要太亲近，对讨厌的人也不要太疏离。当自己的真心被人猜透，也就暴露了软肋。作为 EMT 这个巨大集团的继承人，方启昀不可以有软肋。

空气有一刻的沉默。

陆离立即猜测到什么，他说这段话，其实没有要打探方启昀的意思，他原本以为方启昀签下“睡仙儿”，是出于商业考量，他预料到方启昀不会放人，所以打算和他商议共同合作开发“睡仙儿”身上的商业价值，但似乎……事实不完全是他想的那样。

“哈哈哈哈……据说，贾静静这姑娘有个特异功能。”

“什么？”应祁很有兴趣。

“应总没听说吧？她能被 EMT 聘到旗下，是因为曾在美嘉半岛给方总找出房……身上的监听器，阻止了山泉酒店老板邪恶的监听计划。”陆离讲得绘声绘色。

“原来是这样，她经受过特别训练？”应祁好奇道。

“天赋异禀吧。”方启昀接话道。

“应总也是天赋异禀，年纪轻轻就在华尔街大放光彩，方总也天赋异禀，三十岁，就掌握了方老爷子研习一辈子的管理开发酒店的技巧，我得向二位学习。”陆离举起酒杯，话题就此生硬地转了过来。

方启昀碰杯的动作快速而干脆，且一饮而尽，然后将空杯朝陆离倾了倾，算是谢过他在投资伙伴面前保全自己的颜面，陆离笑得暧昧，心领神会。

三人吃完餐食，离开酒店时，贾静静还没有从喷泉前离开，扶她的男孩儿走到她面前，似乎在搭讪要联系方式。

方启昀脚步顿住，面露不悦。

陆离似笑非笑，目光顺着方启昀脚步顿住的方向看去，陆离脸上的笑意更深了。

（七）

晚间九点，整个千城被雾气笼罩，时隐时现。路灯犹如天上的星斗，不断变化流动的角度与亮泽，使人迷醉。

陆离的车停在一家私人酒吧前，彼时的他换了一身休闲装，由朋友引荐，进入酒吧内。与其说是一间酒吧，不如说是一家私人会所，富二代、社会精英、名媛淑女们会在这里，或开拓资源人脉，或斩获美色。

陆离望了一圈，终于找到了自己想要找的人。

“嗨，崔小喵。”他轻拍了下崔亦昕的肩。

崔亦昕回头，给予微笑，脑海中却没有关于眼前这人的记忆。

“我叫陆离，是布偶直播的创始人。”陆离看出她眼中的疑惑，自报家门道。

“您好。”崔亦昕微微弯腰。

陆离近距离打量她，身材姣好，五官精致，眉角的痣更为她添了几分妩媚，直播平台的美颜镜头对于她，用处不大。

“我们去那边聊聊？”陆离指了指右边的角落。

“好。”崔亦昕微笑应着，先是跟刚才聊的男人说了声“抱歉，回聊”，随后端起一杯鸡尾酒径直走向角落，陆离看了眼那男人，觉得有些面熟，似乎是某电视台节目编导，他向他点头致意，也端起一杯酒，走向崔亦昕。

对崔亦昕此人更近一步的印象，陆离觉得是意料之中又意料之外的。

她懂得在任何场景里为自己制造机遇，比如依靠名气，拥有了进入这家会所的资格，结识那名编导。

但她逻辑思维清晰，比如当陆离摆明身份，向她抛出橄榄枝，用优厚待遇吸引她跳槽时，她并没有立刻答应，轻松避开陆离设定给她的任何套路，问出的问题正中要害，让陆离差些招架不住。

所以，崔亦昕是一个精致的利己主义者。

再说她本人，毫无在直播里的外向娇嗲，一出镜头，整个人便显得沉静。

她的体内住着两种灵魂，还是镜头内的她只是伪装呢？如果是第二种，那她真是一个天生的演员，具有极强的塑造性。

虽然很难驾驭，但陆离对她充满兴趣。

这种兴趣，陆离很熟悉，除了一个老板对优秀员工的迫切渴望，隐隐约约，似乎还有身为一个男人，对野马一般的女人，生出的征服欲望。

（八）

十一点，千城上空的雾气更浓。

方启昀用遥控拉上窗帘，室内的温度与湿度都控制在一个让人舒适的范围内，房间的角落里挥发着檀香。

这是一个十分催眠的环境，方启昀的脑子却对这样的环境免疫，他的脑海内不断出现报表、会议、商业斗争……最后，是一个男生扶住贾静静的场景。

过了半小时，方启昀蓦地掀开被子，径直走去客厅，拉开冰箱门，给自己倒了一杯冰水，然后，他吞了一片安眠药。

然而安眠药像是过期了一般，对方启昀的失眠毫无作用。

一整个晚上，方启昀的脑海里像是住了一群士兵，他们摇旗呐喊、簸土扬沙，没有片刻的安宁。

辗转反侧，方启昀干脆起身将电脑打开，处理起白天没处理完的工作。

在工作状态中的方启昀会忘记自己焦躁、无可依傍的处境，他必须要保持一颗平常心，与失眠争斗，与意志争斗，还要与那些无时无刻想要将他拉下台的人争斗。

十二点的时候，酒吧的宾客们正逐渐离开，而陆离和崔亦昕的谈话也告一段落，陆离起身，绅士地问了一句："你住哪儿？我送你回去。"

让陆离感到意外和丢脸的是，崔亦昕居然拒绝了他，且拒绝得果断干脆，没有丝毫转圜余地。陶辞在陆离身后，憋笑憋得满脸通红。

"陆总，我回去思考一下再回复您，谢谢您的邀请。"崔亦昕说完这句话，转身就拦了一辆出租车。

陆离错愕地看着她的身影就这样消失在夜幕里。

“哈哈哈哈……”陶辞忍不住笑出声。

陆离一巴掌拍在他后背，“笑屁啊。”

陶辞吃痛，龇牙咧嘴：“我是笑居然有女孩子拒绝老板你……”

陆离唇角微微勾了勾，不知哪儿来的一股自信，对着无尽的夜色，下了一个结论：“欲擒故纵。”

第五章

特殊的善意

（一）

次日清晨，崔亦昕微微睁开双眼，伸了个懒腰，上扬的嘴角暗示着她一夜好眠。可是，当她扭头看向床边，发现贾静静正看着她的脸，一动不动，搞得她一阵头皮发麻。

“你在看什么？”崔亦昕惊讶地问。

“我觉得，就算你没洗脸，没化妆，头发乱糟糟的样子还是很好看，怪不得那么多人喜欢你，就算你游戏打得很烂。”贾静静喃喃地说。

“你把最后一句去掉，我会当作你是认真夸我。”崔亦昕朝她丢了一只袜子，可贾静静不躲不闪，只是站在原地，静静地望着自己，这让崔亦昕觉得不对劲。

“你怎么了？”崔亦昕以直勾勾的眼神回望着她。

“你教教我怎么讨别人喜欢吧，我觉得……我的同事都不喜欢我，虽然你说成为一个强者后，就不在乎这些了，可是我在乎，被人忽略的感觉，很难受。”贾静静低下了头。

崔亦昕精准地触碰到她言语里的失落。

“你有没有想过，他们疏远你的原因是什么？”崔亦昕问道。

“大概，是因为我的病吧。”贾静静嗫嚅道。

贾静静的病，一字双关。崔亦昕颇为心疼地望着她。自己是大学时期认识她的，她们一个宿舍但不一个系，最初，宿舍里的女孩们尚能友好相处，直到贾静静暴露出自己的短板——嗜睡症后，大家开始对她产生隐约的排斥，到后来变成了明目张胆的嘲笑。贾静静性格怯弱，并不敢反抗，崔亦昕看不过去，主动站出来，当起贾静静的护花使者。

崔亦昕总是对贾静静说:“老天给你一手烂牌，你就破罐子破摔了？你不挣扎一下，怎么知道自己不会赢？”

她希望贾静静跟她一样，活得尖锐且漂亮，做一朵在荒漠中带刺的玫瑰花。

可贾静静始终躲闪，崔亦昕忽然明白，一个人天性软弱，在没有经历大的刺激前，并不会因旁人三言两语的刺激而突变。

崔亦昕庇护着她，像庇护一个小女孩那般。自那以后，崔亦昕成了贾静静大学四年唯一的朋友，也是唯一值得依赖和信任的人。

崔亦昕下了床，手放到贾静静肩上，认真地看着她说：“如果是因为嗜睡症而看不起你，那他们太低级了。如果是因为你先前肺炎请假，那还情有可原。”

“啊？”贾静静没能明白。

“你受到的优待，引起了EMT其他员工的不满，这太正常了。因为嗜睡症，你表现得很懒散，这对其他认真工作的人来说，是一种无形的挑衅和蔑视。想要解决这个问题，你得表现得积极一些，最起码让你的老师、对手们觉得，你尊重他们。”崔亦昕一语中的。

“我明白了。”贾静静听完，急速往外走。

她在客厅中翻箱倒柜，终于在茶几下面的抽屉里，翻出一盒针，将它塞进包内。

崔亦昕出房门时，恰巧看到这一幕，她张了张嘴，最终还是一句话没说。

在对抗嗜睡症的道路上，贾静静已然付出了最大努力，可是作用总是不大，这给她的生活、事业，乃至人际交往上带来巨大影响。崔亦昕有时候想，命运在她身上烙下伤疤，总归会给予她一些特别的补偿，她的未来一定不仅于此。

（二）

贾静静很早便到了公司，当同事们与讲课的老师陆续走入展示厅时，她起身一一打招呼，除却李梦娜向她冷淡地点点头，其他人均视她为隐形人。

虽然已经做足准备，可当下，难过的情绪还是在四肢百骸化开。

吸了口气，贾静静在座位上坐下。

老师发给她们三人各自一套书，端在手里，沉甸甸的。看封面，居然是西方美术史、建筑史和设计相关的书籍。

正在三人各自发怔之时，老师解释道："你们目前对EMT和国内的其他酒店，已经有了基础了解，但国外，尤其是西方的很多酒店都涉及建筑、历史、美食、艺术、设计等各方面的卖弄，作为试睡员，你必须懂得比别人多。"

见三人面色还有疑惑，老师又打了句比方道："就像是，你要夸意大利本土的披萨比中国的好吃，首先，你自己得吃过原汁原味儿的意大利披萨吧。"

林贞会心一笑。

贾静静翻着书，睡意逐渐昏沉。她从包内翻针线盒，窸窣的声响引起林贞注意，林贞用目光余角打量她，见她取出针，眉心一跳。

“你们不要不当回事，最后的录取考试，此项的比分，占百分之四十。”老师提醒她们道。

李梦娜随意翻了两页书，便又合上，她悄悄拿出手机翻微信，脸上的神情从焦虑到心死，最后眼神木讷地望向窗外，似乎要透过那片天空，向远方的某个人投去期望的一瞥。

贾静静已经睡意朦胧，她取出一根针，龇着牙，狠狠往手指上戳了一下，看见血珠涌出的那一秒，贾静静同时感觉到刺痛，顿觉清醒许多。

林贞却已经在一旁惊叫起来：“你干什么！”

所有人都循声望过去，目光从林贞身上，再转向贾静静。而贾静静迟钝地捏着针，愣在那里，细长的针在光线下发出点点寒芒。

“你带针做什么？”老师厉声问道。

站在一旁的工作人员上前将针夺过来，动作幅度偏大，一下子将贾静静藏在包中的针线盒抖落在地，雨点般密集的针洒了一地，看得旁人心惊。

“你带这么多针干什么？准备刺别人，还是刺自己？别告诉我，你是来当裁缝的。”老师的表情已经浮上怒气。

贾静静脑中又觉得昏沉，她懵懵懂懂地站起来，打算解释：“不是，不是，这些……”

林贞抢白道：“我刚看见她拿针刺自己。”

“你在自残？”老师惊得后退几步，在她眼里，自残的人心理已经病态，可能会伤及他人。

“不是，我真的不是。”贾静静越着急便越解释不清楚，她越往前，老师便越后退。

工作人员将她拦住，林贞在身后抱着手臂，看她笑话。

所有人都用看怪物一般的眼神看自己，贾静静眼眶泛红，她紧紧捏着自己的衣角，环顾这些冷漠的人，气急反笑，薄唇微启："我有嗜睡症，为了不让自己上课睡着一直在做努力。之前进医院就是因为喝了过量的咖啡，今天我用针刺自己，也是为了让自己清醒一些。而你们，为什么总是针对我呢？我碍着你们什么了？"

说完，她便走出展示厅，走得越来越快，甚至开始小跑，跑出公司蹲在花圃前终于忍不住哭了出来。

脑子里仿佛炸开了一团，一幕幕往事走马灯一般快速闪现。她只是得了一种罕见的病，为什么要被大家排斥、嘲笑？凭什么这个世界对自己如此糟糕？

一名西装革履、气质冷峻的男人站在落地窗前，俯视着楼下花圃间的情景。身后电话一直在响，他仿佛置若罔闻。

过了很久，贾静静慢慢起身，却小腿发麻，最后像个怪人一般，迈着奇怪的步伐一步步走回公司。

一楼大厅无人，四周清冷又压抑，贾静静止住了眼泪。

崔亦昕告诉过她，任何困难的时刻，都不可以退缩，很多看似艰难的事，只要坚持下去，总会出结果。何况她是真的喜欢这份工作，感觉找到了自己的价值，也得到了很多人的认可。

胸腔之中的委屈逐渐消失，迷茫的神志也渐渐清醒。

"喂——"随着身后脚步声的迫近，一道男声扬起。

贾静静回头，竟是方启昀。她微微一惊，语气略显紧张道："方，方总……"

方启昀蹙眉望着她的脸，只见她鼻涕眼泪一大把，整张脸像一只花猫一样脏兮兮的，可就是这样一张丝毫不讲究的脸，令他惦念。她身上究竟蕴藏着什么？他的求知欲，令他想迫切地搞明白这个问题。

他从身上拿出几张纸巾，递到她手上，"把脸擦一擦。"

"好……我知道我现在的样子很丑。"贾静静接过纸巾，胡乱擦着。

纸巾的质地柔软，上面印着一簇簇花纹，好闻的气味钻入贾静静的鼻腔，那是一种特殊的，类似于某种植物的清新气味，令贾静静感到愉悦，仿佛置身于夏天的空气里。

“谢谢方总。”贾静静眼神明亮，恭敬地向他道谢，并将剩余的纸巾递还给他。

方启昀看也不看，“留着吧。”

“哦。”贾静静局促地收好纸巾，并不明白方启昀为什么突然出现在这里，又突然对她这么好。

盯着她看了半晌后，见四周无人，方启昀声音忽然软下来，“发生在你身上的事，我都知道了……这就感觉委屈了？”

贾静静略惊讶地望了一眼他，又胆小地垂下头，她没料到，日理万机的总裁大人对自己这么关注。

“你缺乏狼性，就是一只小绵羊。”他说。

“这样不好吗？我不认为自己做错了什么，我一直很努力。”贾静静有些激动。

方启昀淡淡地摇了摇头，“不是不好，是这样不适合在职场生存，在职场上，没什么对错，大家只看结果。”

贾静静情绪有些挫败。

“你最大的缺点，适当运用，便是你最大的优点。你要努力克服困难，毕竟……”方启昀的话戛然而止。

“毕竟什么？”贾静静却问出了口。

“没什么，你快进去吧。”方启昀的声音蓦地转冷，令贾静静摸不着头脑。

目送贾静静的背影越走越远，方启昀将那句未说完的话沉在了心底。

——毕竟，我又不可以时时刻刻护着你。

谜鹿文化

他轻不可闻地叹息一声，转身时，却看到一名身穿阿玛尼职业装的短发女人站在那儿，巧笑倩兮地望着他。

（三）

次日，贾静静一人在公司食堂吃饭时，听到了一个重磅消息：EMT高层将经历一轮大的人事变动。不光设计部会空降一位女总监，董事会那边，似乎也隐隐有骚动。

正当贾静静竖起耳朵，想要听得更仔细时，李梦娜忽然出现在眼前，并直接坐在自己对面。

“给你，收好了，下次别拿出来吓人。”李梦娜将针线盒推给她。

贾静静稍稍一愣，内心浮起一丝感动。虽然李梦娜曾经坑过她，可比起林贞，李梦娜对她是善意的，最起码表面上是。

“其实，嗜睡症可以通过医疗改善的，你没试过吗？”李梦娜咬了一口排骨，问她道。

“以前去过，但医生也没什么好办法。”贾静静有些沮丧。

“家乡的小城市？你可以去千城的脑科医院看看，我不是说你脑子有病，而是专科医院的医生，往往更专业些。”李梦娜说道。

“也想过，只是，挂号太难了，专家号都排到明年了。”贾静静回道。

李梦娜耸了耸肩，埋下头吃饭。窗外的阳光打在她身上，将她的身体镀了一层金色。贾静静看得呆住，不禁卸下所有防备。

“梦娜，我真的有那么讨厌吗？”贾静静轻声问道。

这句话，她问过崔亦昕，可是她还是想要听一遍同事的回答。

“不啊，很可爱。”李梦娜很快否认道。

“那为什么……”贾静静接下来的话，没说下去。

“大约因为太可爱了，所以是个潜在的竞争对手，不需要怎么努力，就能得到一切的对手。大家敬佩勤奋努力的人，却不服气运气好的人。”

李梦娜喝了口汤，轻松地回道。

“那你不讨厌我吗？”贾静静怔怔地问道。

“嗯，不讨厌，因为于你而言，我已是局外人了。”李梦娜笑得一脸轻松。

贾静静听得心下一惊。

“从他删我联系方式的那刻起，我就无心拼搏任何事了。当年，我在爱马仕店认识他，他为妻子一掷千金，包下了我们店所有的新款。后来，他也为我一掷千金，我便沉沦了。辞职应聘试睡员，是想着自由支配的时间多，可以飞去全国各地找他，但现在，都没意义了。”李梦娜笑得苦涩，又耸了耸肩膀，像是看开了一切。

她们聊天的间隙，其余桌的人已经吃完起身，李梦娜忽然指着其中一人，捂着嘴压低声音道：“那个男的，看见没？高层最近找他谈话，据说要被辞退。”

“为什么？”贾静静没从那男人的脸上，看出任何要被辞退的迹象。

李梦娜扫了一圈四周，声音更低道：“貌似还是跟山泉酒店的收购案有关，公司内部有人泄露私密给山泉，EMT 可能会遭遇黑公关，方总打算从这件事入手，清洗公司内部叛徒。”

贾静静迷糊地眨眨眼。昨日，方启昀突然出现安慰自己时，没有觉察到他有什么不对。难道说当总裁的人，都是如此镇定自若，任风雨狂乱拍打？

仔细回忆起昨天的场景，贾静静这才迟钝地意识到，方启昀眼下一片乌青，看起来比较憔悴。

这件事给他的压力大到让他睡不好吗？

“喂，喂……发什么呆呢？”李梦娜在她眼前挥了挥手，贾静静的目光这才聚焦到她脸上。

“听说你跟总裁关系匪浅，总之，你好自为之。”李梦娜说完后起身，唇角扬起一丝微笑，像是作最后的道别。

贾静静预知到什么，匆忙起身，餐盘筷子相撞落地，椅脚划过大理石面，发出刺耳一声响，李梦娜却已经走远。

“嗨，静静。”

贾静静回头，自己身后站着一名穿阿玛尼职业装的短发女人，看起来精明干练，贾静静不记得自己见过她，礼貌性地朝她报以微笑。

“我是设计部总监陈佩琦，能聊聊吗？”她客气地问。

贾静静看着她的脸，智商的图表上“啪啪”闪现火花，原来是她，刚刚员工们都在议论的空降总监。

（四）

贾静静这是第一次来集团的咖啡吧，虽说这间咖啡吧是面向整个集团员工的福利，但由于上司们喜欢在这里进行聚会或密谈，基层员工纷纷回避，逐渐就不再来。

此时此刻，这里除了吧台的咖啡师与服务生外，就只有她们二人。

“一杯意式浓缩，你喝什么？”陈佩琦问她。

“喝，喝水。”贾静静对上次喝咖啡喝到急性肠胃炎发作的事，仍然心有余悸。

陈佩琦邀她在靠窗的位置坐下。

阳光透过玻璃窗，刺得贾静静的眼睛睁不开，她迷迷糊糊转了个方向，理了理长发。

陈佩琦微笑地望着她：“我看过你的直播视频，昨天睡得还好吗？”

贾静静一下子红了脸。

“别不好意思，我觉得任何一个人与众不同的地方，都是可挖掘的天赋，方总挖掘了你的天赋。”陈佩琦轻声说。

提及方启昀，贾静静忽然有些坐立不安。

“陈总，您找我有什么事吗？”贾静静生硬地询问。

“我希望你能帮我带一罐咖啡豆给方总，感谢他的知遇之恩。”陈佩琦从包里拿出一个精致的小木盒推给贾静静，浓郁的芳香扑面而来。

如果没看错的话，这位陈总监说出请求时，面上闪现了一抹诡异的酡红。

贾静静就算再迟钝，面对感情，也会有女孩子特有的敏锐。难道这位陈总，暗恋方启昀？受到方启昀的照顾，想要回馈，就不好意思，于是拜托自己帮忙？可她为什么要找自己？

“陈总，我跟方总不熟。”贾静静慌张地说道。

“不熟怎么会进他的房间？不熟，他怎么会给你纸巾拭泪？我可都看到了。”陈佩琦笑得暧昧，表情中似乎还有吃醋的意味。

贾静静根本解释不清楚。

“好了，这是我从巴西带回来的咖啡豆，不值钱，但也是我一份心意，你这么善良，一定不会拒绝我的对吧？”陈佩琦说得风淡云轻，语气里听不出一丝不安和局促，她仿佛断定，贾静静不会拒绝她，事实上，贾静静确实是一个不懂得拒绝的人。

“我，那我试试。”贾静静艰难地应了，心里却直打鼓。

“那就麻烦你了，你要是忙就先回去吧，我再坐会儿。”陈佩琦善解人意地说，其实却是下了“逐客令”。

贾静静只能起身告辞。

（五）

捧着咖啡盒的贾静静，茫然得不知所措。已经答应了别人的事，断然没有撇开不管的道理，可真的这么横冲直撞地上楼送咖啡豆，光是想象那个场景，便忍不住浑身汗毛直立。

犹豫很久，贾静静揣着盒子踱到人事部，对她而言，陶然是一个可以拜托的最佳人选。

“陶经理，您可以出来一下吗？”众目睽睽之下，贾静静怯怯地问。

陶然微微一笑，随贾静静走出人事部，来到一个无人注意的角落。贾静静将盒子捧到他面前。

“这是……”陶然并没有伸手去接。

贾静静快速将前因后果说了一遍，以期盼的目光看着他。陶然眼底的笑意渐深，他缓缓说道：“所以你是想把这个烫手山芋丢给我？你可是越来越坏了。”

“不是不是……”情急之下，贾静静连忙否认，“我只是觉得，受人之托忠人之事，可我跟方总不熟，万一冲撞了……”

“谁说你们不熟？方总听到这话，可就伤心了。”陶然推了推鼻梁上的眼镜，给贾静静指了方向，“十二楼，只有总裁电梯可以抵达，你不是已经坐过了吗？”

他似乎什么都知道，却什么都不点明。接着，陶然回去了办公室，留贾静静一人木讷地待在原地。

离上课时间还有半小时，贾静静咬咬牙，按了总裁专属电梯的按钮。

十二楼，寂静无声，仿佛来到了异域空间。

方启昀的办公室大门没锁，一拉便开。贾静静蹑手蹑脚地踏进去，蓦地看到方启昀的身影，紧张地屏住气。

此刻，方启昀正一个人趴在桌子上小憩，空气里只剩他安静的呼吸。

贾静静心中七上八下，她弓着背，托着咖啡豆盒，蹑手蹑脚地行走，豆子们圆润的身体却不听话地滚来滚去，发出窸窣的摩擦声。

呀！贾静静心惊肉跳之下，双手托住盒子，这才稳稳当当将咖啡豆送到方启昀的桌上。正松了一口气时，却忽然被他捉住手腕。

“啊！”

“干什么呢？像个野猫似的。”方启昀从臂弯处抬头，声音慵懒，眼神清淡柔和。

贾静静和他对视，心跳骤然慢了半拍。

“方……方总……”她的慌张全写在脸上，竟忘记抽回手。

方启昀眉眼细长，左眼下角有一颗很小的泪痣，微微斜挑看人时，传递出某种说不出的风情，这不是一个总裁应有的样子，倒像是古代传说中魅惑众生的妖精模样。

方启昀松了手，目光打在那一盒咖啡豆上，他眉头皱了皱，显然，他从气味上便能识别出这是什么。

“你送我的？”他问。

“是，是设计部的陈总，她拜托我送你的，说是感谢你的知遇之恩。”定了定神，贾静静解释道。

“哦——”方启昀尾音拖得有些长，语气里似乎有淡淡的失望。

“方，方总，那我先去忙了。”贾静静转身。

走了几步，贾静静却觉察到方启昀的目光一直停留在自己后背上，犹如芒刺。她转身，其实无话可说，目光掠过方启昀桌上的杯子，蓦地想起自己因空腹喝多咖啡，上吐下泻的痛苦，不禁开口道：“咖啡其实对人体很不好的，如果要提神的话，可以用薄荷。”贾静静大着胆子建议道。

“你在关心我？”方启昀望着她。

他悠悠的一句话，却给贾静静一种兵临城下的压迫感，让她开始后悔自己“越线”的举动。干吗要关心他？他是总裁，她是小员工，他根本不屑她的关心。可是转念一想，他毕竟是自己的老板，是金主，没有人跟钱过不去，所以关心一下金主也挺正常。

实际上，自他亲手给自己送纸巾起，方启昀在他心中的形象立刻鲜活了起来，不再是那个刻薄而冷漠，高高在上的大魔头，而变得有一丝人情味起来。

“对，因为没有别的公司要我，而你收留了我，你这么善良，我希望你长命百岁。”贾静静一本正经地回道。

“哦——”又是一声失落的尾音。

贾静静不明白今日的总裁大人怎么了，是不是吃错药才会问她这些莫名其妙的话，她下意识落荒而逃。

方启昀看着她的背影笑笑，桌上的手机还停留在一个公众号的页面，号主正在向粉丝征集治疗嗜睡症的方法。

（六）

当办公室只剩下方启昀一人时，他打开了咖啡豆的盒子，馥郁的香气比之前浓烈许多，他掂了掂，棕褐色的豆子中间，贸然钻出一只体积很小的U盘。

方启昀眼眸眯了眯，将U盘插入桌边崭新的笔记本电脑。

电脑打开后，忽然一片黑屏，随后接连出现一行行乱码的英文。大约过了好几分钟，电脑才恢复正常，方启昀动了动鼠标，却发现鼠标和键盘同时被锁定，无法再使用。

方启昀一点也不惊讶，他靠在椅子上，双手抱胸，冷冷地盯着电脑。

硬盘中，大量大量的数据开始遭到系统性的破坏与丢失，最后，随着一声电线短路般的闷响，电脑再次陷入黑屏。

方启昀不急不躁将杯中水喝完，才打电话给刘堂风：“你来一下我办公室。”

十分钟后，刘堂风出现在方启昀面前，当他看到自家总裁紧皱的眉头与深思的脸时，便知出了棘手的事情。

“你过来看看。”方启昀说。

刘堂风走近，嗅出空气中不同寻常的香气，顺着香气，他看到了置于桌上的咖啡豆。

办公桌上，除了方启昀日常用的电脑外，还有一台崭新的，此刻开着机却黑屏的笔记本，刘堂风点了点键盘，又戳了戳鼠标，电脑毫无动静，只有USB插口处的U盘闪烁着幽异的蓝光，在商海中打滚多年的刘堂风立刻反应过来什么。

“方总，这U盘和豆子……”

“贾静静送来的。”方启昀说。

“这……不可能啊。”刘堂风不信。

“她倒是会做人情，替陈佩琦送的。”

刘堂风与方启昀对视几秒，双方都哑然失笑。

“那接下来咱们怎么办？”

“查一下这些咖啡豆的来历，以及调出陈佩琦约见贾静静的视频。”方启昀收敛起笑意，压低嗓音吩咐道。

“可……他们既然有把握借刀杀人，想必是做好准备的，估计查不出什么。”刘堂风提出疑虑。

“你先去查。”方启昀说。

“是。”身为老板的狗腿子，首要原则就是不要对老板的命令提出第二次质疑。

（七）

培训完后，贾静静马不停蹄赶去唛娱网的演播厅，看崔亦昕的综艺首秀，没预料到风雨欲来的景象。

演播厅内气氛热烈，《ohmylady》的录播正在进行。

这档众人脱口秀栏目，邀请的嘉宾都是网络红人，这些来自各行各业的红人们齐聚一堂，就一个话题展开唇枪舌战，节目的精彩度与话题度一直居高不下。

崔亦昕受邀参与这档节目的录制，说明她已经由小范围有话题度的网红，成功晋升为具有广泛讨论度的大网红，虽然风评不佳，但她的努力算是得到认可，贾静静真心为她感到高兴。

当晚的录制，节目话题是围绕“爱情与面包究竟孰重孰轻”展开的。

多数嘉宾都选择偏向一边展开讨论，只有崔亦昕表示：“面包我自己当然可以挣，但他的面包如果比我少，他就没有资格跟我分享爱情。而他如果只有面包，没有爱，他就没有资格跟任何女孩子分享爱情。”

全场哗然，所有人反应过来后，开始起哄。男主持人皱眉，露出不悦：“那你有没有想过，你从事的行业很有可能是昙花一现，当你没了面包的时候，你的另一半这么跟你说话，你什么感想？”

崔亦昕微微一笑：“我可是崔小喵呀，就算游戏打得稀巴烂，依然能在电竞行业中杀出一条血路，这世上还有什么事是难得倒我的？就算直播这一行没落，我依旧可以在其他行业风云再起。”

她的自信分明感染了观众，全场都开始为她鼓掌。

“那你这种可以算投机取巧吧，不努力却收获名誉，不担心会对年轻人形成负面影响吗？”男主持不打算放过她，问题一个比一个尖锐。

“为什么会负面呢？我上学的时候，门门优秀，年年拿一等奖学金，我是学霸，我的同学可以作证。”崔亦昕朝台下的贾静静挤眉弄眼。

镜头忽然转向贾静静，贾静静却一脸呆滞。台下有男粉丝认出了她，开始发出惊喜的窃窃私语。

导播室内，陆离看着台上崔亦昕的一举一动，唇角似笑非笑，目光却舍不得移开一秒，这个一本正经胡说八道的姑娘，真是太对自己胃口了。

陶辞满头大汗跑进导播室，低声说：“陆总，都准备好了。”

陆离挥挥手，看都不看他，“那就照原计划进行。”

陶辞没有马上离开，迟疑道："我们真的要这么做吗？感觉动静会很大……"

陆离终于转过头，看着他回道："当然要动静大，动静不大，这件事就没有意义了。"

陶辞并不理解陆离做这件事的初衷，毕竟他的智商跟陆离，甚至是跟自己的表哥陶然比起来，都差了好几条街。

舞台上，崔亦昕出格的发言，让她成了最大赢家。

录播结束之后，她前脚还没跨进后台，后脚就被陆离堵住。陆离西装革履，手捧一大捧香槟玫瑰，朝着崔亦昕下跪，并从身上掏出一枚闪亮的大钻戒。

崔亦昕脑回路卡顿，正在发怔之际，扛着长枪短炮的记者们已经嗅觉敏锐地冲到了一线，对着崔亦昕和陆离就是一阵乱拍。

"我从第一次见你时便爱上你了，可能我的求婚有些仓促，但我还是想对你说，嫁给我吧，我会对你好的。"陆离深情地望着崔亦昕，并献上玫瑰。

崔亦昕的眼睛被闪光灯刺得睁不开眼，但仍然看清了眼前向自己单膝跪下的人，正是那一夜在酒店遇到的直播平台创始人陆总。

贾静静也围了过来，为眼前的景象所震惊。

崔亦昕却迅速反应过来，她接下了陆离的玫瑰，回以含情脉脉的目光："亲爱的，你不亲自给我戴上戒指么？"

这下子轮到陆离傻眼了，可他仅仅是发了一秒愣，便笑了，拿起戒指，就往崔亦昕右手无名指上套。两人目光交接，电光石火之间，已打成平手。

记者们按快门的速度愈加猛烈。

陆离张开怀抱，崔亦昕极有默契地靠了过去，与他拥抱。她贴在他耳边低声道："谢谢，钻戒我就不还你了，当作给我的精神损失费。”

陆离微笑回道：“这枚戒指是商家提供的样品，你不还的话，得跟商家知会一声。”

崔亦昕温柔地摸了摸他的脸，小声道：“我们都是夫妻了，我的债，自然是你还。”

陆离浑身犹如触电般，脑子瞬间一片空白。崔亦昕的指腹略带冰凉，却在行走中，暗生火热。

崔亦昕甩了甩头发，得意地走开。

（八）

星辰以虚缈的速度缓缓下坠，夜已经很深了。

贾静静一回到家，便拿出《西方建筑史》开始翻阅，没读几行，便眼皮下沉。她摇摇晃晃地从包内摸索出针线盒，又回到书桌前，这一幕刚巧被进门的崔亦昕看到，她上前一把夺过书和针线。

“夜深了，想睡就睡吧。”她说道。

“不行啊，要，要考试的。”贾静静撑着精神气，想要夺回书。

“我让你睡，你就去睡。”崔亦昕霸道地命令她，又三下五除二地将书桌收拾一番，将贾静静拱到床边。

柔软的床铺对贾静静的诱惑力巨大，刚沾上，就一头栽下去，不省人事。

崔亦昕走到书桌前，将贾静静的书翻到她折页的地方，坐下来快速阅读，她手里握着的一只圆珠笔，不停在书中写写画画。

崔亦昕看着手中的书与贾静静的睡颜，思绪不禁回到了大学时代。

那时候，贾静静的嗜睡症已经很严重，一天要睡 15 小时左右，她经常因为睡觉，误了上课，误了作业，甚至是考试。她为此深感困扰，却毫无办法。崔亦昕身为她唯一的朋友，不忍心看她挂科毕不了业，便为她划重点，给她补课，帮助她勉勉强强拿了毕业证书。

在这样寂静的深夜里回忆起往事，那些呈片状的时光，一点一点，引发起记忆深处的躁动，那是她们的青春，清晰的，或欣喜的，或迷茫的青春。

崔亦昕困倦地去卫生间泡了个澡，回到卧室时，像往常一样拿出手机，熟练地登上贾静静微博，挑了几张她的自拍发上去，并替她与底下留言的粉丝互动。

崔亦昕小心翼翼地模仿贾静静的用语习惯，连她爱用省略号代替句号这个小癖好也顾及周全。

她那点因为睡觉积累起的小名气，如果不勤加打点，很快就消耗光了。

互联网时代，一个人蹿红得多快，就可以过气得多快。

（九）

次日，著名电竞主播崔亦昕即将嫁入豪门的消息，刷爆了所有的社交媒体与门户网站。不出所料，陆政庭也看到了这则新闻，且大发雷霆。

“去，给我把他叫回来。”陆老爷子的拐杖跺三跺，地面抖三抖。

佣人看了看时间，才早晨七点，犹豫道：“这么早？”

“是！就这么早！”陆政庭横眉怒对。

佣人吓得一溜烟儿就跑了。

将近十点时，陆离才慢悠悠出现在陆家别墅，陆政庭见到他，就提起拐杖，作势要一顿毒打，陆离硬着脖子，不躲不闪，陆政庭终究还是没忍心下手，只能重重地叹了口气。

“你说你平时喜欢玩也就算了，现在居然对着一个没名没姓的野丫头求婚！把事情闹得这么难看，你不知道家里正在撮合你跟孟娜吗？”陆政庭痛心疾首，儿子闹出这么大的新闻，孟家的小妮子还肯和自己家联姻吗？

而这个结果，正是陆离想要的。

原本，他策划这场“求婚”，是想让大众以为他跟她是一伙儿的，给足崔亦昕压力，让她加入自己的平台，同时，闹出这场巨大的绯闻，他跟孟娜的联姻也泡汤了，一举双得。

眼前，陆离第一反应并不是趁机解释自己跟孟小姐的不合适，而是鬼使神差地为崔亦昕反驳了一句：“她才不是什么没名没姓的野丫头，爸，你能不能尊重一下别人？”

陆政庭气结，儿子虽然顽劣，但从不会为一个不相干的女人明目张胆地忤逆自己。

“真是反了！”陆老爷子一拐杖敲下。

陆离早已躲开，他一边躲，一边说：“又不给我钱创业，还不许我谈恋爱，我是不是你亲生的？垃圾桶里捡来的吧。”

陆离的反叛，让他终究躲不过陆老爷子的一顿打。并不是他逃不掉，而是比起自己年近三十岁还挨打的耻辱，他更在意陆政庭的身体。

大雨毫无征兆地从天而降，刚刚还晴朗的天，此刻黑沉沉地要崩塌下来，仿佛世界末日来临。

贾静静因为睡太久，出门迟，被困在了雨里，她冒着大雨冲向公司，湿哒哒地出现在大家面前时，所有人都向她投向了复杂的目光。迟钝如贾静静，还没明白发生了什么。

“对不起，对不起，我迟到了，我去卫生间把衣服烘干再工作。”贾静静点头哈腰，赔着笑，转身走了几步，察觉不对。

她回头，黑压压的一片人头，几乎公司近半数的在职员工，都聚集在大厅，不远处，还有员工在赶来的路上。他们窃窃私语，望向她目光里的同情，似乎并不是因为她被大雨浇成落汤鸡，而是有别的缘故。

甚至，有的员工，目光里饱含的，是幸灾乐祸的神情。

怎么回事？

陶然从人群中向她走来，面带歉意地对贾静静说："贾小姐，很抱歉，你被辞退了。"

贾静静耳边嗡嗡作响，像被人用棉花塞住耳洞一般。

自己，再一次被辞退了？理由是什么呢？考试还没考呢，课程还未上完呢？自己一直在认真努力着呀。还以为这份试睡员的工作能干得持久一些呢。此时此刻，说没有难过都是假的，贾静静不知道该以怎样的表情示人，她连原因都没问，逆来顺受地扁了扁嘴，表情看起来多了一分委屈。

"哦，我知道了。"她低着头。

忽然间，铁石心肠的陶然，也有些于心不忍，张了张嘴，打算说什么，却最终什么都没说。

贾静静情绪低落地往卫生间走，却被突如其来的一声大吼吓得顿住。

这声大吼在空荡的大厅回响，宛如来自地狱。

贾静静一回头，居然看到陈佩琦坐在地上，被其他的员工拖拽着，不知何时到来的警察一脸无奈地看着这个场景。

"你不能这么对我！方启昀！你给我滚出来！"陈佩琦撒泼打滚，她专门挑在没有监视器的咖啡厅，把咖啡豆拿给贾静静，也已经编好了一套说辞，把事情都推给她。奈何，他们竟然相信那个迷迷糊糊的贾静静而不相信自己？

她口中声声喊着的方总裁，一直没有出现过。

"疯了，疯了，陈总疯了。"所有员工自动远离她，躲到大厅边缘，远远地望着这个给众人留下优雅、睿智印象的设计部主管，一个人在空地上撒泼打滚。

贾静静因为太过惊讶，忘了离开。

“你跟我来。”陶然低声对她说。

贾静静麻木地跟着陶然来到人事部门的办公室。这里此刻空无一人，大家都去大厅看热闹了。

“你都不问问你为什么会被辞退吗？”陶然给她倒了一杯热水。

“我……我被辞退惯了。”贾静静握着杯子，说出唯一合理的解释。

“呃……设计部总监陈佩琦送给方总的咖啡豆里，有只u盘，那只u盘带有病毒，黑了方总的电脑，方总的电脑现在已经报废了，里面所有的信息也全部被窃取和删除。”陶然告诉她真相。

贾静静愣了愣，她迟钝的大脑终于开窍，后背有些发凉，“我，我不知道，她让我送咖啡豆，说是要报答方总。”

“我知道。”陶然安抚她。

“她跟方总之间的关系……不是你想的那样，还有，她之所以选择在咖啡厅给你豆子，是因为全公司都装有摄像头，只有卫生间和那里没有。你是被人当枪使了。”陶然继续说。

贾静静后背持续发凉，但她还是真诚地望着他说了一句：“谢谢，谢谢你这么相信我。”

“要是连这点是非都不分，我也就不配坐HR经理这个位置了。”陶然温和道。

转而，他脸色又变严肃，沉声道：“现在是山泉酒店收购的非常时期，出什么幺蛾子都很正常。山泉那边出尔反尔，一直使这些不入流的手段，无非是想让我们跟新叶竞价，他们好渔翁得利。如果我们让步，会成为商界的笑柄。”

商界的事情，贾静静并不太懂。得知真相的她，对方启昀充满愧疚。毕竟他给了她工作，她却间接害他丢了重要的资料。

想到这里，贾静静手足无措，“方总的电脑……是不是修不好了？

我认识一个电脑技术很棒的师兄，要不我找找他？”

她病急乱投医的慌乱全部落入陶然眼底。面对自己蒙受的委屈，她没有抱怨，居然是将别人的损失放在首位的。这个女孩儿，本身具有可贵的品质。

“方总被黑的电脑，里面什么都没有，这种小把戏不会真的整到方总的，但方总需要假装上当，以此让对方露出马脚，将参与进来的奸细一网打尽。所以……贾小……静静，你是被误伤的。”陶然语气温和，耐心解释给她听。

陶然对她称谓的改口，顿时拉近了二人的距离。

“那就好，那就好。”贾静静拍拍胸口，暂时放心，但过了一秒，她又想起一件事，迟疑道：“那……那方总相信我吗？他该不会以为我也是奸细吧？我之前真的不认识那个陈总的。”

“噗……”陶然笑出声，“你当不了奸细，陈佩绮被掀底牌时，死不承认是她送的咖啡豆，把责任推给了你，摄像头里也确实只有你拿着咖啡豆走进总裁办公室的身影。不过，刘助理私下查过那盒咖啡豆，根本不是从巴西进口，而是赝货。这样一来，就算你没出过国，也能栽赃到你身上，计划确实缜密，但她疏忽了一点。这种咖啡豆，就算是赝货，国内售价也很高昂，你不是本地人，之前又被辞退过那么多次，据我所知，你暂时靠朋友养着，所以，你买不起这种咖啡豆送老板。”

听了这话，贾静静有些窘迫地低下头，旧得已经掉皮的一双白球鞋，在陶然的注目下，无所躲藏。

见贾静静不说话，陶然又道：“当着所有员工的面，跟你说辞退，是杀鸡儆猴的一种行为，但我明白，这件事不是你的错，你只是被利用了。”

“那……那方总也这么想吗？”贾静静又问了一遍，因为她忽然很想知道，方启昀是怎么想的。

“是，他也这么想。但，就像我刚刚说的，现在是非常时期，方总刚刚接管集团不到三年，里忧外患一堆。他有他的难处，但是我相信，他对你，应该有别的安排。”陶然先是代表方启旳，给了贾静静一颗定心丸，然后又忽而唇角上扬，给了她一句似是而非的预言。

第六章

柳暗花明

（一）

贾静静去展示厅收拾个人用品时，居然一个人没有。

这样也好，被离职，总是丢人的。比起从前的工作，最起码这份工作，难堪的时刻，并没有持续太久。太多人的有色目光，以嘲笑为刃，太过伤人。

仔细盘算，在EMT的这间空闲的展示厅，已经度过了一个多月。贾静静的私人用品并不多，一只水杯、一支圆珠笔、一个本子，贾静静全部的私人物品都没能填满一个小小的纸箱，她蹲下来，看着纸箱发呆。

从昨夜到今天中午，她的心情像坐过山车，从替朋友感到的欣喜到自己遭遇辞退感到的失落，大雨仿佛一盆盆凉水，将自己浇透。

“哎……”

越安静的空间，越是让人窒息。

不知道为什么，要离开这里，离开那群无视自己的同事，离开那个冷漠而刁钻的总裁，贾静静内心居然涌出了一丝不舍。

窗外雨已经小了很多，贾静静抱着箱子走出公司时，正是午餐时刻。她走进一家肯德基，犹豫很久，然后替自己点了一份蘑菇鸡柳饭。

她端着餐盘，坐在窗边的高脚凳上，低头扒拉了两口。

突然，手机在包内震动了几下，贾静静单手取出手机，发现只是一条广告。刚打算将手机放回，却瞟见广告下的一条未读短信。发件人是 PickinG 的老板，发件时间来自三天前。

“多谢你为我们平台带来的流量，粉丝很喜欢你的形象和文笔，上次的民宿合作很愉快，不知贾小姐何时有空，我想约你吃个饭，聊聊后续合作。“

贾静静心中一喜，原来得到他人的认可，是那么欣喜的一件事。她刚打算回复，包内又掉出一张名片。是汪德川，新叶的总裁助理。贾静静脑中浮现出那人阴鸷的面孔，不禁打了个寒颤。她将名片收好，在温和的 PickinG 平台老板与汪德川之间迅速做了选择。

原本恹恹，因为有了新的可能，贾静静立刻打了鸡血似的，满血复活。就连宣传纸上，那标着半价的鸡柳饭都活色生香了起来。

窗外的雨，由瓢泼变得淅淅沥沥，逐渐转停，在马路上溅起一层如烟的薄雾，时高时低，忽稠忽稀。

（二）

EMT 大楼十六层，西装革履的董事们围着会议桌而坐，他们表情算得上是各异，但每个人都沉默不语，包括坐在首位的方启昀。

气氛很是压抑，仿佛他们刚刚结束一场不愉快的对话。

一名女性助理起身为方启昀换了杯咖啡，右下位一位看起来老态龙钟的董事整了整领带，开口道：“如果方总在这种小事上过于执着的话，那我真的不看好山泉收购案能有一个多完美的结局。”

众人皆惊。

祁董事在辈分上，算是方启昀的叔叔，所以即便他手中的股份占比不多，也敢直言别人不敢说的。

方启昀神色淡漠，他抿了口咖啡，润了润喉咙，缓缓回道："叔叔的意思是，为难一个并不在集团内担任重要工作的姑娘，就能顺利收购山泉了？"

"你……"祁董事站起来，"不顾及大局，这种时候还想着儿女情长。"

大约是被戳中心事，方启昀面色暗了一暗，定定神后才悠悠回道："叔叔怕不是闲言碎语听多了吧？我跟她没有任何关系，只是我身处这个位置，不想让员工寒心，大家都看得出来，那姑娘不是这件事的主谋，连帮凶都算不上，她只是不小心被波及了而已。"

"宁可错杀一万，也不能放过一个！做生意都像你这么心慈手软，很容易被人算计！是，她或许跟这件事无关，但这么愚蠢的人怎么能继续待在公司，不管她是做什么的，总是被人利用，有了这一次，就会有下一次！千里之堤毁于蚁穴。你需要的是像刘堂风这样能干的助理，再不济也得像给你倒咖啡的这位小姐！而不是那种蠢货！"祁董事唾沫横飞。

方启昀的脸色突然变得难看，祁董事对贾静静的称呼过了，谁都能听出来。

坐在下方的刘堂风，眼神在祁董事、方启昀之间扫来扫去，他轻咳两声，干笑着想要说几句缓和这僵硬的气氛，但方启昀抢先开口。

"如果我说不呢？"他冷冷地丢了这样一句。

所有人都不敢说话，会议室鸦雀无声。

"你说不？"祁董事仿佛听见了什么笑话一样，简直不敢相信自己的耳朵。

“小昀，我是辅佐你父亲打下这片江山的老人，也是看着你长大的长辈，你现在跟我说你不？”祁董事气结。

“是。一个勤勉学习，且对 EMT 有功的人，怎么能随随便便辞退？虽说你是长辈，但我才是 EMT 的 CEO，人事部违抗不了我的决定。”方启昀薄唇轻启，吐出的每一个字都铿锵有力。

“好，很好，我倒是想看看，EMT 如今的最高执行长官，会把 EMT 带向什么方向？我老了，管不了了，也不想管了。”祁董事扯掉领带，用力摔在桌上，然后转身离开会议室。

刘堂风看了看自家总裁的脸色，犹豫片刻，选择起身追出去。

而方启昀像是什么都没发生过一样，清了清嗓子，望着高管们说：“接下来我们来商议一下针对山泉酒店坐地起价的解决方案。”

高管们纷纷坐直身子，打开电脑，准备记录。而董事们面面相觑，最终，每个人都装作什么事都未发生，投入到新的议题中去。

会议室外，刘堂风追到了祁董事。

“您等等。”

祁董事停下脚步，怒意未消。

刘堂风赔笑：“方总只是和您的一些观念不一致，心里还是很尊重您的，您别往心里去，一家人，伤了和气多不好。”

“恐怕不是观念不一致，是他开始公私不分了。”祁董事冷哼。

刘堂风并未否认，他脸上堆起更深一层的笑意，“您看，您是方总的亲叔叔，既然看出一些端倪，为什么就不能像个长辈一样包容一些，慈爱一些，跟方总在会议室为这个吵成这样，影响多不好。”

“我是为他好，留一个蠢货在身边，帮不了他什么，只会拖累他。EMT 不是他一个人的玩具！”祁董事依旧冷言冷语。

“不至于，不至于。”刘堂风笑笑。

“希望叔叔您消消气，多多包容方总这个不懂事的孩子，毕竟，现在正值收购的重要时期，那么多双眼睛都盯着呢。”做小伏低，是刘堂风一贯擅长的，何况，他说到了重点。

祁董事缄默，刘堂风的话，他听进去了。

（三）

方启昀一人坐在办公室，面前的资料被翻得有些凌乱，他喝了一口咖啡，定了定神，试图从凌乱中寻找对的出口。

陈佩琦事件经过今天一闹，已经起到杀鸡儆猴的作用，集团内部再有中高层想要勾结外部阻扰公司内部事宜，就要衡量一下利弊。

如今，收购山泉的事宜变得愈加复杂，原本通过的最终协议被取消，因为山泉那边，启动的危机公关不光迅速摆平丑闻，还宣布收到新的收购邀约，总价比 EMT 给出的高一倍。第三方的信息被隐去，目前 EMT 只能得到介入的第三方是由业内保险巨头“新叶”牵头的消息。

杜衡业这老家伙究竟意欲何为？表面上与自己合作，私下却做了山泉的靠山？山泉究竟给了他什么好处，能让他一再出尔反尔？

陶然敲门进来，发现方启昀脸色很难看，愣了愣，还是开口说：“贾小姐，人事部已经做了辞退处置。”

“我知道了，你下去吧。”方启昀面无表情地说。

道完这句，他便低下头翻资料。总裁不说话时最可怕，他自身强大的气场，山洪似地侵袭而来，对面的人很容易心态崩盘。但……该说的话还是要说。

“我跟刘助理一致认为，您最近的行为有些反常。所以为了让您回到原先的状态，我们不得不这么做。请您谅解。”陶然硬着头皮道。

“嗯，以后不要自作主张。”方启昀的声音清冷无比。

陶然应声离开，又像想起了什么，脚步一顿。

方启昀抬眉：“你还有事？”

“需要给贾小姐重新安排个岗位吗？我是说，我们的子公司……”虽然子公司的发展不如总部，也根本不需要试睡员这个岗位，但 EMT 有所表示，多少能缓解她被辞退的失落感吧，这是陶然的初衷。

“这些事你自己决定就好，不需要向我汇报。”方启昀淡淡地说道。

方启昀的表现，让陶然有些不能适应。此刻冷静得有些不近人情的方总裁，和下午在会议室为了是否辞退贾静静当众反驳亲叔叔的方总裁，简直判若两人。

“是。”陶然没有多说什么，直接离开。

方启昀顺手端起咖啡，抿了一口，却皱了眉头，脑海中蓦地浮现贾静静的音容笑貌，她告诉自己：“咖啡喝多了会上瘾，对身体不好，想要提神，不如喝薄荷吧。”

一字一句，犹如魔障。一颦一笑，宛若毒药。

她像是一种修辞手法，为了突出某种情感，便特意、重复在他脑海内出现，名为反复。而这种被突出的情感，过往的三十年，方启昀第一次体会，感觉甜蜜、苦涩又危险。

为什么独独会对她上瘾呢？她过于平庸，甚至，身上唯一特别的地方，不是优点，在大多数人看来是缺陷。

大概，自己焦虑不安，夜夜难以入眠，而她却能轻松悠闲，随时随地安然如梦吧。他隐隐地嫉妒她，又贪恋她身上某种娇憨、坦率的特质，想要占有，却不屑表达。感觉只要看见她熟睡的样子，自己便能夜夜好眠。

方启昀拿起桌上的电话，拨给外间的女助理，“去咖啡吧帮我要一些薄荷叶过来。”

女助理不明所以，但还是照做了。

过了片刻，方启昀又开门走出，对着刚回来的女助理说了一句：“茶不喝了，替我预约新叶杜总。”

“是。”女助理低头应道。

近期的方总裁，在行为模式上，跳脱出原先循规蹈矩的框架，显得有些奇怪，他身边的人都察觉到了。而这些微妙的变化，都是自某个人来到之后。

（四）

“我被辞退了。”贾静静平静地在电话中说出这句话。

“哦。”电话那头的崔亦昕，语气更是平静。距离她上一次电话求助，也才刚刚过去了两个月而已。而她被辞退这种事，已经在她身上重演了九遍。但崔亦昕内心还是有一丝讶异的，自从贾静静一炮走红后，她便接二连三被好运砸中，本以为，她不会这么快被打回原形的。

“所以你都不好奇原因吗？”贾静静憋不住，自己先问了出来。

“除了你好吃贪睡之外，还能有什么。”崔亦昕不以为然道。

“才不是，我被卷入了他们公司的内斗中，被暗算了，被炮灰了。”贾静静情绪终于激动起来，将事情的来龙去脉照实说了一遍。

“嗯？你算老几，内斗怎么会扯上你……”崔亦昕顿住脚步。她想起了贾静静在美嘉半岛立的那一件大功，又想起她之前肺炎住院，EMT的人事部经理亲自探望的事，一桩桩，一件件，紧密联系起来，崔亦昕很快猜出了缘由。当时还以为是EMT的普通高层看上了贾静静这傻姑娘，当时甚至猜过陶然，现在看来……崔亦昕眼底浮起一丝了然的笑意。

贾静静断断续续说着大公司的复杂，又说起PickinG平台的老板对自己有多另眼相待，说着说着，忽然意识到这“另眼相待”是依仗于崔亦昕替自己精心打点社交平台、公众账号，维持人气的结果。

“我欠你的，太多了。”

“得了，我可不吃你溜须拍马这一套。你欠我的，我都记着。不说了，我登机了。”崔亦昕懒得再跟这个傻妞多费口舌，她挂掉电话，拖着行李箱，快步走向登机口。

清晨的阳光射穿薄雾，透过玻璃打在崔亦昕脸上，她下意识眯了眯眼，再睁开眼时，靠着玻璃窗的位置上坐了一名男人，他身材修长，脸上带了一丝痞痞的笑意。

“早上好，亲爱的。”他懒懒地向她招手。

少量的座位已经坐满了人，可距离登机时间还有半个多小时，他移开包，朝她拍了拍自己身旁的位置，她再不愿意，似乎也没有选择。

“你怎么会在这里？你查我的行踪？”崔亦昕不快地皱眉。

“你要工作，难道我就整日游手好闲吗？我也是去如城出差的。”陆离笑着晃了晃手中的机票。

“该不会我们的座位还靠着吧？”崔亦昕冷脸问。

“我是16A，你呢？”陆离扭头看了下崔亦昕的机票，“哟，16B，那真是巧了。”

“堂堂直播平台创始人，也坐经济舱？”崔亦昕一脸讽刺。

陆离毫不介意，笑嘻嘻道：“现在有钱人都讲究低调。”

人不要脸，天下无敌，崔亦昕不再理他，拿出耳机，塞住耳朵听音乐。

陆离却不肯轻易罢休，他轻轻拿掉她的耳机，“前两天才接受了我的求婚，对我投怀送抱，怎么今天就不理我了？女人真这么善变吗？”

周围全是人，崔亦昕并不方便与他理论，他大概就是看中这点，才如此肆无忌惮。

见她不说话，陆离再次放大招，指腹状似无意地划过崔亦昕的无名指，笑容似笑非笑：“戒指呢？我替你买单了，你怎么不戴着呢？”

崔亦昕脑中“轰”的一下，仿佛触电。她这才反应过来，陆离正是在对她进行报复。

他用她的方法，让她屈从。想明白这一点后，崔亦昕倒是笑了。这一笑，让陆离毛骨悚然。

“陆总，我想清楚了，我愿意跳槽到你的平台。不过我有三个条件。”崔亦昕笑得越发妩媚。

陆离怔住，不禁害怕地往后缩了缩，“什么条件？”

“第一，我必须是一姐，所有好的资源优先倾向我。第二，将睡仙儿也一起签下来，捧她，第三……”她凑近陆离，仰着下巴，以一种近乎引诱的姿态压低声音道：“你必须爱我。”

（五）

新叶集团的贵宾接待室，就在总裁办公室旁。

室内正中悬着一幅古字画，下面的茶几上摆着几盏雅致的盆景。盆景旁是一只黑色茶炉，正煮着茶水，四周氤氲翻腾。水开之后，杜衡生亲自倒了茶汤到方启昀跟前。

“方总海外留学背景，可能喝惯了咖啡，但我这把老骨头啊，喜欢喝茶，方总尝尝。”杜衡生殷勤地邀道。

方启昀只抿了一口，便将茶汤放下，正色道：“杜总，我今日亲自登门，便是想问清楚，之前已经达成一致协议，共同对付山泉，您为何出尔反尔，反将我一军？”

杜衡生笑起来，眼角的鱼尾纹堆砌成了一堆。

“方总年轻气盛，总是那么心急。我请您来这儿做客，茶还没喝完，饭还没吃呢，就开始……”杜衡生话没说完，瞥见方启昀难看的脸色，话锋一转道：“是这样，生意人嘛，都是趋利避害的，现有人也瞧上了山泉这块肥肉，请我帮忙，我就顺手帮一下。大家都是朋友嘛。当然了，我们跟方总也是朋友……”

“他们给了你什么好处？”方启昀径直打断道。

杜衡生一愣，又笑起来：“方总直爽人，那边会将山泉的股份分三成给新叶。”

“我给你四成。”方启昀斩钉截铁地说。

杜衡生大笑，站起来，将茶当作酒，敬方启昀道：“我就说嘛，方总气魄无人可及，不愧是EMT新一代的领军人。”

方启昀攥着茶杯，并未再喝一口。茶水的涩苦，他一向不喜欢。杜衡生如老狐狸一般，精明过头的面庞，更是令他心生厌恶。可表现出来的，也仅仅是冷淡而已。

“明天我会让助理过来补合作协议。”方启昀起身，打算离开。

杜衡生也不挽留，只在身后状似谦卑地补了一句：“怎么能让你们再跑一趟呢，我会让汪助去EMT的。”

方启昀眉头一皱，心中厌恶更甚。

另一边，街角咖啡馆内，贾静静约见了PickinG平台老板，而这位年轻的老板，又带了一名年纪稍长的男人坐在一边，此人正是国内最大旅游公司的幕后股东。

三人在咖啡馆待了挺久，PickinG的创始人不断向身旁男人介绍贾静静，男人抬眼上上下下地打量她，很少发表附和的言论。

“长相不出挑，只能算清纯，表情……呆滞了一些。”

“嗜睡症？这也能算卖点？是个缺陷吧，网友只是猎奇，这阵子邪风很快就过去了，成不了大气候。”

“业务能力很一般呐，大学毕业后就没有再进修过吗？一直都是上班、失业的状态？”

贾静静点点头。

“流量倒是蛮大的，公众号和微博粉丝很多啊。但是……之前林贞跟我提起过你，培训课不断睡觉，能力也不出众。哎，能力不足时，还是好好修炼吧，这才是你立足于社会的根本，现代女性，不要一心想着依靠男人。”

林贞？贾静静听到这个人名，心中一跳。眼前这名投资人，是林贞从前的上司吗？

男人的发言愈发尖锐，她原本昏沉的大脑突然清醒，本来不停绞着衣服下摆的手蓦地拍上桌，“杨总是吗？原本我很敬重您，但是听您刚才说的那番话，我很怀疑您是怎么到如此高位的。首先，您也清楚我的流量大，粉丝多，那为什么我的多？别人的少？难道就因为我在 PickinG 上发了一篇测评文？就因为我长了一幅您口中清纯呆滞的样貌？当下流量来的快去的也快，为何我的一直保持上涨？”

男人没想到看起来迷迷糊糊的贾静静一下甩了这么多问题给自己，完全不知如何回答。

“您不知道对吧？很正常，因为您根本没有想要合作这个项目，也没有认真看我的资料。我的工资不高，除了日常的吃穿用，钱都用来住不同的酒店，从经济型到五星级到民宿，我都在用心地测评，每一篇文章也是我运用在EMT培训的知识写下来的，每一篇都比之前的要专业。我的粉丝看得到我的进步，觉得我的测评对他们是有用的，所以，他们才留下来，并且粉丝与日俱增。”当然，我的闺蜜功不可没。贾静静在心里暗暗说。

“其次，您太过听信谣言了吧？林贞说什么就是什么？我一心想着依靠男人，请问您是亲眼看到我跟哪个身处高位的男人牵手拥抱了？还是看到我因为男人升职加薪了？我自然之道能力是立足于社会的根本，所以我才不断想办法克服嗜睡症，提升自己的能力。这些我的资料里都有写，可是您完全看不到。”贾静静眼眶有些微微泛红，但是她强行忍了下来，不能哭。

“最后！我根本不屑跟你这样的人合作。身为一个男人，一个领导，对一个初次见面的女生恶意揣测，恶语相向。完全不懂得什么是尊重，就算跟你合作了，下场怕也好不到哪里去！”说完，贾静静向 PickinG

平台创始人稍鞠一躬，“实在不好意思。”然后转身离开咖啡馆。

“她她她……”男人被说得一愣一愣的，她跟林贞说的不一样啊，不是傻白甜吗，怎么这么能说。确实，他没有仔细看创始人发过来的资料，今天也就是来帮林贞出出气，但是被这么劈头盖脸地一顿怼，心里还是很生气。

“这就是你带过来的人？”既然贾静静走了，那就由创始人来承担自己的火气吧。

谁知创始人也不是好惹的，我诚心诚意跟你谈项目，你就是过来损我的人？创始人白了他一眼，“杨总您自己心里应该有点数吧？”

贾静静一出咖啡馆的门，腿就软了，一看便知刚才的坚硬全部都是强撑的。她可以接受别人的冷漠，别人的指责，但却不能忍受别人对自己的侮辱，小绵羊也是有底线的。可是，林贞有一句话说的没错，自己在培训课上总是控制不住想睡觉。重度嗜睡症，一种无法得知发病原由，也无法根治的奇怪病症。她不想成为患者，可是能怎么办呢？是不是自己的努力始终都会被这个病症盖过去？

想着想着，鼻子一酸，一直泛红的眼眶终于决堤了。崔亦昕的飞机刚落地，便接到贾静静的一通呜咽的电话，她立马拖着行李箱，赶紧飞奔回家。

“哎你要不要这样？不就是被人说了几句不好听的嘛，网上天天有人骂我，我不一样好好活着。”崔亦昕边摸摸她的头边安慰她。

贾静静扑进崔亦昕怀里，“不是的，我不是因为他说我，我还怼回去了呢！”

关于这一点，崔亦昕确实有点吃惊，果然兔子急了会咬人啊，以前的贾静静可是把所有人的指责照单全收，这次……“你是不是因为，他说你靠男人，而这个男人，就是你们的大BOSS方启昀？所以你才反驳的？”崔亦昕像只狐狸一般笑眯眯地问道。

“你你你说什么呢！才不是！是因为他们侮辱我能力！”贾静静一幅我不听我不听的样子。突然抬起头，“不过，昕昕，真的谢谢你，如果没有你在我身边，一直教我怎么运营公众号，怎么跟微博粉丝互动，我今天也没有东西可以反驳。”

“噗，傻子。主要还是你自己呀，废了那么多钱、时间、精力去测评，写文章，不然我就算有再大的本事，也做不到现在这样。好啦好啦，别商业互吹了，周末带你去一个好地方。”崔亦昕朝她神秘地眨眨眼。

（六）

崔亦昕所说的，便是陆离的别墅派对。

去如城出差的那一日，崔亦昕和陆离飞机上相邻而坐。飞行的三小时内，陆离仅仅是从包内掏出早已备好的合同递给崔亦昕，合同一式两份，二人互相签完字后，陆离便没有再骚扰过崔亦昕。

但在下飞机的那一刻，他原形毕露。

陆离先是和崔亦昕抢一辆出租车，硬是胁迫司机将二人送去了同一家酒店。紧接着，陆离又表演起“我的钱包丢了，你能不能收留我”的俗套戏码。

崔亦昕微微一笑，眼神明亮。

“你钱包都丢了，身份证也一起丢了吧，那你连进酒店的资格都没有呀，我可不能收留你。”

陆离不慌不忙，见招拆招：“身份证在我衬衣口袋里呢，就它没丢。”

崔亦昕保持微笑，从容地看着陆离如此将“不要脸”三个字发挥到极致。

陆离突然握住崔亦昕的手腕，放在自己衬衣口袋上，“不信，你摸摸。”

崔亦昕刹时挣开手，他衬衣口袋的位置，也是左心房的位置，那里仿佛揣着一只兔子，跳得异常猛烈。

这样的猛烈，不知是因自己的突袭，让它紧张了，还是它原本就是激情澎湃的一股暗涌，被自己察觉。

“摸到了吗？”陆离压低嗓子问。

崔亦昕意识到，她与他每次的过招，她未必能次次完胜。只要她略微松懈，便遭遇他的反戈。

“二位登记住房吗？请出示身份证。”很明显，前台服务员将他们错认为情侣了。

陆离以三分投篮的准确度，将身份证从口袋里抽出，抛到前台。崔亦昕也接着从包内掏出身份证，优雅地递到前台。

“612 房。”前台递回二人的身份证，并附上两张房卡与早餐券。

崔亦昕抢先拿过两张房卡，然后笑着将行李箱推给陆离。陆离顺势接过，一脸玩味地跟在崔亦昕身后。

来到房前，崔亦昕刷开房门，以极快的速度拉行李箱入门，而陆离早就猜到她这一招，伸手挡住门缝，崔亦昕人已入内，反手用力关门。

“嗷！”陆离痛得大叫，抽回手。

他在门外，清晰地听到崔亦昕关门、锁门的一串声音。

陆离望着自己被门夹红的手，恨得牙痒痒，但他不信这个女人真有这么狠心，于是一屁股坐在门口。

中午十二点，房间静悄悄。崔亦昕不知是困极睡着，还是自己带了食物，居然不踏出房门一步。

“你狠！”陆离去酒店餐厅，饱腹了一顿，专挑贵的点，并赊账，账单记在 612 房上。

回到房前，陆离将耳朵贴在房门上，房间内仍旧没有一点声音。

“睡死了吗？这个女人！”陆离不禁有些恼火。

心底自然而生一股倔劲儿，陆离盘腿坐在门口给崔亦昕发短信：

我钱包忘在飞机上了，你不让我进门，我就在走廊过夜。

一般的女人不会这么狠心的，只要是个女人都不会这么狠心的。陆离心想。

可是从下午三点坐到五点，崔亦昕不回短信也不开门，陆离尚能稳住心态：她这是欲擒故纵，对，欲擒故纵。

到七点时，陆离坐不住了，他想报警！

“喂，你在吗？开门。”陆离开始敲门。

敲了几声，没人应。

这时，清洗被单的阿姨路过陆离身后，关心询问道：“怎么了？”

“哦，我女朋友把我锁外面了。”陆离笑着回。

“你女朋友中午就退房走了。”阿姨回道。

“什么？”陆离已经笑不出来了。

崔亦昕这个女人大约是建国前成的妖精。年代久远，这才通透人性，可以将别人不动声色地玩弄于鼓掌之间。

陆离愤恨地打电话给陶辞，让他联系航空公司，找回自己的钱包，接着，他生平第一次开通手机支付，又找朋友借了一笔钱，这才去餐厅结账。

可是餐厅服务生却告知他，一名女性已经替他买过单了，且还留下一张字条。

陆离接过，字条上是娟秀的一行小字：老板，这是我替你买的第一次单，希望是最后一次，下一次我们见面时，记得还我钱。

“呵……”陆离第一次体验到如坐过山车般跌宕起伏的情绪。

感觉自己被人踩进谷底，却转眼腾飞上天。

这个妖精似乎还是懂人情味的，陆离莫名心情变得有些好。

回到千城的那一日，陆离在公司召开了集体会议，宣布了布偶直播正式签下崔亦昕，且准备捧她的事。

随后，他郑重其事地给崔亦昕下了请帖，邀请她参加周末的别墅派对。

“如果不想参加也没关系，我尊重你，毕竟我爱你，爱人的前提是尊重她。”陆离打电话给崔亦昕，语气里藏着一丝挑逗意味。

“我晚些时候到。”崔亦昕不会傻到看不出，陆离这是要给她介绍人脉，他既拿出诚意，她自然要赴约。

第七章

心动的感觉

（一）

陆离组织的派对有两大特点：美女多、酒多。

这一次也不例外。

这次派对所用的别墅，是陆离一个做房地产生意的朋友名下的产业。朋友提供场地，陆离提供可能会购买别墅的潜在客户，二人算是各取所需。

这是一栋六层花园临湖独栋别墅，室外在玫瑰、山茶花的掩映下，藏着一个下沉式的巨大庭院。派对就是在这里举行。

方启昀一向不喜欢参加聚会和派对，但身为酒店接班人，他无法置身事外。

夜幕降临，陆离请来的美女们在泳池边嬉戏，商圈的高层们聚在一起喝酒聊天。方启昀刚坐下，便有一名火锅店的创始人来跟他聊资源置换的事情。

这种事情原本应该由公关部门负责人去洽谈，但火锅店的创始人直接在聚会上堵到他，方启昀也不能直接黑脸避开，只能应付。

崔亦昕姗姗来迟，一身剪裁都是精心打造，她出场时自带光芒，吸引了在场所有人的目光。贾静静跟在她身后，睁着一双睡肿的眼，并不惹人注目，活生生就是衬托玫瑰的绿叶。

可就是这位绿叶，让原本还在从容应对生意伙伴的方启昀，浑身不自在起来。

“方总，方总？”火锅店创始人察觉到方启昀的失常。

“嗯？那这件事暂时这样，回头我让公关部负责人联系你。我还有别的事。”方启昀起身，装作急切、要务在身的样子，走向室内。

他寻了靠窗的沙发坐下，默默望着贾静静的身影。

崔亦昕带着贾静静，似乎在往他的方向走来。

方启昀迅速起身，无所适从，室内的服务生多看了他两眼。他有些懊恼，觉得心思已被他人看穿，于是定了定神，重新坐下，拿起茶几上的杂志翻阅起来。

高跟鞋“哒哒哒哒”，步步接近，方启昀心跳如鼓擂。

在她们俩入门的一瞬，方启昀有些慌张地捡起沙发边的墨镜戴上。一镜蔽目，不见美人。戴上墨镜，果然有安全感多了。

“方总，你也在呀。”贾静静一进门，就问候了方启昀。

这姑娘平时看着傻傻的，这会儿眼力倒是出色。

“嗯，你怎么？”方启昀现在才想起，为什么贾静静会出现在这里？

“哦，我是跟着崔亦昕来的，她说今天有很多帅哥，我会开心一些。”贾静静懵懵地回了一句。

方启昀脸色变了一变，敢情她是来认识帅哥的？

崔亦昕唇角弯了弯，开口打招呼道：“方总您好，久仰大名。”

“你好。”方启昀淡淡回复。

她在打量他的时候，他也在打量她。陆离虽说性格不靠谱，但看人眼光倒是很毒，能被他闹这么大动静签下且打算力捧的角儿，一定有其过人之处。

“方总眼睛怎么了？大晚上，在室内怎么还戴墨镜？”崔亦昕问。

“结膜炎，大概是最近工作太累了，不碍事。”方启昀不自然地推了推墨镜。

“那方总可要注意身体呢，毕竟……有那么多人要养活。”崔亦昕说这话时，有意无意扫了贾静静一眼，可她居然在发呆。

真是个没心没肺的家伙。

“嗯，你也是，刚签到陆离那边，事情应该会比较多，陆离那小子经常想一出是一出。”方启昀随意地回应，目光却落在贾静静身上。幸好，墨镜挡着他的眼，不让任何人察觉他逾越的目光。

崔亦昕还打算说些什么，陆离已经走进来，看到自己，笑逐颜开。

“来了都不告诉我。”他虚揽了一把她的腰，算作打招呼。

“没见你在庭院里，以为你在忙，不想打扰你。”崔亦昕报以笑意。

“走，出去见见大家。”陆离邀她。

“刚刚见过了。”崔亦昕回道。

“那就去认识一下。”陆离继续说。

崔亦昕跟着陆离，头也不回地去往庭院，把贾静静和方启昀留在屋内，面面相觑。

“最近怎么样？”方启昀装作不经意地问。

“就这样吧。”贾静静无精打采地回道。

“……是，这次的事情，你被误伤，公司不方便有些表示，我个人会补偿你的。”方启昀看到如此精神不济的贾静静，自己的心情也突然变得差了些。

贾静静低垂着头，“谢谢方总，这件事我确实有些责任，我不怪公司。”方总人真好呀。

“找到工作了吗？”方启昀又问。

“还没。”

“听说你在做自媒体，我认识做自媒体、流量最好的公司，我可以送你去学习。如果你还想做试睡员这一行，自己干，比服务于某家酒店更有前景。”方启昀原本冰山的气质全然崩塌，只希望能用各种方法来补偿她，“另外，趁这段时间好好休养，支气管肺炎，容易留下后遗症。”

“嗯，谢谢方总……不过方总，你为什么会知道我得的是支气管肺炎？”贾静静突然抬头，漆黑的眼眸，明亮得让他不敢直视。

“嗯？”方启昀心跳慢了一拍，这个奇怪的姑娘，怎么哪壶不开提哪壶，总是注意一些别人注意不到的细节呢？

可贾静静真的很好奇这个问题，她坦荡荡地盯着方启昀，想要知道答案。

庭院走廊上，陆离和崔亦昕并排行走。

陆离开口道：“你猜他们俩会聊些什么？”

崔亦昕笑了笑：“方总看起来就不擅长和女孩子聊天。”

陆离也笑：“你看人挺准，他情商低，不像我……”

“特别擅长和各类女孩儿聊天？”崔亦昕眼眸一转，便设下一重陷阱。

“是擅长和你聊天。”陆离反应巨快，犹嫌不够，又补充道：“跟别的女孩子，我那是例行公事，跟你，我才是发自肺腑。”

崔亦昕并不接他的撩拨，随口道：“方总眼睛是真的发炎了吗？”

“没啊，来的时候还好好的。”陆离回道。

崔亦昕勾勾唇角，“平时最成熟的人，总会在某些特殊的人面前，露出最幼稚的样子。”

陆离没说话，在崔亦昕望向他的时候，却调皮地吐了吐舌头。随后，他像没事人一样，西装革履出现在众人面前，与大家谈笑风生，而崔亦昕居然恍了神。

（二）

互相认识之后，陆离提议大家一起来玩国王游戏，众人附议。

所有人围坐一圈，看着被推选出的主持人站在中央洗牌，然后交由服务生一张张发牌。不知是天意，还是陆离要心机，他拿到的恰好是一张鬼牌，成为了“国王”。

崔亦昕看到自己的牌号是 7，抬头，发现自己身边的贾静静一脸好奇地盯着牌面看了半天，再往远处看，刚好与方启昀的目光碰撞，他迅速移开视线。

崔亦昕笑了笑，觉得今晚会发生许多有趣的故事。

“你是几号呀？”贾静静鬼鬼祟祟探过头来问她。

“不能告诉你。”崔亦昕将牌面压在手下。

“我没玩过这个游戏，怎么玩儿？”贾静静因为无知，而产生了某种焦虑。

“听国王命令就可以了。”崔亦昕望向陆离。

“可是……”

贾静静还没说完，被陆离拿着话筒大声的命令给盖下去。

“2 号和 12 号，安全 kiss！”

“2 号是谁？12 号是谁？站出来！”人群中有人开始起哄。

游戏刚开始，就玩这么大，众人的情绪一下子就被调动得很澎湃。

贾静静捏着手中的牌，看上去有些慌张。

“你是 2 号，还是 12 号？”崔亦昕直接问。

贾静静缓缓比出一个“二”的手势。崔亦昕了然于心地望向方启昀，他理了理领带，面无表情地起立，走向中央。

“方总，居然是方总，你几号呀？”众人皆是一副看热闹不嫌事大的表情。

“我12号。”方启昀低声回道，目光倾斜向陆离，冷冷地剜了他一眼。

此刻的陆离，却笑得跟猴子一般。

“谁是2号？哪位女士是2号？！”有人在喊。

所有人的目光里，透着促狭、艳羡……他们正四处寻找2号。

贾静静踟蹰着，崔亦昕却一下子举起她的手，大喊：“她是2号！贾静静是2号！”

所有人都看过来，包括方启昀。崔亦昕一把将贾静静推向他在的方向。

四周的空气开始变得灼热，贾静静连头都不敢抬，只是望向自己的脚尖。陆离已经迫不及待取来了一块保鲜膜。

方启昀近距离望着贾静静，她动也不敢动，皮肤在灯光的渲染下粉光若腻，像一只待宰的羔羊，我见犹怜，特别可爱。

贾静静内心十分后悔来这儿，但此时此刻，她站在这里，周围所有人都渴望着她跟方启昀能发生些什么，以此满足他们的窥私欲。她像是马戏团的演员，不能逗得满场欢乐，不罢休。她不敢反抗，也不敢退场。

她慢慢蜷缩起身体，闭上眼，等着这场不可避免的暴风雨。

她从没正儿八经谈过恋爱，也没吻过男人。方启昀曾是自己的顶头上司，想到这一点，贾静静忽然不寒而栗。

“亲一个，亲一个！”人群中，喊叫声一浪高过一浪。

陆离将保鲜膜放在二人中间。

方启昀逐渐靠近她，她眉头紧皱，长卷的睫毛微微颤抖。

她在害怕？还是在抵触？

他第一次发现，她的上嘴唇，自然翘起，天生适合亲吻的弧度。他差一点就控制不住自己了，但紧要关头，他忽而抬头，在贾静静的额头印下浅浅一吻。

贾静静嗅到一股若有似无的木质男性香水味，额头便被软软的嘴唇触碰，温热的，湿润的，这种感觉使她微愣。

人群忽然沉寂了一秒，连陆离都怔住了。

“嘴唇得留给男朋友，隔着保鲜膜也不行。”方启昀的嘴角扬起了好看的弧度。

灯光、人群、晚风混合着热辣的气息，让贾静静觉得周遭的一切那么不真实。

方总，原来也会笑的吗？

“哇哦，方总好绅士哦。”人群再次骚动。

贾静静呆呆地回到座位，许久都回不过神。

该轮到自己了吧？崔亦昕捏着号码牌，跟身旁一名胖胖的女士耳语几分钟，女士露出惊讶的表情，崔亦昕向她点头，示意她相信自己。

人群中央，陆离跟个专业的庆典司仪一样，卖力大喊：“想不想玩得更大一些？”

“要！”满场男士的声音都显现出亢奋。

陆离眼眸一转，快速喊道：“14 号公主抱 7 号，一起跳入泳池！”

全场立即互相传递信息，均发现没有 14 号。

“14 号是你自己吧？”一名男士喊。

陆离翻开桌上压住的那张牌一看，“原来我是 14 号啊！”他的脸上，没有讶异，没有窘迫，有的只是欣喜和期待。

崔亦昕唇角微微上扬。

身旁胖胖的女士举着手上的牌站起来，“我是 7 号，我是 7 号！”

所有人拍手欢呼。如果说刚刚方启昀与贾静静玩安全 kiss 时，全场的喧嚣只因为各自的八卦心理在燃烧。那现在的欢呼，则是大家都在等着看笑话，“国王”挖坑自己跳，是这个游戏最有趣的现象，喜闻乐见。

陆离整个人傻住了，他看着胖女士无比欢快地奔向自己，下意识想躲避，但……避无可避。

“抱起她，抱起她！”不是谁带头嚷了一句，大家便整齐地喊起了口号。

陆离用一种举重的姿势，青筋暴突，咬牙切齿，将胖女士一把抱起，崔亦昕很想用手机放国歌，庆祝陆离获得这一届举重比赛的冠军。

他屏住呼吸，步履艰难地来到泳池边。胖女士娇羞地搂住陆离的脖子。

“跳下去！跳下去！”

陆离闭眼，抱着胖女士，一脸生无可恋地栽进了泳池。泳池被砸出巨大的水坑，溅出的水花让女士们尖叫，以为来到了欢乐嘉年华。

湿漉漉的陆离从水池中钻出，像一只落水的怪兽。

“崔！亦！昕！”陆离很想将她一起拖下水。

但水光潋滟之中，他看到崔亦昕笑得前俯后仰，露出满口白牙。她像是一朵掩于初夏夜色的睡莲，含着晶莹的雨露，恣意怒放。

他见过她很多次的笑容，礼貌性的微笑、讽刺意味浓烈的调笑、勘破天机后的似笑非笑，而她卸下心防的笑，原来是这么迷人。

（三）

国王游戏之后，他们又玩起了3D象棋。

贾静静真真切切感受到自己与这帮上流社会精英的差距，不仅仅体现在金钱、地位上，还有智商。

他们中的有些人，即便不会下国际象棋，但也很快明白了规则，只有自己百战百殆。

“喝酒，再来一杯！”

贾静静输了一盘又一盘，酒喝了一杯又一杯。只覆盖了杯底的一点点洋酒，兑了百分之九十的雪碧。贾静静不胜酒力，很快便面色酡红，眼神迷离了。

“这还能喝醉？一定是装得！不行，愿赌服输！”一男人高喊着，不肯放过认醉的贾静静。

崔亦昕刚想上前，方启昀已经先她一步，夺过酒瓶，直接将剩余的酒一饮而尽。

“今天的游戏环节就到此结束吧。”方启昀看着那男人，面露微笑，话语间透露的意味却不容人拒绝。

男人迫于方启昀的社会地位，不敢再造次。

人群一哄而散。

陆离带崔亦昕去跟娱乐公司高层交谈，方启昀则选择陪贾静静坐在室内的沙发上休息。屋外，依旧一片热闹。那群人，似乎要玩通宵。

姑娘们的目光透过窗户，偷偷打量屋内的方启昀，私下猜测方总跟那姑娘到底是什么关系。

贾静静紧靠扶手，看上去似乎有些难受。

方启昀不擅长关心他人，沉默半晌，才问了一句：“想吐吗？”

贾静静反应比平时更加迟钝，愣了几秒，才摇头，“我喉咙疼。”

方启昀招来服务生，“倒一杯水给她。温水。”

服务生好奇地多看了贾静静一眼，这姑娘相貌平常，最多白了一些，何以能得到方总的眷顾呢？真是奇怪。

贾静静的眼皮愈来愈沉重，酒精于她而言，是一味良好的催眠剂。

“又要睡觉了吗？”方启昀轻声问。

“唔……”贾静静闷哼了一声。

“呵……”方启昀笑了笑，低声道：“你知道吗？我有时候真的很羡慕你，羡慕你随时随地都能入睡。”

服务生倒来了白开水。

“先把水喝了再睡吧。”方启昀说。

贾静静脑袋垂下去，没有丝毫反应。方启昀拿水杯的手举起，又放下，最后抬头，问服务生：“还有空余的房间吗？送她去休息吧。”

“有，请跟我来。”服务生向前两步，打算带路。

方启昀怔了怔，环望四周，只有一名男性服务生在室内，贾静静已经睡着，不可能自己走路，而他，也不希望其他男性接触她的身体。

服务生静静站在原地，看到方启昀一把抱起贾静静，眼底没有丝毫讶异，好像在他的认知里，方启昀和贾静静，关系已经亲密得不可描述。

方启昀将贾静静抱到二楼空余的房间，将她放到床上，一回头，服务生已经跑得不见踪影，并替他虚掩上了门。

他将她放在床上，看到她蜷曲的样子，分明是姿势不舒服，方启昀却没勇气帮她脱了鞋子和外套。

再近一分，就会打破界限。

“嗯……”她发出一声呢喃。

方启昀将被子掀到她身上，打算离开，却被她忽然抓住衣角。他回头，对上一双云雾般的眼睛，朦朦胧胧，诱人想去探寻。方启昀感到一阵心悸。

“怎么了？”他问。

她也不回，睡眼朦胧的眼睛怯怯的，像一只饱受惊恐的小兔子。

方启昀心软了，坐到床沿，温声道：“没事，我不走。”

喝醉了的贾静静似乎比平时更加柔软，觉得眼前这个男人出现在她生命中之后，给了她太多温暖和帮助。是自己人生中，从未感受过的异性的温暖。她又重新闭上眼睛，几滴泪水缓缓溢出。

方启昀抬手，想要替她拭泪，顿了几秒，却从床头柜上扯了两张纸巾，笨拙地做着擦泪的动作。她毫无反应，似乎真的进入梦乡，可她的手还紧紧攥着他的衣角，生怕她一闭眼，他就消失不见。

从小被当做酒店继承人的方启昀，早已习惯被别人需要的感觉。但那些人，都能独当一面，他们是他的下属，他们只是需要一个长官。眼前蜷缩在床上这软软的一团，和他们不一样。她害怕，无措，惊慌的样子，方启昀想了很久，才回忆起，小时候，他家养了一只巨型藏獒，隔壁家的小女孩路过时，一害怕就会跑来攥住他的衣角，那白白的、软软的一团，立刻激起他内心的保护欲。

"别害怕，有我。"他对小女孩说。

后来，小女孩全家搬走，方启昀内心曾失落很久，像是生命中遗失了什么重要的东西。贾静静出现时，他感觉失而复得。

"乖乖睡吧，我一直在。"方启昀温柔地对贾静静说。

这一夜，庭院热闹而繁忙。二楼的这一间空房间，原本静谧而冷寂，因多出了两个人，漫上一丝温情。

（四）

"嗯……"贾静静翻身，伸了个懒腰，缓缓睁开眼，在看到方启昀侧脸的一瞬间，震惊得一动不动。

方启昀察觉到枕边的动静，哑着嗓子问："醒了？"

贾静静一声不吭。

方启昀转过头去，贾静静瞪圆了眼睛看他，还是不说话。

"我什么都没做，你玩游戏喝多了，我送你进房间，你拉着我衣服不让走。"方启昀三两句话解释了这个场面为什么会发生。

"你……不认为我是故意的，贪名逐利吗？"贾静静忽然发问。

"嗯？"方启昀迟钝地想起，那次在酒店房间，她躺在自己的床上肆意妄为，按照惯例，他理所当然将她当做贪名逐利、富有心机的女人。

“嗯，我不这么认为。”方启昀给予了她肯定答复，却又觉得奇怪，一般女孩儿难道不是该计较自己被占便宜了么？

“那就好。”贾静静点点头，然后用手在床上摸索着什么。

“你找什么？”方启昀问。

“床底下似乎有东西，我睡不安稳。”贾静静说着，就将床单掀起，那阵仗，像要徒手排地雷。

方启昀警觉起来，开始跟着贾静静一起翻床单。

“咚咚咚——”

房门被敲了两下，有人径直闯了进来。

“方总，收购案有新消息，和我们预期的不一样，山泉那边……”刘堂风的话还没说话就噎在喉咙里。

床单凌乱，方启昀和贾静静二人衣衫不整，钻在被单内动作激烈。这一次，刘堂风不认为是自己多想。

“找到了！”贾静静寻到一枚一元硬币。就是这枚硬币害她醒这么早，醉酒又嗜睡的她，原本至少可以睡到日上三竿的。

兴奋之后，她才看到房间多出来的一个人。而那个人，也在望着自己发呆。

方启昀反应最快，他用被子包裹住贾静静裸露的肩部，随后下床，脸色冷冷道：“我们出去聊。”

走廊上，一派寂静，所有人都没起床。

“你什么毛病，进房间不敲门？”方启昀沉声斥道。

以往喜行不露于色，这会儿却满面乌云，不符合方总一贯行为准则。

“是，我错了。”刘堂风立刻认错。

“收购案有什么新消息？”方启昀问。

“跟我们竞购山泉的第三方找着了，竟是新叶自己，贼喊捉贼呢。他们暗地里要跟我们竞购山泉，我猜是为了增加全球的资产配置。”刘堂风说。

“这跟我们之前收到的情报不一样。”方启昀眼神一暗。

“是，要么是之前有人故意干扰我们的视线，要么就是新叶做出了新的决定，之前的陈佩琦，不过是个烟雾弹。”刘堂风继续分析。

方启昀沉默着。

“这新叶也太不是东西了，老板你都答应给四成股份了。一群阳奉阴违的东西！”刘堂风骂道。

方启昀依旧默不作声。

“我们下一步该怎么做？”刘堂风主动请示。

“当作不知道，新叶出 90 个亿，我们就出 100 亿。”方启昀说。

“那不是便宜了山泉？正中他们下怀？”刘堂风不理解。

如果是这样，那他们先前做的所有努力都白费了。

“便宜？他们不过是个摆在台面上的拍卖品。如果是新叶明面上跟我们竞价，我们做得太过，有损彼此关系。他们当缩头乌龟，我们便装作不知，反而好操作。据我所知，新叶的资金链暂时出了问题，并不是我们的对手。其次，当山泉落入我们手中，那帮人还能有好日子过么？一步步削弱他们的权利，让山泉变成 EMT 的一部分。不着急，我们秋后算账就是了。”方启昀眼底出现一丝狠意，这是一只嗅觉敏锐的猎豹面对猎物时，该有的态度。

刘堂风恍然大悟，他内心情绪复杂，一面鄙夷新叶集团的两面三刀，若非事出紧急，绝对不会再跟新叶合作。一面又嘲笑山泉的愚蠢，不向东家低头认错，却抱着新叶的大腿，得罪东家。又一面认为自己果真没跟错老板，方总英明神武。

“那……”

“还有事？”

“老板，我们什么时候可以喝到你的喜酒？”刘堂风笑得贱贱的。

这一问，让方启昀猝不及防。他眼角瞄向房间的方向，沉下脸道：“今天你看到的事，不要让别人知道。”

“是，我自然不会多说，但大家好像都知道呀。都说方总在派对上亲了一个女孩儿，替她挡酒，最后还将她送去房间，整夜未归呢。”刘堂风扮无辜道。

“让陆离将这儿的服务生辞退，嘴巴不严，要惹出大祸的。”方启昀冷冷道。

“老板，别人只是八卦了一下，你就要辞退他？太严厉了吧。”刘堂风砸吧嘴巴。

方启昀斜眼看他，“你也想被辞退？”

“不想不想，收购大业未完成，我还得为老板鞠躬尽瘁死而后已呢。”刘堂风弯腰。

“滚。”方启昀说完这个字，唇角却弯了弯。

回到卧室，原本以为贾静静正在洗漱或整理房间，但方启昀明显是想多了，贾静静将硬币找出后，便再度沉睡过去，这睡回笼觉的架势似乎不到天黑不睁眼。

“你真的是……”

由于她四仰八叉的睡姿，方启昀无法再躺上床，只能在沙发上坐下。现在是早晨七点半，离去公司工作的时间，还有两个半小时。他原本只是想闭目养神，但贾静静憨甜的睡相，产生了一种莫名的效应，方启昀开始觉得脑袋沉重，逐渐进入深度睡眠。

（五）

崔亦昕只睡了三个多小时，便被电话吵醒，仍旧是熟悉的号码，熟悉的质问。

——“没钱了，打钱给我。”

“上星期不是刚打过钱吗？”崔亦昕皱眉。

“让你打，你就打，废话那么多做什么。”电话那头的声音粗暴、不耐烦。

崔亦昕深吸一口气，“我不会再打了，你们看着办吧。”

“死丫头，你以为我们不知道你干什么勾当，在网上扭扭捏捏，卖脸卖笑，不知羞耻，让你打几个钱怎么了！”对面那人蛮横道，声音也越来越大。他想让崔亦昕因为羞耻而屈服，可崔亦昕早已波澜不惊。

“这么些年，我做得够多了，如果你一直这样和我说话，一定会后悔。”崔亦昕平静地说完，立刻挂电话。

“咚咚咚——”

“醒了吗？”陆离的声音在门外响起。

崔亦昕随手理了理头发，走过去开门。陆离捧着一个餐盘，一见到崔亦昕，便露出讨好的笑容，将餐盘送上前。

燕麦粥、涂了一层蜂蜜的羊角面包、各色水果……崔亦昕瞄了一眼，食指大动，便放他入门。

“那群人粗鲁，早餐都抢着吃，我先挑些好的送来给你。”陆离边说笑，边打量着她的曼妙身影。

浓妆的她美艳，素颜的她雅致，浓妆淡抹总相宜。

崔亦昕一屁股坐下，径直吃起早餐，对陆离的目光视而不见，也不说话。气氛微微有些尴尬。

“咳……我也没吃呢，你不邀请我吃一点？”陆离打破沉默。

“这是给我的，你可没说你也要吃。”崔亦昕将盘子端到桌子另一边，转过身，继续吃。

“你真是……”陆离想不到合适的词来形容她。

“现在找一个托儿多少钱？”崔亦昕忽然问。

“什么托儿？”陆离没明白。

“就是昨晚你找来玩花样的魔术师，成全方总和静静，又想乱点鸳鸯谱，成全你我的那个所谓服务生。”崔亦昕喝了口燕麦粥，抬眼看着他，说话语气不带一丝喘，看起来一切了若指掌。

“明明是你耍花样。”陆离低声嘟囔。

“给你一点教训，省得你总是不怀好意。”崔亦昕唇角微扬，像个优雅的女王。

陆离丝毫不介意自己被压制，他沉迷地盯着她唇角，那一粒不小心蹭到的燕麦，惹得他心痒痒。

早晨的气氛，几多美好，却被一阵手机铃声打断，在陆离听来，这很刺耳。

崔亦昕像没听到一般，继续吃水果。

“你电话……”陆离提醒她。

“不用管。”崔亦昕淡淡回道。

“谁的？你追求者？我来替你处理。”陆离伸手要抓手机，被崔亦昕打了一下。

“昨天，晓娱网的郭总约了我们今天吃饭，几点？”崔亦昕转移话题。

“十二点……你就这么让它响着？到底谁啊？”陆离问。

崔亦昕没说话。这很反常。

终于，铃声暂停，手机却接着震动了好几次，像在暴躁地宣誓着什么。崔亦昕拿过手机，背对着陆离翻看，她的后背微微发抖，站起来，回拨电话，情绪看上去有些失控。

“崔……”陆离唤她。

“你到底想怎么样？想要逼死我吗？逼死我，你们也如不了愿！我死了，一定把钱全部捐了，你们一分钱都捞不到！”崔亦昕歇斯底里。

地面、桌面都在震颤，崔亦昕因为生气，脸部扭曲。

“你怎么了……”陆离被吓得顿住，扶住她肩膀，忙问。

崔亦昕像被戳破的气球，一下就泄气，瘫倒在椅子上，眼泪顺着她的脸颊，簌簌流下。

习惯了女孩子们的言笑晏晏，面对女孩的眼泪，陆离有些慌张。

“崔……昕昕，这可不像你，别哭了……”陆离抽出一团纸，胡乱塞给她。

“你不懂，我是怎么长这么大的！我有多努力地想要摆脱他们！”崔亦昕推开他，发泄道。

陆离愣在那里，不知所措。但很快，他便有了主意。

走廊中传来人说话的声音，他靠近她，低声道：“你失控的样子，只能被我一个人看到，一会儿我们要去见郭总，你打算就这样去？”

这一招果真有效，崔亦昕倒吸几口气，忍住眼泪，走去卫生间洗脸，再回到陆离面前时，已是清秀冷傲的一张脸，像什么事都没发生一样。

“我要换衣服、化妆了，你还要继续站在这里吗？”她说。

陆离贱兮兮地凑近：“可以吗？”

崔亦昕冷冷道：“可以，那我也可以扯着嗓子喊非礼。”

陆离半举双手，表示投降，然后退出她的房间。

走廊上，陆离撑在窗户边，给助理陶辞打了电话：“帮我调查一个人，崔亦昕。”

电话那头的陶辞以为自己听错了，“老板，你都签下人家了，怎么还要调查呀？”

“我让你查的是，她的身世，以及她的恋爱史。”陆离的手指不停叩着窗沿，这是一种焦虑的表现。

他以为自己懂得了崔亦昕，但实则什么都没懂。

崔亦昕有秘密，掩藏在深海里的秘密。

（六）

陶然和陶辞同时给贾静静打电话时，贾静静正在一家民宿做测评，一般在她写文章的时候手机都是静音的。写好之后，伸个懒腰，揉了揉快要睡着的眼睛，从包包里拿出手机，发现竟然有两个未接电话。

一一回了过去，听到陶然和陶辞的声音，贾静静简直诚惶诚恐。

陶然告诉她，方启昀已经为她交了“饼干商学院”下一季度的课程学费，学习资料不日就会寄到她在公司登记的家庭住址，往后的日子，她只需按时接受远程教育即可。

陶辞告诉她，自家老板陆离，除了签下崔亦昕外，也应了崔亦昕的要求，希望可以签下她，会力捧，问她是否愿意。

“我触底反弹了？”挂完电话，贾静静激动得自言自语。

突然，贾静静的手机弹出一条短信，来自陶然。

——方总表面很冷漠，那只是他的保护色。他其实对你寄予了厚望，你不要辜负他。

脑海中蓦地闪现方启昀的脸，棱角分明，细长的眼眸乌黑深邃，他探寻似地看着自己，然后轻轻吻了自己的额头。

这个画面不断重复，贾静静周围的世界一下子凝固。

那夜在别墅，她的行为是否太过了？他曾如此温言细语地对自己说话，她和他曾靠得那么近，像一个虚幻得不着边际的梦境。

（七）

次日，崔亦昕带贾静静去陆离的公司。

陆离眉眼带笑，将崔亦昕留在大厅玩手游，带贾静静独自进了自己的办公室。

工业 loft 装修的办公室内，陆离一本正经地近距离打量贾静静。肤白清纯，面带拘谨，淳朴的形象浑然天成。

“我看了你的公众号和微博，虽然文章写得都不错，也很用心，但是主题比较杂乱，更新不定时。好在有你的才气和一些好玩的小活动在顶着，不然，啧。不过排版很精美，那些活动既蹭了热点又能抓人心，跟粉丝的互动做得也还可以。”陆离挑挑眉，分别说出优点和缺点。

“嗯……除了文章是我写的，其余的都是亦昕帮我打理的。”贾静静诚实地说道。

“你很诚实。”陆离翘起二郎腿，脸上却带了一丝调笑，“只是，咱们这个行业，不需要这么诚实。对于顾客来说，他们只在乎自己消费的产品美不美。对于男人来说，撒点小谎，会增添神秘感。明白吗？”

贾静静木讷地望着他，不知该如何反应。

“真是没意思，不过，方启昀那小子也很没意思，你们俩很配。”陆离起身，松了松领带，一脸痞笑。

“不不，不配，不配，我们不是……”贾静静突然反应过来什么，辩得满脸通红。

“你别告诉我，你看不出那小子对你有意思。”陆离像是发现了什么好玩的事情，眼底发光，语调里的兴奋不言而喻。

“我……”贾静静仿佛被踩了尾巴一样，着急地想要说什么，陆离却将话题忽然一转道：“公司B轮融资成功，PE加入后，我们有足够的资金支持，可以用来为你宣传造势。以后你的微博、公众账号都会有专人运营。在这之前，你得告诉我，你会什么？唱歌？跳舞？玩游戏？还是，你想当一个花瓶明星？给你造一个人设也行。”

“你说的这些，我都不会，我也不想当明星。”贾静静摇头。

“那你想做什么？”陆离饶有兴致地问。

贾静静一愣，她的目光落向角落的空气净化器，它不断闭合，吸附着污染物，四周的空气便闻着清新。贾静静蓦地想起方启昀，他所在的地方，空气也总是这般好闻。

EMT 的走廊上，他安慰哭泣的自己："在职场上，没什么对错，大家只看结果。你缺乏狼性，这样可不行。"

从什么时候开始，他对她已经消除了所有敌意，莫名亲近了呢？难道真如陆总所说，他是喜欢自己吗？贾静静不敢这么想。他纡尊降贵，她便不会让他失望。

"你在发什么呆？"陆离在她眼前挥手，将她的思绪拉扯回头。

"我想认真学习自媒体课程，独立运营社交账号，成长为一名专业的、优秀的试睡员。谢谢陆总给的机会，可我觉得，您的方式，更适合亦听。"贾静静认真无比地说完后，向陆离鞠了一躬，随后笔直地走出办公室。

陆离望着她的背影，若有所思。

难道自己看走眼了？崔亦听这个女人不简单，她的朋友，似乎也都跟她一样有趣，令人琢磨不透。

第八章

来我身边吧

（一）

贾静静很少如此果决地做一个决定，可当她做了决定之后，固执得一往无前的模样，令崔亦昕刮目相看。

她依然是她，就算在电脑前坐着，面对着讲师，也会不住打瞌睡。她上课学习新媒体知识的效率不算高，却坚持了整整一个月。厚重的笔记本，娟秀的字迹铺满大半，证明了她的刻苦。

崔亦昕有时候起夜，看到那一盏昏黄灯光下坐着的人影，便觉得贾静静哪里不一样了。也许，她不再需要自己为她留的后路了。

当贾静静啃完整个新媒体初级教程，略有所成时，已是六月。初夏，悄然而至。

她与世隔绝一月之久，完全没有察觉，在上月的那场派对之后，自己便成了方启昀的“绯闻女友”。

这个传闻，从别墅传到EMT集团内部，走廊、茶水间、办公区域……

只要有人的地方，空气中便满是桃色八卦的因子。

好在，没人敢当着方启昀的面谈论，除了不怕死的刘堂风。

12楼，刘堂风像往常一样，向方启昀汇报集团内部大小事务，结束后，他提起了澳洲之行的事儿。

“澳洲A.WANG酒店那边邀我们月末去实地考察，需要一个试睡员，公司刚签下的李梦娜被派去了仁城，您看……”刘堂风语调拉长。

“我记得当时签了两个人，还有个叫林贞……”方启昀抬头道。

“被挖去新叶了。”刘堂风接话道。

“让人事部问问贾静静是否接受外聘的形式……”方启昀故作淡漠地在笔记本上写写画画。

“嗯，陶经理就等着您这句话。”刘堂风抢白道，边说边笑，“澳洲风光秀丽，适合恋爱，这么棒的机会，陶经理不想便宜别人。”刘堂风见方总裁嘴角上扬，便知他心情很好，干脆直说。

“要把人送走的是你们，要把人接回来的也是你们。”方启昀挑挑眉。

“把人送走，是为了稳定人心。把人接回来，是为了讨老板欢心。”刘堂风垂着头，双手交叉，做出谦卑有礼的样子。

方启昀轻咳一声，自己表现的有这么明显吗？“不怕董事会有异议了？”

“过了这阵风头，董事不会注意试睡员这样一个小小岗位的，再说了，天塌下来，有老板顶着。”刘堂风毕恭毕敬。

“赶紧走！”方启昀笑骂，将一叠文件轻甩到他身上。

（二）

贾静静回到EMT，特别是进入方启昀办公室的那一刻，仿佛坠入云端，周遭的一切，都不真实得很。

方启昀等待她的到来已久，却在她进门那一刻，对着电脑，装作忙工作被打断时的不悦。

“方总……您找我？”她怯生生的语气，令方启昀内心生出了一丝真正的不悦。

她惧怕他，并不爱慕他。

“找你来，是要商量工作的事。”方启昀一本正经。

“嗯，陶经理已经跟我说了。”贾静静点头。

这个陶然，把该说的说了，那自己该说什么？

“澳洲 A.WANG 酒店有着上百年历史，他们的酒店建筑很有特色，之前学过的东西，你要学以致用。这是 EMT 第一次拓展除东南亚以外的海外市场，我们势在必得，你要认真对待，后面提交报告。”方启昀用无比官方的口吻说。

“澳洲吗？澳大利亚？”贾静静如梦初醒般睁大眼睛。

陶然居然没有告诉她出差的地点？

“嗯……你第一次出国吗？”方启昀假装漫不经心地问。

“对……”她像想起了什么，“我们什么时候出发？我，我没有护照，得回老家办。”

她已经没有刚才那么畏惧了，多了一丝期待，这点变化，让方启昀很欣慰。

“你老家是哪里的？”连方启昀自己都没察觉，他问这句话的语气，莫名温柔。

“若川，您可能不知道这个地方，小县城，但是我家乡靠海，我们那里的居民以前都靠打渔为生，我妈妈常说靠海吃海……”贾静静的话语突然顿住。

“怎么不说了？”方启昀乌黑深邃的瞳仁一直盯着她。

贾静静有些局促道：“我觉得您肯定很忙，应该没时间，也没兴趣听我说这些乱七八糟的。”

怎么会呢？

但脱口而出却是一句“嗯，是没兴趣，但要尊重你说话的权利，不然别人会说我们 EMT 很不人道。”方启昀说完就默默后悔了，每次看见她总是变得不太会说话。

“不会，不会，我觉得公司特人道，是我待过的公司中最人道的一家，给我报销医疗费，辞退了我，还会招我回来。”贾静静一脸真诚。

虽然知道她的话发自肺腑，可方启昀还是觉得哪里不对。

“人事部会批你假让你回家办护照，此外，准备好户口本复印件等签证必要的资料。人事部还会给你准备一张新卡，里面有 10 万块现金借你。有充足的资金证明，应该可以迅速出签。”显然，方启昀细致地为她做好了准备，其中透露出的是他对这场双人行的期待。

“谢谢方总，方总真是大好人。”贾静静脱口而出。

在这种情况下，被发好人卡，有些奇怪。但被夸奖，方启昀总是受用的，尤其是从她口中说出。

“方总，如果没有其他事的话，我就不打扰您工作了。”

恢复上下级的关系，她的态度谦卑了许多。不知是不是错觉，方启昀愈来愈觉得她像是一只行走缓慢的蜗牛，遇到伤害，便往壳里缩。那种小心翼翼的姿态，全然不像她最初闯进自己世界时的活泼大胆。

那时候，她偶尔暴露真性情，他很不悦。如今，她藏起了脾气，他依旧不悦。

人，真是奇怪的动物呢。

（三）

陆离这两天食欲不振，午饭仅仅吃一份蔬菜沙拉。他的心情，跟天气有直接关系。

六月中下旬，正式进入梅雨季节。天空连日阴沉，雨水绵延不绝。陶辞便是在这样的雨天，跑进陆离办公室，告知了他一个天大的秘密。

“老板，老板，你猜我调查到了什么。”陶辞故作神秘地说。

“你最好爆料一个让我惊讶的消息，不然我……”陆离掏掏耳朵，做出要打他的样子。

“老板，崔主播，原来是养女。”陶辞凑近他，压低声音道。

“嗯？她是孤儿？”陆离说。

“不是，是被亲生父母抛弃的，后来被养父母收养了，但是养父母对她不好，后来生下一个儿子后，就对她更不好了，甚至把她当做童养媳，中学毕业后就不让念书了。”陶辞接着说。

“然后呢？”陆离的面色有些凝重。

“然后因为崔主播成绩好，而养父母的儿子成绩差，崔主播就承诺自己努力学习，将来养弟弟，养父母这才让崔主播继续读书，后来大学，崔主播半工半读，这才经济独立，养活了自己。”陶辞说。

“继续。”陆离抱胸。

“本来嘛，就算他们对她不好，也有养育之恩，崔主播养着他们也应该，但他们很不知足，尤其是弟弟。那男的整个一人渣，初中毕业后，连职业学校都读不下去，整日游手好闲，打架生事，让崔主播替他擦屁股，甚至，还妄想崔主播做他老婆。”陶辞说到这里，也开始愤愤不平。

陆离的脸色铁青。

“那男的还欠了一屁股债，要债人找不到他，找了崔主播，把崔主播给打了。”陶辞绘声绘色。

“都这样了，崔亦昕还忍着？继续养着这一大家子垃圾？就因为当年的承诺？”陆离冷冷地问。

“当然不，每出一次事儿，崔主播就减少一次赡养费，如今，崔主播已经降到每个月五百了，为赡养费的最低额度，他们就算告，也告不赢崔主播。”陶辞说。

“干得漂亮。”这才像他认识的小野猫，绝不当软柿子，就算当下服软，这口气也迟早讨回来。

“但她养父母和弟弟都很无赖，说要黑崔主播，崔主播现在是公众人物了，以后还要被力捧……”陶辞露出担忧。

陆离一巴掌拍在他脑门上，“我是干什么吃的？一群底层地痞无赖就敢黑我平台的一姐？不自量力。”

“是是是，有老板，崔主播如虎添翼。”陶辞低着头，连连说。

“啪！”陶辞脑门又挨了一巴掌。

“没文化就不要乱用成语。”陆离道。

“是是是，那老板，应该用什么词呢？”陶辞挨了打，还得做出一副求学心切的样子。

“应该……应该是我的女人我来宠！”陆离霸道而嚣张。

“是，受教了，受教了。”反正老板说什么都是对的。

得知了崔亦昕的故事，陆离内心久久不能平静。他终于明白，崔亦昕精明性格的养成原因，她对金钱的渴望，对人性的存疑，原来都源于她的成长。

崔亦昕大约是太缺乏安全感了，和他一样。

所以他们都很少用真面目示人，能真正走进他们内心的人很少。戴着面具固然痛苦，却很安心。陆离内心升起一股与崔亦昕惺惺相惜的情感。

呵，没关系，以后你支离破碎的人生，由我来守护。我保证，生命欠缺你的，会由另一种方式来补偿。

陆离一个人望着远方的天空，乌云之上永远是晴天。

（四）

一周之后，贾静静揣着加急办理的护照回来报道。

她很紧张，毕竟是第一次出国。她担心许多问题，比如食物吃不惯怎么办，迷路怎么办，英文口语太差怎么办等等。可当她想到，自己是跟方启昀一起出门，又觉得无比安心，她自己也不明白为什么，只知道有他在的地方就有依靠与安全感，更多的却不敢细想。

这次出行的队伍是一支十三人

的小团队，据陶然称，都是精英团队，贾静静极有自知之明地把自己排除在外。

出行之前，崔亦昕教了很多方法，让她看起来不像第一次出国。但贾静静领悟力太差，表现得很蠢，崔亦昕只能推翻自己的方法，教给她一个终极秘诀：少说话。

除了方启昀和两位董事会高层坐头等舱，其余人都坐经济舱。十四个小时的飞行，贾静静除了吃便是睡，但睡得并不沉，百般不适。她“豌豆公主”的体质提前发挥作用，开始挑剔起飞机的座椅。

如果不是考虑到影响，贾静静真想站起来掀了椅子，看看下面到底藏着什么东西。

在贾静静第五次醒来时，一名空姐走过来，跟她说：“小姐，恭喜你，中了我们航班的活动，我们将为您免费升舱，请带好行李跟我来。”

活动？什么活动？

人生大起大落，总是有小概率事件发生在自己身上，贾静静习以为常，真正做到了宠辱不惊。没问清楚，就拿了随身行李，跟着空姐去头等舱。

宽大的座椅，连空气都清新了许多，但七八双眼睛齐齐落在她身上。

整个头等舱，只有第一排有一个空位，但那空位旁坐着的正是，闭目养神的方启昀。

犹豫片刻，贾静静还是一屁股坐下。

“声音太大了，粗鲁。”方启昀眼皮都没抬，便抛出这样一句。

“对不起，对不起。”贾静静对着方启昀，对着四周的“权贵们”道歉。

“不敢当，不敢当。”一位面生的男人回应了她，目光探寻地在她身上扫来扫去。

事实上，所有人的视线都没离开过她，正视的，斜视的，还有假装不经意打量的……然而，贾静静觉得当全场焦点的感觉，并不那么美好。

到了饭点，空姐推着推车过来送餐食。

方启昀要了一份牛尾汤、鲜虾面和水果沙拉，香气飘到贾静静鼻腔内，她贪婪地咽了咽口水，眼睛直直地盯着美食，待空姐靠近自己，就开口：“我也要一份鲜虾面……”

空姐轻声说：“小姐，抱歉，升舱不能升餐食。请问，您需要牛肉面条还是鸡肉饭？”

贾静静扁了扁嘴，想到之前闻到这两种餐食的味道就有点晕，再加上自己有些晕机，为了不吐在这些大佬的头等舱，还是算了吧。

“我不吃啦，谢谢。”

空姐抱歉地笑了笑，便走开了。

方启昀不露声色地关注着这一切，他用勺子舀起一点鲜虾面的汤，闻了闻又放下，“太腥了。”然后把餐盒推给贾静静，“不想浪费粮食，你吃。”随后风轻云淡地舀起牛尾汤，不再看贾静静。

贾静静笑意立马在眼中散开，“谢谢方总！”方总人真的太好了吧，这个面真的太好吃了吧！

她的悲伤来得那么容易，开心也很容易。她的简单，让复杂的他，心生向往。

贾静静吃完后便靠着椅背不再睁开眼，方启昀看向她，不像平时憨甜又安详的睡态，眉头也微蹙，刚想开口说话，便感受到一阵颠簸。

“受到航路不稳定气流影响，我们的飞机正在颠簸。请大家不要离开座位，系好安全带，洗手间将暂时关闭，在洗手间的旅客……”

“唔。”贾静静一睁开眼，就看到方启昀眼中的紧张与担忧，对视的一刹，他立马转头。

“咳，你是不是不太舒服？”方启昀低沉的声音入耳。

她有些晕机，每次到飞机上就睡不踏实，很难受。再加上飞机颠簸……“没有，就是有点冷，没事的。”不能让方总担心，贾静静这样想着，扯出一丝笑容。

“啪。”方启昀轻敲了下她的脑袋，“笑比哭还难看。”说着，便把外套盖到贾静静身上，还细心地将外套边缘轻轻压进去，这样就不会透风了。看到包裹着很严实的贾静静，方启昀满意地点点头。

“快睡吧，一会就不颠簸了。”此时他的声音极其温柔，只不过他自己没有意识到。“还有什么不舒服就跟我说。”

贾静静把这一幕看在眼里，顿时就不晕机了，反而脑袋里都在冒着粉红色的泡泡。身上盖着的衣服也让她极有安全感，有安全感的结果便是……她又沉沉地睡去了。

（五）

飞机在布里斯班机场降落，澳洲当地时间夜晚七点半，刚好是用餐的时刻。外派布里斯班的工作人员准备了车辆来接方启昀与公司同事，EMT 酒店餐厅内，一场丰盛的海鲜大餐已等候多时。

“一会儿，龙虾我可以多吃几只吗？”贾静静怯怯地问。

“……你比猪能吃。”方启昀毫不犹豫地开启讽刺模式。

“不是的，其实我也饱了，但澳洲龙虾，我只在家人的整岁生日宴上吃过，一桌只有一只，每人只能吃一小块，还不新鲜。”贾静静脸红地回道。

如此坦诚，方某人又觉得她可爱了。

“喜欢就多吃一些，但吃相别太难看，别给我丢人。”方启昀冷着脸说，心里却在想，以后不会让这个傻丫头羡慕别人了。

“是。”贾静静顿时笑逐颜开。

看到这样的她，方启昀心情莫名很好。

在出差之前，同事们已被刘助理嘱咐过总裁和贾小姐之间的特殊关系，所以一路上，他们刻意将总裁身边的位置空出来，让给贾小姐。

根据他们的细致观察，总裁这一路跟贾静静说的话很少，但一直用行动在关心她，为她升舱，把餐食让给她，甚至——

这会儿还跟她窃窃私语，看上去俨然一对情侣。看来，刘助理所言非虚。

从机场到酒店，路程挺远，叫嚣着要吃很多很多澳洲龙虾的贾静静，睡神附体，眼皮越来越沉重。

她的脑袋跟随车头方向，东倒西歪，有几次差些倒到方启昀肩上。

方启昀往一旁移了移，她却似乎赖上他，一直朝他倾倒。

“真是……”方启昀皱皱眉，不知该如何是好。

每当他掰直她的身体时，她就会一脑袋撞玻璃上。方启昀无奈地将靠枕横在自己肩膀与她的脑袋中央，自己挺直腰背，让她可以安然入睡，脸上毫无表情，耳根却悄悄红了。

有高层见到这一幕，朝方启昀竖起大拇指，方启昀幽暗的眸子看过去，释放十足的杀伤力，高层立马转头，却把这一幕悄悄地告诉了更多人，于是，全车人都知道了方总裁高冷外表下的百转柔肠。

车子抵达酒店，方启昀先安排好工作人员后，自己将贾静静抱进房间，说是她的试睡工作从今夜开始，他站在房间里看着床上那人安静柔软的睡颜，不知不觉过了十分钟才离开，转而去宴会厅。

宴会厅的工作人员等他许久，他们边吃边聊，等到澳洲龙虾上桌后，方启昀叫来服务生，让打包三只，送去贾静静房间。

一女性工作人员艳羡道：“方总，你对咱们公司的试睡员太好了。”

方启昀抬了抬眼梢，面无表情地反问：“我对你们不好吗？”

女性工作人员看了看其他同事，俏皮地回道：“好，当然好，方总特别看得起我，有一次在机场，男同事尿遁，方总让我一个手无缚鸡之力的弱女子，抗四个旅行箱过安检，对我是真的好。”

全桌人都笑了。

大约同在异乡为异客，所以同事们也放下了对顶头上司的绝对尊崇，敢当面以开玩笑的方式吐槽了，而方启昀也没说什么，举起酒杯，和同事们真正打成了一片。

布里斯班的第一夜，原本温馨而平静，却在后半夜发生了一些意想不到的插曲。

凌晨两点，饿意与尿意使贾静静醒来。一睁眼，就看到床头柜上摆放着的三只打包盒，盒子里装的正是她垂涎已久的澳洲龙虾。

清蒸、蒜蓉芝士、红酒炙烤……各个口味都有，贾静静大快朵颐，把它们纷纷拆吞入腹。

龙虾的鲜美，让贾静静心情大好。这些，应该是方启昀派人送来的吧。这个方总，看起来冷冰冰的，但内心还是很有温度的嘛。跟他认识这么久以来，每一次的细枝末节，贾静静都能有如此体会。

不知道为什么，她脑海中又闪过那个派对时莫名其妙的吻……温暖，柔软，似乎还带着一缕红酒味。恍惚片刻，场景重现，仿佛反刍一般让贾静静重新记起、回味。

“天呐，我到底在想什么！”贾静静用力拍了拍自己的脑袋。

她趿着拖鞋，去卫生间狠狠洗了把脸，想要洗掉内心的罪恶感。片刻后抬头，贾静静望着镜子中那张白皙清秀的脸，蓦地想起自己来澳洲的目的。

她关掉水龙头，从包内翻出本子和笔，又将房间内所有的灯打开，开始一处一处观察房内的古朴装饰，边用手机拍照，边记录脑中一闪而过的形容词汇。做完这些之后，她赤脚跳上床，时而躺下，时而翻滚，测试床的柔软度。

就在这时，走廊上传来一阵异动。

仔细聆听，有女人的声音，仿佛在跟谁起争执。

贾静静疑惑地眨眨眼，蹑手蹑脚走近门，悄悄打开一条门缝。门外站着的居然是方启昀，他穿着睡衣，背对着她，后背绷得笔直。

一名金发碧眼的姑娘不断靠近他，说着贾静静听不懂的话。

她用肢体动作撩拨他，方启昀却始终不为所动，甚至轻推了她一把，低声斥责她。

“啧啧……”真是不解风情，心里却有些发酸，总裁总是不缺女人的吧。

贾静静想要看得更清楚一些，将脑袋探出门，伸长脖子，却因为重心不稳，一下子摔倒在地。

“嗷！”

两双眼睛齐齐盯着她。

“嘿嘿……嘿嘿……”贾静静尴尬地抓抓头发。

她从地上爬起来，一面往门内退，一面比手势：“你们继续，继续！”

说时迟，那时快，方启昀长臂一揽，将贾静静揽入怀中，一同进入房间。

“方总，你干什么！男女授受不亲的！”贾静静惊魂未定。

“嘘！”方启昀示意她噤声。

直到高跟鞋的声音走远，方启昀才放松状态。

“那女的是谁？”贾静静问。

“不认识，说是当地酒店协会送来孝敬我的礼物，但根据我对会长的认知，他是一个很正直的人，不会干这种事，所以，这里面有问题。”方启昀眼眸暗了一暗。

“那你刚刚跟她吵什么？”贾静静又问。

“没吵，她想进我房门，我不让，让她自重而已。”方启昀淡漠地回道，却有些紧张，他不想让她误会他是个随便的人。

“那，那……你为什么进我房间？”贾静静发觉自己跟他距离太近，不禁后退了一步。

方启昀察觉到了，他上前一步，以压倒性的姿势，将贾静静逼到墙角，声音低沉，“因为我跟她说，我带了女朋友来，不方便，而你刚好出现。”

贾静静慌乱不已。

“怎么，当我名义上的女朋友，很不愿意？”他愈来愈逼近。

贾静静蜷缩成一团，不敢抬头直视他。

“既然不愿意，派对那夜，为什么拉着我不放？我们也曾在同一个房间度过一个夜晚，当时不害怕，现在怕了？”方启昀温热的气息喷洒在她脸上，贾静静浑身颤栗。

这种感觉奇异又危险，贾静静闭上了眼睛。

等了很久，方启昀都没有将她怎么样，她睁开眼，方启昀的眸中布满失落。

“看来你是真的怕我。”

贾静静懵了，方总这是什么意思，离自己这么近，又提起那天晚上……

他忽然笑了，他不想再隐瞒自己的心意了，不说出来的话，这个傻丫头怕是一辈子都不会往这方面想了。方启昀摸了摸她的脑袋，温声说：“我希望我跟你的关系，不止于上下级。”

什么？贾静静怀疑自己耳朵和眼睛都出了问题。他他他他他什么意思？

方启昀目光穿过她，看到床头柜上那三只堆满龙虾壳的盒子，眼眸又回转，看向她的眼神更加温柔，“龙虾好吃吗？”

贾静静愣愣地点点头。

“那就好，睡吧，晚安。”方启昀顺手揉了揉她的头发，转身拉开门，走出房间，独留呆若木鸡的贾静静。

刚才发生了什么？女朋友、关系不止于上下级、还摸了自己的脑袋……方总不会喝多了吧？贾静静摸了摸自己的脸，微微发烫，应该是自己误会了，方总只是想躲开那个女人！可是，自己的心又为什么跳得这么厉害。

贾静静猛喝了三大杯水，“怎么还跳得那么快，天啊！”难道自己喜欢上方总了？不敢想不敢想。贾静静头一次到了这个时间点还没困意，在床上翻来覆去，辗转难眠。

方启昀出了房间后，也有些懊恼，这个傻丫头会不会觉得自己的上司是个怪叔叔，莫名其妙闯进她房间，说一些莫名其妙的话？也许不应该这么早表露心意的，至少不应该吓着她。

他想到刚才贾静静怯怯的眼神，像被吓到的小动物，心里就莫名一紧。

回到自己房间，方启昀用冷水洗了几遍脸，这才拿起客房电话，叫醒了正呼呼大睡的刘堂风。

刘堂风赶到方启昀房间时，见他正立在落地窗边，端着一杯红酒，望着远处一片空旷的夜景出神。

刘堂风望望夜景，又望望他，“方总，您……又失眠了？”

方启昀转过身，单刀直入地说“刚刚有个陌生女人敲我房门，试图色诱我，被我拒之门外。”

刘堂风瞪大眼睛，仿佛为自己错过这香艳一幕感到可惜。

“能准确知道我房间号的人，不会是什么简单人物，我怀疑她目的很不单纯。A.WANG 酒店请来实地考察的企业，还有谁？”方启昀语气里透着一丝凉意。

“不是就我们吗？”刘堂风回着回着，自己也没了底气，对于这件事，他并没有多想。

“我去调查一下。”刘堂风脑门直冒汗，脚下后退着要离开。

“等等，大半夜去哪儿调查？明早再去，记得，别大张旗鼓。”方启昀眼底晦暗不明。

刘堂风脚步一顿，迟疑了一下才说：“难道这 A.WANG，又是另一个山泉？一女许多郎，妄想让咱们鹬蚌相争，它自己渔翁得利？”

方启昀放下红酒，黝黑的瞳孔微微一缩道：“来澳洲的前一天，山泉的许昌然突然向我示好，不但停止了所有对 EMT 的舆论攻击，还主动承认之前窃听器的事情。我之前还想着，他又要整什么幺蛾子，联系今天的事儿一看，大约是新叶放弃了他，许昌然便上赶着来表忠心了。”

“这许总草根出身，能屈能伸，识时务者为俊杰。”刘堂风叹道。

方启昀冷冷地瞥了他一眼，颇有些恨铁不成钢，“我的意思是，许昌然的突然示好，意味着新叶放弃了对山泉的竞争，很可能，投向了海外市场的角逐。”

“您是说，新叶很可能也在澳洲？”刘堂风迟疑地问。

“不光是新叶，想将 A.WANG 纳入囊中的集团，至少……”方启昀伸出三根手指。

此时，澳洲正处于凉风习习的秋天，虽然酒店房间安了恒温装置，刘堂风却依然后背发凉。

“那……那您说的那个女人，会不会跟上次窃听事件一样，是被收购者贼喊捉贼的戏码？”刘堂风问道。

“老外不兴这一套。我担忧的是，我们已经失了先机。你回去后，连夜整理竞购协议，明早提交。”方启昀声音低沉，藏着一缕狠决。

“是，是，我明白怎么做了。”刘堂风面色严肃，连连应道。

方启昀望向窗外，不久后，天就要亮了，再阴暗的秘密，都会露出马脚。

（六）

离 A.WANG 酒店招待方启昀一行人的日子还有一天，所以次日，当地的工作人员给 EMT 一行人安排了考拉动物园一日游的行程。

动物园位于市郊，让堂堂总裁搭公交肯定不合适，工作人员为他们租来四辆汽车，让他们可以自驾前往。同事们极有默契地将贾静静拱向方启昀，然后迅速挑选好同伴，占据汽车，各自为王。

“这么心不甘情不愿的，那你搭公交去吧，这也符合你的身份。”方启昀轻轻挑眉，看着无奈的贾静静道，根本没追过人的他，像小学生一样靠着“欺负”喜欢的女生来吸引注意力。

那个毒舌又刻薄的总裁，终于又回来了。昨晚的他与她，同在一个屋檐下的温柔场景，果然只是梦一场。

“不用啦，我特别荣幸能跟总裁一辆车！”贾静静挤出一个灿烂的笑容，迅速钻上车。

幸好，除了他跟她，还有一名当地的白人司机。三人共处，车内气氛还是比较和谐。她看风景，他闭目休息，司机专心开车。

一小时后，抵达考拉动物园。

动物园很大，考拉遍地都是，它们姿态千奇百怪，挂在树上的，躺在地上的，甚至还有和袋鼠厮混在一起的。

贾静静从入园起，整个人就显得异常亢奋。

“考拉好可爱！毛茸茸的！我好喜欢啊！”虽然所有人都热爱动

物，但能跟小孩子一样热烈表达的，只有贾静静一个。

方启昀嘴角弯了弯：“这么喜欢它，是因为它跟你很像吧。”

“是因为我们眼睛都很大吗？”贾静静歪着脖子，手指绕成两个圈，套在眼睛上，有阳光从她的眼睛路过，过分粲然。这样天真烂漫的动作，触动方启昀内心某个隐秘的柔软，他很快撇过头，故意刻薄：“是因为你们都一天睡十八个小时。”

“吃吃睡睡就是一天，真是让人羡慕。”贾静静看到饲养员给考拉喂桉树叶，艳羡道。

“不思进取。”方启昀故意淡漠道，可他好像就是喜欢这样纯粹的贾静静。

“方总，这个世界上有猎豹这样勇于追逐的肉食动物，也有考拉这样安于现状的草食动物。猎豹想要吃肉，就活得辛苦一些，夜不能寐，怕错失猎食的机会。考拉没有那么远大的理想，吃树叶也能活，生病了才需要喝水，很好养活。这世上什么人都有，才构成了自然界。”贾静静认真地说。

方启昀张了张嘴，居然无法辩驳。

“但我现在不这么想了。”贾静静又道。

“嗯？”方启昀饶有兴致地望着她。

“我现在也想吃肉，虽然终其一生，也无法跟猎豹比肩，但可以将它视作偶像，向它学习。因为考拉安于现状，是因为有树叶可吃，当有一天树叶被吃光，它不懂得捕食，就会饿死，我不想饿死。”贾静静一面点点头，一面认真道。

方启昀怔住，心中塌陷一块，面上却嘲讽如常，“说的总是比唱的好听。”她怎么会饿死呢，他会当她的猎豹，将小考拉温柔豢养。

贾静静不以为意，她想着，自己的努力，总有一天会被这位不可一世的方总裁瞧见的。

接下来的整整一天，贾静静都在和考拉、袋鼠、绵羊的亲密接触中度过，时不时惹来方启昀几句风凉的讽刺。贾静静不羞不恼，还学会了四两拨千斤地怼回去，句句戳中方启昀的痛点。

——“你笑成这样，宛如一个智障。”

——“智障活得开心且长寿，聪明人想得多，所以失眠，所以活不久。”

——“你长这么大，没见过羊是么？”

——“我虽然是小城市出身，但我们城市里没羊，确实没见过活的，方总您这么淡定，是见多了吗？”

——“袋鼠很粗鲁的，你小心被它揍。”

——“袋鼠分得清人的善意的，方总您总是板着脸，它也许会当做是对它的不善，从而攻击您呢。”

——“真是后悔带你出来。”

——“可陶经理说，是您特地下指示，要招我回来的呀。”

她一脸单纯无辜，笑靥如花。看起来笨拙如她，忽然伶牙俐齿，学会斩别人痛点，方启昀却一点火气都没，他认为，她这是在恃可爱而行凶。

离开动物园时，日落黄昏。

贾静静仍旧是跟方启昀一辆车，她哼着歌看着风景，方启昀闭目养神，司机安静开车，原本以为气氛会像来时一样一直和谐下去，却在行车半小时后，一个趔趄，伴随一声刺耳的闷响，汽车突兀地停下来，贾静静脑袋撞到前方座椅上。

“怎么回事？”方启昀睁开眼问。

司机彪了一连串英文，然后下车。

“怎么了？”贾静静揉着脑袋，茫然道。

“汽车抛锚，赶紧下车。”方启昀看着她的动作，想到那晚自己的手也曾在她毛茸茸的脑袋上，手感还真不错。

贾静静下车后才发现，这里荒芜一片，除了一条看不到尽头的路与绵延不绝的山坡外，几乎什么都没有。

国内地广人多，国外地广人稀，对比真是鲜明。

司机撬起车盖，检查熄火的原因，方启昀和司机在用英文交谈，眉头越蹙越紧。

“怎么了？”贾静静感觉不安。

“燃油泵线路烧坏了，一时半会儿走不了。”方启昀冷静回道。

“那我们打电话叫其他人过来，他们的车上挤挤可以坐的，我们可以给他们发定位。”

贾静静匆忙拿出手机，才发现这里是郊外，手机没有一点信号。

白人司机忽然飞脚踹了一下车盖，有些崩溃。贾静静感觉事态严重，有些许不安。方启昀却始终保持冷静，他平静地安抚司机的情绪，然后与他交流。

贾静静抬头看着天，一轮夕阳越过荒漠，越过山林，在地平线上摇摇欲坠。

“我们今天要在野外过夜吗？”贾静静蹙着眉头小声问。

“司机说这附近有农场，我们如果借宿不成功，就只能在车内歇一晚，明天再说。”方启昀倒一幅无所谓的模样，总之是和她在一起。

贾静静再次将视线投向远方，隐约看到一栋隐藏于林木中的红房子。

“我们就去那一家吗？”贾静静迟疑道。

方圆百里，似乎只有那一户人家。如此与世隔绝，贾静静莫名害怕。

“总得试一试，如果你不想露宿的话。”方启昀斜睨着她。

说着，三人便向那栋红房子走去。看着不远，但足足走了半小时才抵达。房屋外的那只德国牧羊犬比主人预先发现他们的存在，用戒备的眼神盯着他们。

“狗狗，我们只是借宿的，不是来偷你家羊的，放心！”贾静静像对小朋友说话一般对着牧羊犬说话。

“汪汪……”狗吠了两声，发出警告。

贾静静不自觉往方启昀身后躲。

“胆小鬼。”方启昀轻笑，却喜欢被她这样依赖。

主人这时出来，制止住牧羊犬的吼叫。这是一名大约五十岁左右的大叔，头戴牛仔帽，活生生西部牛仔的打扮。

司机上前，与大叔交谈，说明了他们的遭遇，大叔表现得很热情，让出一条路，请他们进屋。

屋内设施十分陈旧，贾静静恍惚以为回到了小时候，姥姥家便是差不多类似的结构。

大叔与老婆两个人住在这里，儿子和女儿都在布里斯班工作，周末才回来看他们。这里人烟稀少，最近的邻居也住得十万八千里远，好不容易出现三个人，大叔和他老婆都很开心，招待他们吃饭、喝酒，并且絮絮叨叨聊了许多，虽然贾静静根本听不懂。

酒足饭饱，大叔的老婆已经为他们收拾好了房间，只有两间，之前是大叔的儿子和女儿住的。

司机住一间，剩下的一间……大叔是不是误会了什么？贾静静迅速反应过来，她指手画脚，“No，No，我，和他，不是……那种关系。”

大叔皱着眉头，表示听不懂。

贾静静中英文夹杂，再次比划了一遍，甚至拉过司机，想让他帮忙解释，但司机一副看热闹的表情，表示自己累了，只想休息，贾静静欲哭无泪。

“不要再麻烦他了，你不累吗？”方启昀长臂一揽，便将贾静静揽入房间。

门“咚”一声关上。

“你你你你要做什么！”贾静静喊道。

“你再大喊大叫，我就真的要做点什么了。”方启昀轻飘飘的一句话，彻底封了贾静静的口。

贾静静僵硬地站在窗边，窗外，是一片模糊的深暮。视野所及的画面，仿佛一帧粗略的素描，被人漫不经心画出，却深藏动人心魄的魅力，蕴藏故事延续的无数可能性。

（七）

房间内只有一张床。

贾静静自觉地从橱柜里抱出一床被子，摊在地上。

“你要睡地上？”方启昀眉头一挑。

“尊贵的总裁当然要睡床上，我是小员工，必须睡地上啊。”贾静静边说边整理床铺。

“可你是女孩子……”方启昀故作犹豫地说。

“方总，你终于良心发现了？”贾静静有些惊喜，停下了动作。

“虽然你是女孩子，但在我们EMT，上下级关系，大于男女关系，所以你主动睡地上是对的，我要表扬你。”方启昀一本正经道，脸上飞速闪过一丝笑意。

这个人太……贾静静扭过头不理他，往地上一躺，闭眼打算睡觉。

忽然，脸上被人丢了一个枕头。

“你也真是不讲究。”方启昀低沉的声音传来。

“都寄人篱下了，还有什么可讲究的呢。”贾静静闷闷地回了一句，顺手关了墙壁上的灯。

很快，屋内没了动静。

窗外，树叶刮着窗户，沙沙作响。

国外，郊野，古老的房子，这一切的一切，都让贾静静浑身起鸡皮疙瘩，她开始后悔把灯关了。

“那个……”贾静静发出声音。

“你居然还没睡着？”方启昀有些讶异。

“嗯，我有些怕，可以开一盏灯睡觉吗？”贾静静小心翼翼地询问。

方启昀抬手，开了台灯。

一盏旧旧的灯，照出昏黄的光晕，贾静静瞬间就不那么怕了。

可是……

“这样会影响你睡觉吗？”她记得，传闻中的他睡眠质量很糟糕，所以对睡眠的环境要求很高。

“会。”他答道。

“哦，那还是关了吧。”贾静静心虚地抱紧被子，举手打算关灯，却被方启昀按住。

他的手，有种奇异的温暖。

“你不是怕吗？开着吧。”方启昀声音虽然不悦，但他的行动却打动了贾静静。

沉默中，贾静静忽然开口：“其实，我是真的很感谢你，给我工作，教我职场的规则，并且鼓励我振作，虽然很多时候你看上去不近人情，但我觉得，你内心是个温暖的人。”

说完这句话，贾静静将脸埋进被窝，大约是不习惯对着上司掏心掏肺，可是很奇怪，黑夜与昏黄的光晕，总能使人卸下心防。

过了半晌，方启昀才开口，却问：“你为什么会来千城？我是说，你这样的情况，待在父母身边，会轻松很多。”

“我……”贾静静顿了顿，轻声说：“我跟我父母的关系没那么好，小时候家里穷，他们就把我送人了。我以前就是在千城度过的，我的养父母在这里，他们对我很好，那个时候，邻居家有一个小哥哥，他们家养着一条很大很凶的狗，每次我路过他们家时总是很害怕，但小哥哥会护住我，告诉我不要怕。那段时间，是我童年记忆里最美好的一段时间。后来……”

“后来呢？”方启昀紧张地抿了抿嘴，有些不敢相信自己心里的猜想，却压制不住内心隐隐的激动与期待。

贾静静没料到方总居然有闲情逸致听自己的这些破事，她迟疑了下才继续说道：“后来，不知道什么原因，家里来了一帮很凶的人，他们骂人、打人，还砸东西，再后来，他们又把我送回我亲生父母身边。嗯……对我来说，千城是个有美好回忆的故地。”

说到最后，她的声音愈来愈低。贾静静无法得知方启昀此刻内心的震惊，灯光下，他刚想开口说些什么，却还是抑住内心的情动，将想法掩藏。

少时，他家住在城南别墅区，邻居那一对年轻夫妻生意做得非常大，两家关系交好。有一天，他们带回来一个小女孩，女孩长得清秀白净，性格怯懦，躲在夫妻身后，偷偷地望着他，她的眼睛澄澈得仿佛天山湖水，他只见了一面，便记住她了。那时他们经常一起玩，因为小女孩看起来又白又软，方启昀并未记住她的大名，一直以软软称呼她。后来，方启昀的父母对他的要求日渐严苛，他便忙于学业与各项社交礼仪，很少回家。当他特地想要回家见她时，发现邻居家因生意破产被追债的人围堵，而软软，也已经被送走了。

“也许，你来千城，真是上天的安排也说不准，它在安排你重逢美好。”方启昀嗓子有些哑，这样的声音反而更加富有磁性。

“谢谢你安慰我。”贾静静心里仿佛升起一股暖流，方总果然是一个无比温暖的人，不但愿意倾听自己的这些小事，还细心安慰我。

“这算不上是安慰，而是实话。”方启昀眼神柔和，面容含笑，任谁看到现在的他，都会陷入他的温柔中。

“那……方总，在你眼中，我的优点是什么？是什么吸引你再次聘用我呢？”贾静静翻身，忽然精神起来。

“……能吃是福，能睡也是福，知足常乐。”怔了半天，方启昀才回道。

“听上去就不像是夸奖人的话。”贾静静努了努嘴，重新翻身睡下。

方启昀沉默了一会，“你的嗜睡症，经过专业的医学治疗吗？”

“没有，专家号太难挂了，我也没有钱去治。”贾静静的声音越来越低。

“嗯，我认识个这方面的专家，等他回国后，你去看一下，对症治疗。”如果这个傻丫头一直病着，在职场上怕是很难立足。

“方总你对我真好。”贾静静笑出声，心情越来越飘，眼皮却越来越沉重。

“咳，我是希望你努力工作，早日……变成食肉动物。”方启昀望着床下的那个人，若有所思。

“嗯……”贾静静上下眼皮彻底被焊接到一起，发出近乎梦呓的一声后，沉入梦乡。

她梦到了自己沉入冰封的大海，四周浓稠一片，死一般的寂静，她被沉船压住，快要陷下去，一双手突破海水，向她伸来，她拼命握住，那双手带着她，游向头顶阳光的方向。

方启昀却久久激动难以入睡，感慨他们的缘分，越发坚定要重新将“软软”划入自己范围的决心。漫漫深夜里，伴着贾静静有节奏的呼吸声，方启昀又再次陷入他久违的美梦。

晚安，我的美梦小姐。

（八）

清晨，贾静静醒来时，阳光已经穿过窗户，将房间照得明亮。她走出房间，看到所有人都围着桌子坐下了，似乎在等她。

主人和他老婆对她报以微笑，方启昀日常高冷脸，“先去洗漱，然后来吃早餐。”

“哦。”贾静静迷迷糊糊去刷了牙、洗了脸，坐下来刚咬了一口面包，突然想起一件事，

“联系过公司同事了吗？”

“用主人家的固定电话打过了，他们一会儿就来。”方启昀回道。

从刚刚见到他开始，他就在低头用手机翻着什么，看得认真。可这是郊外，不是没有信号吗？

“你在看什么？”贾静静忍不住问。

“EMT 介绍的演讲稿，今天 A.WANG 酒店高层会接待我们。”方启昀仍然低头看着手机。

“今天？”贾静静愣了愣。

方启昀气定神闲，今天有这么重要的事情，他昨天居然还能跟同事们一起去动物园，和自己一起被困在农场，等待不知道会不会准时抵达的同事。

他是一座真正的高山，巍峨冷静，岿然不动，贾静静再次清晰认知到。

同事们在他们用完早餐一刻钟后抵达，贾静静和方启昀乘坐新车，回到了来时的酒店。

酒店布置焕然一新，墙壁上、每个角落里都添置了能够体现中国特色的饰品，原本冷色调的酒店，在正红色、龙飞凤舞饰品的映衬下，显得格外喜庆。

方启昀眼眸眯了眯，唇角扬起一丝冷笑，心知 A.WANG 要接待的中

国企业，不止 EMT 一家。

他在休息室迅速换装，在招待会开始前的十分钟，走入会场。

果然，迎面而上的并非 A.WANG 的接待人，而是杜衡生与他的下属。

“方总，真是巧，他乡遇故知。”杜衡生上前一步，伸出手打招呼。

“不巧，我早知你会来。”方启昀虚握了下杜衡生的手，随后略过他，直接入座。

杜衡生在他身后笑得体面，不以为意地走到他身旁，坐下时小声地说了一句：“安乐集团的小林总也来了，方总何必那么针对我？”

“别人光明正大竞争，杜总却喜欢偷鸡摸狗。”方启昀目视前方，口中轻飘飘地回道。

“哈哈哈哈哈，方总还是那么有趣。”笑够了，杜衡生声音又小下去，几乎是贴在方启昀耳边道：“山泉的事儿抱歉，我们不要了，你们花至多六十亿就能收购成功了。至于 A.WANG，我就不会手软了，毕竟，可不止方总你，有进军国际市场的野心。”

方启昀面无表情地静坐十几分钟，A.WANG 的接待人这才姗姗来迟，用英文不停对方启昀说抱歉，随后邀请他上台。

EMT 的所有人看到如此场面，免不了一番窃窃私语，因为当初他们接到的消息是，A.WANG 只接待他们一家中国企业，如今看来，整个场面更像是百家争鸣，仿佛一个大型拍卖会现场。一直到方启昀站在长话筒前，同事们这才停止了议论。

贾静静坐在台下，和同事们一起仰视着他们的总裁，这个天生的领导人，是如何有条不紊地发表完一系列演讲，他用熟练的英文，完美而简短地阐述了 EMT 的优势。

当然，这些都是同事翻译给贾静静听的，她的听力水平，并不具备听懂的能力。

台上，方启昀的目光不经意间瞟向她，贾静静就笑着向他竖起大拇指，方启昀唇角微微上扬。

介绍会结束之后，有同事喊住贾静静："方总叫你去他房间一下。"同事暧昧又心领神会的笑容，让贾静静内心浮起一丝微妙的悸动。

方启昀正站在镜子前卸领带，脱下西服的他，看上去终于有些疲惫。

"我来了，你找我？"贾静静开口。

"嗯，我待会儿要去应酬，场面比较无聊，你就不用跟着去了。我让人吩咐了餐厅给你做海鲜餐，送到你房间。"方启昀有史以来第一次对一个女孩子这么细心，什么事都不忘记她。

"方总，你对我真是太好了！"贾静静的眸里布满欣喜，不用去无聊的地方，还有好吃的海鲜餐！

"不要光吃饭，不做事。"方启昀理了理袖口，瞥了她一眼。

"才没有！测评我回去就写，明天就能写完。"贾静静下巴抬起，示意自己很努力。

这些小动作落下方启昀眼中都格外可爱，唇角一勾，"你边写边等我，下午带你去一个地方。"

"什么地方？"

"去了就知道了。"方启昀轻轻敲了敲她的脑袋。

"好。"贾静静乖巧地点头。

方启昀又指了指桌上的一只纸盒，"酒店的员工送给我的，说是澳洲本地的营养品，我粗略扫了一眼，都是一些补脑的营养品，你拿去吃吧。"

"方总……"贾静静再次感受到不真实的幸福感，像棉花糖一样，软而甜，可贾静静却害怕自己咬下去，却什么都不剩了。

她拼命掐了自己一把，直掐得手臂发红，才肯信这接二连三的幸运。

贾静静翻了翻盒子里的保养品，每一瓶都贴心地贴上了中文标签，确实都是安神补脑的保养品，但……

贾静静从中拿出一只贴着抗压维生素标签的瓶子，单独放到桌上，“方总，这个可以治疗失眠，缓解焦躁，留给你吃。”

方启昀看了她一眼，没说话。

“那……我就先走了。”贾静静抱起盒子，脚底抹油。

打开房门的一瞬间，像想起什么似的，回头说：“方总，少喝酒，少喝咖啡，多休息。”

方启昀点头轻笑，她愣住，目光与他的黑眸撞在了一起，迅速低头，关门离开。

他跟她之间，不知从什么时候开始，打破了上下级阶层，一起出行，一起用餐，他记得她的喜好，关心她的心情，甚至会对她笑。

贾静静歪了歪头，到底现在是什么关系呢？

第九章

契约女友

（一）

A.WANG 酒店一层的男卫生间内，玉石地砖与黑金的洗手池交织成一种别样的尊贵，这种尊贵令所有豺狼猎豹都心痒得很。

某一间隔间内传出水冲洗的“哗哗”声，随后，一双鳄鱼皮鞋走到了洗手池下。

“史密斯先生，我们老板的提议，你考虑好了吗？”汪德川问道。

金发碧眼的男人从镜子中，望着自身后出现的面色阴沉的中国男人，神色自若，他拧开水龙头，反复冲洗着手，仿佛在冲洗着什么罪恶一般。而汪德川，一直富有耐心地等着他。

半晌，史密斯回头，冲汪德川笑着，用中文一字一顿地说道：“我不是决策人。”

汪德川并不跟他兜圈子，从口袋中掏出一张泛着褶皱的支票，径直塞到他手中，神色如常道：“您再仔细想想。”

史密斯愣住，汪德川笑着说：“拿过了不该属于你的钱，这手就再也洗不干净了。”说完，头也不回地离开卫生间。

走廊上，汪德川与贾静静擦肩而过，汪德川一眼认出她。

“贾小姐……”汪德川顿住脚步。

贾静静望向他的第一眼，便想起EMT楼道口那一幕，心生寒意，脚步不自觉后退，汪德川早察觉出她对他的警惕。

“贾小姐不用怕我，我又不会伤害你。倒是……你该防着方总一点才是，他可是个不懂怜香惜玉，没有人情味的冷血动物。”汪德川笑道。

汪德川的步步逼近，总会给人一种压迫感，这种压迫感与方启昀的不同。方启昀是高姿态的俯视，汪德川却仿佛笑面虎般危险地迫近。

“我们以后会合作的。”汪德川挑挑眉笑看她，随后离去。

贾静静松了口气，快步回到自己的房间。

酒店的服务生果真给贾静静推来了一车海鲜大餐，打开餐盖，除了澳洲龙虾外，居然还有皇帝蟹、蓝斑鱼等。

等服务生走后，贾静静迫不及待拍了照片，传给崔亦昕，炫耀自己的胡吃海塞，可贾静静都已经吃完瘫倒在床上，手机仍然是静悄悄的，崔亦昕没有回复。

“她很忙吗？”贾静静记得，崔亦昕并没有不回微信的习惯。

酒足饭饱，困意来袭，贾静静无法抵抗这样强大的敌人，于是昏睡过去。醒来时，已经是下午三点多。她瞬间想起自己和方启昀的约定。

糟糕！

她跳下床，理了理头发，就往外跑，走廊安静一片。

贾静静去敲方启昀的房门，无人应。她又跑到楼下，询问前台的工作人员，“请问方总回来了吗？”

工作人员回复她：“方总下午有私人行程，具体我们也不清楚。”

私人行程？不是和自己吗？贾静静感到莫名其妙。

不但方启昀消失了，和他一起的那几名酒店高层也一并消失了。贾静静还跑去他们应酬的餐厅看，亦是空无一人。

是不是自己睡过头，方总生气了呢？贾静静懊恼地回房间待着。

电视台节目换了一档又一档，无聊的脱口秀和竞技节目，轮番轰炸，贾静静眼皮又开始下沉了。

方启昀呀方启昀，你要再不来，我可又要睡了。

贾静静意志力薄弱，捏着遥控器，就这么再次昏睡过去。半梦半醒中，她听到走廊一阵骚动，揉着眼睛，迷迷糊糊拉开门，昏暗的光线下，方启昀修长的身影就这么出现。

贾静静一下子就清醒了！

“方总。”她看到他脸色很差，乌云遮面，怯怯地走过去。

其他同事也在走廊，三三两两的，看到贾静静，都十分有眼力见儿地躲开，或走进自己房间。走廊上，很快便只剩下方启昀和贾静静两人。

“你……怎么了？”她其实更想问——“你为什么才出现……”，话一出口，贾静静自己都没意识到，她俨然将方启昀放在了比自己重要的位置。

方启昀一脸倦色，强扯出一丝微笑，“还去吗？”

“去去去！”贾静静满口应道。

上车，方启昀一直闭目养神，眉头紧锁。贾静静很想伸手去抚平他紧皱的眉头，却知道这样是不合礼数的，只能扁扁嘴。

究竟是什么原因让方启昀失约呢？又是什么使他满面倦容呢？贾静静一大堆的疑问在脑袋里转呀转，转了许久，车子终于停下来。

这是郊外的一片荒原，夜风飒飒，贾静静疑惑地看着方启昀，似是在问他为什么要来这个地方？

“喝醉酒的那天晚上，你一直在说梦话，妈妈、风车这两个词不停重复，我猜他们应该可以带给你安全感。”方启昀低声道。

贾静静怔住，确实，她一向没什么安全感，极小的时候，妈妈温暖的怀抱与她买给自己的纸风车，构成了唯一的幼时记忆。她的童年，被送来送去，颠沛流离，有过许多不开心，可只要想起那面风车，仿佛吹一吹，难过的情绪便随之烟消云散。

她梦中随口说过的几句话，他竟然都记住了？

贾静静向远处眺望，果真看到银白的月光之下，十多个风车在蜿蜒的山路上稳稳地矗立着，很有历史的沧桑与平和感。

一阵晚风拂过，贾静静感觉身心愉悦。

“谢谢你，真心的。”她望着前面的风车，不敢看方启昀。她泪点很低很低，害怕忍不住哭出来。自己何德何能让方启昀对自己如此上心。

方启昀从刚刚开始一直板着的脸，终于松动，变得愈渐柔软，“本来是想下午带你来的，这里的黄昏很美。”

沉默了一会，方启昀又自顾自道：“我今天失约了，你等了我很久吧。”

不久不久，反正也睡了两觉，不亏，贾静静心里暗暗说。

“没事儿，没事儿，下属等上司，应该的，应该的。”

方启昀好不容易柔软的神情，又僵了僵，“今天我心情很不好。”

“怎么了？”方总果然出大事了！贾静静立马转过头盯着方启昀。

“之前你半夜里看到的纠缠我的女人，我以为是新叶派来打探消息的，结果不是，居然是我从小喊着叔叔，尊着敬着的男人送来的。”方启昀慢慢说道，掩盖不住的是他的心寒。

贾静静迟钝地反应他的话，但没明白，“为什么你叔叔要给你送女人？难道有钱人家都是这样？就像古代皇帝赏赐宫女给大臣一样？”

幸好是夜里，不然贾静静一定能看到他比夜色还黑的脸色。

“他想抓住我的把柄，降低我的声誉，让所有人都觉得，我年纪轻轻，却是个游手好闲的好色之徒，不配当 EMT 的总裁。”方启昀也是搞不懂自己，怎么会跟一个傻姑娘说自己的这些事情呢。

“原来，你下午是去解决这件事的啊。”

方启昀唇角扬起一抹讥诮，“没解决，只是了解了事情实情。”

“那这样，不是会造成误会吗？”既然了解了，为什么不去解决呢，贾静静努了努嘴。

“已经造成误会了。”方启昀轻轻挑眉。

“啊？”她不明所以。

“我说，我对别的女人没兴趣，因为我有女朋友了，就是我们公司的试睡员贾小姐。”方启昀咬字一点不含糊，一个字一个字往外蹦。吓得贾静静差些跳起来。

“你就不能换个人误会吗？一起来的女同事，看着都比我出挑。”贾静静嘴上这么说着，心里还有点小窃喜，方总竟然说，我是他的女朋友！虽然……只是挡枪需要吧。

“但她们都怕我，就你不怕，所以你看起来最像。”方启昀说得云淡风轻。

“我也挺怕的。”贾静静抿抿嘴，一幅低眉顺眼的模样。

“你再继续装，怼我的时候没见你怕。”方启昀想到，自己说一句，她就要回怼一句的傲娇模样就不禁笑了出来，这傻丫头还挺反差萌的。

贾静静轻哼一声，扭过头。他笑了呀，那就说明心情好了一些，自己还是有些作用的嘛！她拿出手机，这么美的画面一定要拍下来发微博！

方启昀黝黑而深邃的眸子盯着她的笑颜，心里产生满足感。待她拍完，方启昀要来了她的手机，直接在上面按了一串数字，且填了备注：启昀。

“噗！”贾静静一惊，险些控制不住自己扭曲的面部表情，这备注要让别人看到，跳进黄河也洗不清了，虽然并没什么人会看她手机。

“方总，你别逗我了，你以前不是这样的。”她哭丧着脸，这位总裁大人，到底是什么意思，也不说喜欢我！还总是撩我！

“哦？那我以前是怎样的？”方启昀慢吞吞地问着，表情似乎很好奇。

“你，你，你以前很威严的。”贾静静又想到最开始见到他时的冰山脸，不禁一颤。

“那你还记得我之前说过的话吗？我希望我和你的关系，不止于上下级。所以，你可以不叫我方总，你也可以存有我的私人号码。”方启昀望着她，眼底幽得像一潭深水，深处却跳动着波涛汹涌，“我说的，够清楚了吗？”

夜风、星空、风车……还有方启昀，，一切的一切，在记忆里，生出恍惚又泛着精致的涟漪。

（二）

离开澳洲的前一个晚上，贾静静正在房间修改试睡报告，同事却敲响自己房门。

“方总让我通知你，八点楼下集合，一起用晚餐。”同事笑得温柔亲切，“国内传来的消息，山泉酒店收购成功，今晚算是小规模的庆功宴，回国后还有大的呢，方总说，你也是功臣之一。”

“真的吗？”贾静静很是雀跃，感到与有荣焉。方总真是个厉害的人物！

晚上八点，贾静静见到了方启昀，他没有自己想象中的兴奋，反而一脸倦态。不仅他，连很多高层的表情都不是很愉悦。

“大家不用觉得沮丧，A.WANG 酒店，我们收购不了，其他的企业也一样收购不了，我们向中国政府提交了详细的竞购协议，夸大了酒店的优势，最终，酒店只会被国企收购。”方启昀不动声色地说。

所有同事的目光露出惊喜，刘堂风更是窃喜，他太喜欢自家总裁这种“杀敌一千，自损八百”的套路了。何况，向政府表忠心，必有裨益，所以 EMT 今日所失去的，他日一定会还复来。

“今天的海鲜餐，大家可以尽情吃，我包下了整个酒店最新鲜和稀少的海鲜，回国后，这样的海鲜就不多见了。”方启昀说这句话时，目光有意无意瞟向贾静静。

贾静静明白，这话其实就是冲着她说的，毕竟，除了她，其余人都是见过大世面，根本没人会为了几顿海鲜餐折腰。

“虽然这次收购案的过程有些曲折，但结局还是好的，为了庆祝我们收购案的成功，干杯！”一位同事率先举杯，冠冕堂皇道。

所有人都举起酒杯，干杯，然后一饮而尽。

贾静静分明感觉今日喝下的酒没那么烈，入喉还有一丝甜。再一看，旁人喝的酒和她似乎不是一种颜色。

正在纳闷，一位同事便开口：“方总特地嘱咐过，说你不能喝酒，所以我们的是香槟，你的是果酒，酒精浓度特别低。”

贾静静面色一红，她知道，方总对自己应该是在意的。可是且不说自己的身份与方总的差距甚远，就是这嗜睡症，在生活上都会存在很多问题，也会给他带来很多麻烦。自己虽喜欢方总，但是却不想拖累他。

同事说着闹着笑着，她只是默默吃菜，有时候无意间抬头，总能和方启昀的目光相撞，他的眸色幽深，似乎在思量着什么。

大家吃完饭，各自回了房间，贾静静走得慢吞吞，方启昀居然也很有默契地走得和她一样慢。

“谢谢你，总是对我这么好。”贾静静低声道。

“算你有良心。”方启昀垂眸看向她，露出些许温情。

“回国后……”贾静静顿了顿，却被方启昀抢白道：“回国之后，也不要把我当作上司，我给你的私人号码不是摆设。”

他命令式的口吻，不容贾静静拒绝。

她无奈地笑笑，脑袋偏向走廊的窗户，温声道：“这么快就要回去了，不知道为什么，澳洲给我的感觉很温柔，很单纯，是我在国内不曾感受到的。”大概是因为，澳洲的你，格外温柔。

方启昀停住脚步，“只要你有心，千城也可以是澳洲。”

夜幕低垂，银白的月光在二人之间投射出温柔的光芒。

（三）

贾静静回到千城时，已临近傍晚，她告别方启昀和同事，径直回家。

这些天，她给崔亦昕发的消息，崔亦昕一条都没回。贾静静雄赳赳气昂昂，抱着给她带的营养品、山羊皂，打算“兴师问罪”。

用钥匙打开门，贾静静几乎惊得说不出话。

家里一片狼藉，桌椅、柜子倒了一地，杯盘也被尽数打碎，零零散散，好好的一个客厅，此刻看起来像是案发现场。

难道她没回自己消息，是因为被杀害了吗？贾静静每次遇到这种情况，总会生出些不好的联想。她拿着手机，110 的号码随时准备拨出。

贾静静大着胆子，往房间的方向走了两小步，房间里却突然走出两个中年人，一男一女，穿着富贵，却一脸凶神恶煞，贾静静不禁后退至门口，“你们是谁？为什么会在我家？”

“你是谁？这是你家？”女人粗着嗓门，脸上写满了不耐烦。

男人嘀咕一句，“是有个丫头跟花子一起住的。”

“喂，丫头，你知道花子去哪儿了吗？”男人问她。

“花子是谁？”贾静静一脸懵。

“现在叫什么崔……亦昕的。”男人想了想，别扭地念出这个名字。

贾静静立刻警觉起来，“你们找亦昕做什么？你们是怎么进来的？家里这么乱，是你们搞的吗？”

她边问，边反手开门，贾静静心想着，如果他们要对自己不利，她就一边大声喊叫，一边拨 110。

女人朝她走过来，试图沟通：“丫头，我们是崔亦昕的父母，来找她有事儿，这屋里……我们也不知道怎么回事。”

女人说话时眼神躲闪，贾静静并不信她的鬼话。

这时，房间内又走出一个年轻男人，高壮丑陋，左脸颊有一条长长的疤痕。

“崔亦昕这个死女人到底去哪儿了，她男人来了也不出现！”年轻男人说着，一脚踹翻一张椅子。

贾静静记得，崔亦昕很避讳谈及自己的身世，隐约记得她只跟自己讲过，她是被收养的女孩儿。

直到今天，贾静静才明白为什么崔亦昕对自己的身世讳莫如深。

贾静静并没有再理他们，直接跑出门，到楼下第一件事便是报警。十分钟，警察便上了门。

屋内的三人似乎预料到了贾静静会报警，但他们一点不慌张，直接告诉警员自己跟屋主的关系。

“他们是非法闯入，没钥匙的。”贾静静抓住重点。

“我们有，只是没带，所以叫了开锁的。”崔亦昕的养母上前一步，抢白道。

“他们砸东西……”

“我们自己家的东西，想砸就砸，你管得着吗？”崔亦昕弟弟一个马步向前，仰着鼻孔粗鲁地吼道。

“自己家的东西也不要随便乱砸，声音过大，有扰民倾向。”警员说道。

贾静静有些急了，补充道：“我朋友一直下落不明，一定跟他们有关。”

崔亦昕弟弟继续吼道：“我们还想找她呢！也一直不接电话！我还怀疑是你把她藏起来呢！”

贾静静气得憋红了脸，过往二十多年，贾静静很少见过这么蛮不讲理的人，今天终于体会了一把“秀才遇到兵，有理说不清”的感觉。

警员虽然也看不惯他们的态度，但他验证了这三个大老粗跟屋主的关系之后，觉得实在没法管制，训斥了他们一通后，便走了。

“小丫头片子，居然还会找警察告状！”崔亦昕的养父面色阴沉，朝贾静静走来。

崔亦昕的弟弟也卷起袖子，一副要教训她的姿态。贾静静没有犹豫，直接开溜。

气喘吁吁跑到楼下，贾静静从玻璃门的折射里看到自己的狼狈，头发乱糟糟，与汗混成一团，衣领也因为快跑而撑得变形，更糟糕的是，她的包和行李全部丢家里了，身无分文，却不敢回家。

眼看着日落黄昏，贾静静摸摸口袋，幸好，手机还在。她打开通讯录，却不知道要打给谁，在千城这么久，果然还是只有崔亦昕一个朋友……蓦地，看见方启昀的号码。

现在，好像也只能麻烦他了。她拨出方启昀的号码，心跳莫名如鼓擂，片刻之后，手机接通。

“喂——”方启昀的声音响起。

“喂——”贾静静两只手握紧手机，“我有一点事想找你帮忙。”

（四）

贾静静挂掉电话之后，一直愣在原地很久。

夕阳将自己的影子拉得老长，但无论多长，高楼总为影子挡住刺人的光亮。

她告诉了方启昀自己遇见的事，方启昀一直耐心地听她断断续续的讲述，随后向她要了地址，说自己会解决。

他说话很少，却莫名让贾静静觉得心安。

大约二十分钟后，一辆黑色轿车带着一辆灰色面包车停在贾静静面前，从轿车内走下来的人居然是刘堂风。

“方总派我来接你的，他怕你受伤害，用别人都不放心，就派了我这个忠心的狗腿子前来。”刘堂风说话一向幽默。

贾静静尴尬又羞赧地笑了笑，踏上车的前一秒，却看到面包车内走下来好几名身材高大、肌肉横行、臂膀上还有纹身的男人，她愣了愣。

刘堂风贴心地送贾静静上车，皮笑肉不笑地解释道：“特殊情况，特殊处理，你就不要多问了。”

贾静静当然明白刘堂风所说的特殊处理是什么意思，她才不在意那三个大老粗被揍成肉球，但她心疼崔亦昕家里的家居摆设，崔亦昕是一名对生活有追求的姑娘，家里的摆设都是她精挑细选后买下的，今天的事情一过，这些摆设大约都要报废。

另一边，她有些吃惊于方启昀解决事情的方式。

车子缓缓行驶，贾静静还是忍不住问：“方总他……以前也这么处理过事情吗？”

刘堂风坐在副驾驶上，声音低低地解释道：“在商业领域，你做得不好，会被嘲笑，做得好，就有人眼热。明枪易躲暗箭难防，不是所有事情都能依靠讲道理去解决的。”

“嗯。”贾静静点头。

“其实……方总肯为你出这样的计谋，是真的很看重你。”刘堂风突然感慨道。

“是……吗？”贾静静其实内心有答案。

“你给他打电话时，我们正在开会，他是当着所有董事的面，停下来接你电话的。”刘堂风说。

“那……董事们不是都知道了嘛……”贾静静声音越来越小，她明白，董事们并不待见自己。

“方总有那么傻？他说是陆总找他有事，没说你，这件事啊，只有我知道。”刘堂风笑得鸡贼。

陆总？贾静静脑海中浮现出陆离左拥右抱、春风得意的脸，默默为他默哀三分钟。

另一边，方启昀利用会议的休息空隙，在办公室打电话给陆离。

“你新签下的崔主播去哪了？贾静静快急死了，还有她家里什么情况你知道吗？”方启昀并不多绕弯子，开门见山。

陆离怔住，但他明白方启昀这么问，必有下文，干脆老实交代：“知道。”

方启昀又道：“她家的人去她住处闹了，但没堵到她，却堵到了贾静静。”他顿了顿，接着说：“我已经派人接到她了，至于闹事的那几个人，我替你处理了。”方启昀用词巧妙，“替你处理”这四个字的第一层意思是，这本该是你的事，我替你处理了，你便欠下我一个人情。第二层意思是，现在误伤到我的人，你得负责，后续工作要跟进。

陆离聪明透顶，一下子就听明白了，他回道：“亦昕和我正在巴塞罗那呢，因为那些人总是骚扰她，我让她关闭了所有联系外界的工具。”

方启昀可没兴趣关心他带着旗下的主播出国，到底是因公还是因私，他只关心，陆离带崔亦昕出国，居然没提前告知贾静静一声，害得这傻姑娘白白担惊受怕。

“你跟贾静静去了澳洲，这不是没想到这么快回国嘛，下次一定说，一定。”陆离嬉皮笑脸道。

方启昀说完自己该说的，便径直挂了电话。

有时候，方启昀也觉得自己冷漠极了，对朋友，对家人，对员工，甚至对仰慕自己的女孩儿，都很冷漠。这么说来，贾静静居然是过往三十年的唯一不同。

方启昀抱着臂膀，望着窗外，默默发怔。

中国日落黄昏，西班牙却正值午后，阳光明媚，风光旖旎。

酒店最顶层的露台上，透过明亮的玻璃窗，可见几张木质结构的桌椅，四周郁郁葱葱，将正在用午餐的客人们掩映其中，远处便是水天一色的海景，氤氲出恬静浪漫的情调。

陆离挂掉电话，走回餐桌，默默思考着什么，对面坐着的崔亦昕慢条斯理地在切一块鹅肝冻。

“怎么了？”她把美食放入口中，含糊不清地问。

陆离顿了顿，没有直接回答她的问题，而是说：“回国后，我给你挑一个经纪人，还有工作助理、生活助理，生活助理会经常跟着你，保护你。”

崔亦昕眉梢挑了挑，直接拒绝：“不用，我没那么矫情。”

陆离像没听到这句话似的，继续说：“我也找人给你安排了酒店公寓，你从你原来的公寓里搬出来吧。”

崔亦昕放下刀叉，抹了抹嘴角，正视他：“我说了，不用，你怎么回事？”

陆离也回望着她，有些出神，像是在内心权衡着什么，片刻之后，他才开口：“你之前告诉我，你有些疯狂的粉丝一直骚扰你……”

崔亦昕不说话，静静地等待他接下来的话。

陆离继续道：“你那几个粉丝，貌似知道了你的住处，上门去堵了，没堵到你，却堵到了你那个刚从澳洲回国的朋友贾静静。”

“然后呢？贾静静……没事吧？”崔亦昕脸上没有任何表情，手却不自觉攥紧了桌布。

“然后方总派人去把贾静静接走了，顺便，教训了你那些……粉丝……”陆离说这句话时，一直在观察崔亦昕的神态，说到贾静静没事时，她长呼一口气。

崔亦昕从未对他提及过去，她刻意的隐瞒与如今拼搏的模样，证明了她将过去视作耻辱，她对外界的防备心很强，如果她知道，他曾私下调查过她的背景，那么，她一定会恨他入骨，这样一来，她和他之间，就没有任何可能了。

陆离从一开始接近她，便“心怀不轨”，所以甘愿扮作不知内情的样子。

他想和她发生故事，宛如巴塞罗那的童话。

“哎，那我们什么时候去看公寓？”崔亦昕突然问。

“嗯？”陆离愣了愣。

女人心，海底针，变脸比变书还快。

“我理想的公寓，要高层，有大大的落地窗，阳光洒在地板上，家具要北欧风，装饰品我来挑，陆总给报销吗？”崔亦昕朝他眨眨眼。

本来，陆离还沉迷于她憧憬家居的温婉模样，却被她一句话冷不防地打回了现实。

“报，当然报了。”陆离一口答应。

崔亦昕用叉子叉起一块羊里脊，起身半弯下腰，用手捧着，喂到陆离嘴边，“啊——”

陆离受宠若惊地张嘴，一口咬下，不禁笑了，崔亦昕便也望着他笑。

一时间，其乐融融，无比美好。但她唇角笑着，眼角却纹丝不动，深深沉浸在眼底的，是让人无法察觉的暗色涡流。

（五）

刘堂风将贾静静带到一处空会议室，便急急离开，随后，有一位她并不认识的年轻女人步入。

“嗨，我是小冉，人事部新来的员工，陶经理让我来给你登记信息。”小冉坐下来，递给贾静静一张表格。

贾静静看了一眼，这是一张员工宿舍申请表。

“我有地方住的。”贾静静抿抿嘴。

“嗯……这是陶经理的意思，陶经理的意思，也就是方总的意思。”小冉小心翼翼地回道。

贾静静想起了刚刚在崔亦昕家发生的事，心中已然明了，方启昀这是要保护自己。她没有再犹豫，直接填了表。

小冉看着贾静静乖巧的模样，联想起近日公司内部的传闻，突然有些明白方总为何对她情有独钟了。

她并不出众，但似乎有种无法泯然于众人的独特，像缪斯遗忘在尘世的弃子，布衣荆钗，却清丽脱俗。

贾静静将表递回给她，迟疑片刻，问：“我现在可以去见方总吗？”

虽然知道这有些得寸进尺，但她不能不管崔亦昕，贾静静觉得刚才自己匆匆忙忙的，不知道有没有表达清楚希望方启昀能帮忙找一下崔亦昕。所以想去特地拜托下他，让陆总那边也好找一下。一想起屋子里那三张凶神恶煞的脸，她就格外担心自己的闺蜜。

“呃……我听说方总在开很重要的会议，陶经理也去了，所以我无法做主。”小冉有些为难。

“那你告诉我他们在哪里开会就行，我在外面等着，等人都散了再去找他，我不会给你添麻烦的，我发誓，我真的有急事。”贾静静站起来，右手比着发誓的手势，一脸真诚。

“好……他们在七楼。”小冉磨不过她，就告诉了她地址。

贾静静连声说了很多句谢谢，然后直奔电梯而去，电梯客满，她打算从楼梯走去7楼，却在楼道里撞见了方启昀，他的手上捏着一根点燃的香烟。

他骨节分明的手突然握紧，似乎是没料到贾静静的出现，面上却不动声色。

尼古丁的辛辣气味，在拥挤的楼道环绕，贾静静咳了一声，方启昀立刻将烟熄灭。二人之间，凝固的气氛叫做尴尬。

“你怎么在这儿？”方启昀垂眸看向她。

她也想问他，他不是在七楼会议室开会么？“我……我想去找你的。”

“什么事？”

“我，我特别感谢你肯为我出头，那么维护我，你真是我见过最好最好的老板，又有能力，又有魄力……”

“好了，溜须拍马这一套收起来，你到底还有什么事找我？”方启昀的眼睛比毒蛇的信子还毒，心里暗生笑意。

“就是，崔……”

“崔亦昕？放心吧，她现在正在西班牙度假，美食美景美男环绕，不想被打扰才关机的。”贾静静还未说完，方启昀便接话道。

“真的？”贾静静内心的石头瞬间落了地。亏自己还那么担心她，结果她倒是乐得自由自在。回来要跟她生气了！

“你还好吗？”方启昀突然问。

“啊？”贾静静愣住。

“我是说，那几个人没吓到你吧？”方启昀轻咳一声，这个傻丫头除了敢怼自己，平时就像个任人宰割的小绵羊，遇到这种蛮横不讲理的人，不知道有没有给她造成心理阴影。

方启昀丝毫没有注意，自己对她的关心已经无微不至了。

“没有，我勇猛着呢，还报警了，虽然没什么用。”贾静静抓了抓头，语气却弱弱的，不知为什么，脸上烧得慌。

方启昀轻笑，伸手摸了摸贾静静的脑袋，温声道：“很多事情，无法光明正大解决，世界很复杂很危险，你做得很不错了。”

贾静静不禁一直望着这样的方启昀，他温柔缱绻，气质非凡。

他看到她眼中的迷恋，愣了愣，手从她的头顶，落到耳后，方启昀替贾静静捋头发时，手指若有似无触碰到她的脸颊，贾静静便浑身触了电。

“下面的人，都喜欢揣测上司的心思做事，所有人都能看得出我对你的特别，你却一直躲闪。”方启昀靠她越来越近，将她抵到逼仄的角落。

“为什么呢？”方启昀俯下身子，贴近她的脸，温热的语气喷洒在她脸上。

贾静静感觉脸颊又烫又痒，心跳得快失去控制。他的周身，带着淡淡的烟草味道，形成迷人的晕眩，包裹住她，让她无处可逃。

贾静静脑袋一片迷乱，咬着牙，却不小心咬到了自己的舌根。

“嗷！”她痛叫出声，弯下身子，从方启昀的臂膀下钻出，然后溜之大吉。

方启昀没料到她这么灵活，不免失笑。

（六）

陆离办事的效率特高，自巴塞罗那回国的第一件事，便是带着崔亦昕去看公寓。

按照她的喜好，他为她寻到的，是一处靠江的高层公寓，挑高复式建筑，二楼有一个大的露台，视野开阔，站在露台之上，便能感觉江风阵阵，整个城市尽收眼底。

目前，家里的家具都是基础款，陆离为她挑选的定制款还在路上，不日就能抵达。那些家居中，有一部分是来自西班牙大师手工打磨制作，全球限量版。金钱、地位、舌灿莲花的说服力，缺少其中一样，大师都不会买单。

陆离想着，崔亦昕是识货的。但崔亦昕还不知道他的心思，陆离琢磨着，当她看到这些惊喜时，会不会激动地扑过来赠他一枚香吻。陆离沉浸在自己的幻想中，无法自拔。

“喂，傻笑什么呢？”崔亦昕的话，把他从幻想中拉出来。

“没什么，没什么。”陆离抿了抿唇，依旧乐不可支。

崔亦昕眼珠转了转，开始四处打量自己的新居。

“这里可以挂我的大幅写真。”

“这里可以放一个木架，架子上摆一排盆栽。”

“这里可以放瑜伽垫，早晨的时候在这里做瑜伽不错，俯瞰风光。”

崔亦昕边看边畅想，陆离在旁眯着眼，陶醉得直点头。她看到他的样子，心中明白了三分，眼角讽刺意味露出些许。

“陆总，我是这里的第几位住客？”崔亦昕忽然停下脚步问。

彼时，她背靠阳台，阳光稀稀疏疏打在她脸上，画面动人。

“第一位。”陆离答道。

“哦？竟然不是第N个。”崔亦昕脸上有着似真似假的吃惊。

陆离听懂了她话里的意味，正色道：“这是专为你挑选的。”

崔亦昕背过脸去，轻声笑道：“那我很荣幸成为第一个，以后的姑娘住进来，估计也很喜欢这里，是个金屋藏娇的好地方。”

她话说得娇俏，好像在开玩笑，却让陆离心底窜起一股无名火。

陆离走过去，一把扳过她肩膀，强迫她直视他，用力说：“你把我当什么人，钱多人傻的土豪？有姑娘往上傍，我就给她住豪宅？嗯？”

崔亦昕愣了一愣，随后又娇笑起来，“干吗这么认真？吓到我了。”

她要拂开陆离的手，却没料到他把她抓得更紧，要捏碎她的肩胛骨一样。

“你发什么疯？是真的疼。”崔亦昕抗议。

陆离看着她的双眸，那里写满疏离、不在乎，防备，被他擒住时，双目里才出现了吃惊、不解的情绪。

她终于会用真实的情绪对待他了，这算是一种进步吧。陆离既悲哀又乐观地想着。他松开她，沉默不语。

崔亦昕眼底恢复沉静，率先开口：“我会认真工作，来报答金主的。”

她眼底惯常的戏谑，让陆离又开始不舒服。

“亦昕……”他顿了顿，平缓了语气，似乎很艰难地开口，“我不是你的金主，你跟她们不一样。”

“那就是她们的金主咯？”崔亦昕刁钻地接了一句。

陆离差点背过气去，他觉得今日出门没看黄历，才会在跟这妖精的对阵中，接连败北。

“她们把我当金主，但其实我压根不会在这些女人身上花多余的钱。”陆离有气无力地解释。

“哦，那陆总还是很精明的，也不如外界说得那么豪气嘛。有付出，才有回报，你为我付出这么多，想必日后都要讨回来，我叫你一声金主不为过啊。”崔亦昕露出促狭的微笑。

陆离已经快吐血了，总觉得今天的自己，特别不在状态。

“亦昕，我把心肺都掏给你，你却连阑尾都不肯给我。”他无奈道。

这一次，崔亦昕没笑，她望着陆离，眼眸幽深得仿佛一潭深池，池水里藏着陆离看不懂的怪物。

“你自认为对我很真诚？”她问。

陆离摊摊手，作出一副天地可鉴的表情。

“那你为什么背着我，调查我的身世？”这个问题抛得猝不及防，崔亦昕直直地望进他眼底，不允许他回避。

“你……是怎么知道的？”陆离感觉口干舌燥，他不打算否认。

“果然是你。”崔亦昕面色阴沉下来。

陆离头脑顿时清醒，感觉大事不妙。

“是这样……”他脑袋转得飞快，想好一套说辞。

崔亦昕立刻打断：“有人通过中间人，撒下人际网，来调查我的家庭，甚至问过我父母，我跟他们的关系，我那父母、弟弟见钱眼开，就全说了。我本来以为是竞争对手，想要拿黑料曝光我，但等了很久也没水花。所以，背后的那个人，出发点并不是恶意的，我就猜到了是你。”

陆离仔细打量着她的神情，她语气平静，面容也宁静，并没有要发怒的样子，他暗自松了口气。

“上司要调查员工，其实也可以理解，但每个人都有秘密，不想被别人触碰。”崔亦昕缓缓说。

“陆总，你我本不是一个世界的人，调查过后，你更加明白这件事，那么，何必硬要揭我伤疤呢？”崔亦昕轻轻地说，她语气平缓，眼神却像笼着一层氤氲的水汽，叫人看不真切。

张爱玲很早就说过，人生是一袭华丽的袍子，里面爬满虱子。崔亦昕人前笑得灿烂，内心却阴郁。

“陆总，多谢你替我费心，这间公寓我很满意，月租我会按时交，以后，除了工作上的事，我们不要有太多联系了。”崔亦昕正色道。

陆离内心缩紧成一团，“别呀……”

“陆总，我靠面具度日，被人撕下这层面具，我很不堪，没有勇气面对，希望你理解。”崔亦昕淡淡地道。

有人按门铃，陆离去开门，看到是物业的人，微微点头，侧身让她进来。

“喜欢这里吗？小姐你真有福气，这间公寓本来有人定的，陆先生硬是夺人所爱了，付了双倍的钱。”物业小姐一脸艳羡。

“哦是吗？我们家离总是这么贴心呢。”崔亦昕脸上的笑容，欣喜中带三分羞涩，她挽起陆离的胳膊，将头微微靠在他肩膀上。

听到“离”这个称呼，陆离心脏抖了一抖，配合地虚揽她的腰肢，脸上却笑得勉强。

崔亦昕这个戏精！

物业小姐眼底的羡慕快溢出来了，她留下联系方式，默默离开。她一离开，崔亦昕就收起笑容，后退几步，与陆离保持距离。

“房子看过了，也到饭点了，我要去吃饭了。”崔亦昕说着，就往外走。

陆离忙追上，“我请你。”

“我自己就行。”崔亦昕头也不回。

“那我送你。”陆离挣扎着。

“不用。”说完这两个字，崔亦昕就消失在门外。

陆离生平第一次上赶着去讨好一个姑娘，却得不到任何回音，觉得丢脸之余，胸腔还憋闷。

他其实想告诉她：“我们是一个世界的人。”脱口而出的，却是冲着空气喊的一句：“气性怎么这么大！”

他想和她互相取暖，而不是互相演戏，没有那么多的观众，又何必自欺欺人。

她的童年如果有童话，那必定是最凄惨的一页——雪夜里卖火柴的小女孩，他想当她的火柴，因为，他也经历过寒冷，所以更懂得如何去温暖别人。

（七）

出于安全考量，陶然派人为贾静静预定了一周的酒店套房，在宿舍整理出来之前，她都住那里，当然，酒店是 EMT 旗下的。

他是没想到，贾静静竟然在公司给她预定的酒店里做起了测评。平时迷迷糊糊，倒还真的挺敬业。

澳洲 A.WANG 的试睡报告，经部门总管同意后，贾静静把它放在了公众号上。几天的发酵，成了她公众号推文中，阅读量和转发量最高的一篇。根据饼干商学院的教程，一篇 10 万 + 的爆文过后，得趁热打铁，发掘出它残存的价值。于是，贾静静测评完陶然定的酒店后，又写了一篇 A.WANG 试睡后续，配以澳洲的人文风景照，又顺利地吸了一波粉。

崔亦昕一回国，便打电话给贾静静解释了，本想约个下午茶，奈何那时贾静静正在赶测评，自己也得尽快去定下来住处，于是就约在了这个晴朗的午后。

“这么久联系不到你，还以为你死了呢。”贾静静嗔怪道。

“狗嘴吐不出象牙来。”崔亦昕吸了一口果汁，瞪了她一眼。

“谁让你经常搞失踪。”贾静静不客气地怼了回去，“我有多担心你你知道吗？”

大学期间，崔亦昕就因为打工，时常失踪，贾静静不但要替她顶包一些老师爱点名的课，还要替她瞒天过海，骗宿管阿姨，可谓辛苦。

两个姑娘对视一眼，都纷纷想起往事，会心一笑。

“唉，他对你好吗？”崔亦昕突然问。

“啊？”贾静静不明所以。

“我是说，在澳洲的时候，他对你好不好？看人看细节，日久见人心，你觉得他对你是一时的新鲜，还是真的在乎你？心里没点数吗？”崔亦昕眉梢一挑。

贾静静这才反应过来，她口中的“他”，是指方启昀。

这种闺蜜间的闲聊，本该荤素不忌，但贾静静像是被人命中要害，失了言语，还飞红了面颊。聪明如崔亦昕，一下子便瞧出了答案。

“虽然你跟他肯定修不成正果，但好好享受现在吧。毕竟，方总这朵娇艳的玫瑰花，有时候也需要你这样的牛粪去滋养。何况，日后回想起来，你被这么优秀的男人喜欢过，也会觉得人生有幸的。”崔亦昕下了结论。

“哼！我才不是牛粪。”贾静静想到方启昀，又纠结地开口：“哎，不过跟他相比，跟牛粪也差不多。他对我很好，可是我……”

没等她说完，便接到一个陌生电话，听到汪德川的声音时，贾静静浑身一怔，差些就直接挂了电话。

崔亦昕在她对面，悠然自得地咬着吸管，左顾右盼。贾静静接完电话后，神情僵硬，似乎想什么想得出神。

“喂，怎么了——”崔亦昕在她眼前挥挥手道。

“新叶让我去为他们新开的酒店试睡。”贾静静呆呆地答道。

“这不是好事吗？”崔亦昕耸了耸肩膀。

“你不知道，这个新叶……”贾静静眉头紧皱，却被崔亦昕直接打断道：“是你们方总最大的竞争对手，可那跟你有什么关系？你并不是EMT正儿八经的员工，身为自媒体人，你是中立的，是局外人，既然别人诚心诚意地邀请了，那你就大发慈悲地去啊。”

崔亦昕一番话，噎得贾静静无话可说。

“除非，你心中的天秤已经倾斜了，你把方启昀当作了自己人。”崔亦昕笑得暧昧至极。

贾静静脸上爬上了一丝可疑的红晕，衔上她依旧皱褶的眉，默认了崔亦昕的说法。

“哦对了，之前那个房子不能住了，我公司重新给我找了个房子，你搬来和我一起。”崔亦昕可不想贾静静再受到惊吓。

贾静静点点头，“过几天吧，我先收拾收拾东西。”

第十章

逃脱险境

（一）

天空连日阴沉，淅淅沥沥的雨仿佛不会停歇般，落得地上雾霭重重。

贾静静叠起伞，一脚踏入新叶的大门时，内心顿生后悔。她不喜欢汪德川，不喜欢跳槽入新叶的林贞，连带着不喜欢整个新叶。可理智告诉她，要想成为一名金牌试睡员，便不可以心存偏见，新叶再怎么说也是行业有名的集团，去做测评也没什么坏处。

问过前台，得知汪助理在五楼后，贾静静便走向电梯。电梯门开的一瞬间，里面走出一名眉目如画的清秀少年，他反戴棒球帽，一身休闲套装，撞上贾静静时，眼中一亮，多看了她几眼。

“樱子小姐！”他兴奋地轻喊了一句。

贾静静回头，见这少年的装扮与整个公司员工的打扮格格不入，再听他喊的那句，只当他是认错了人，并未放在心上。

电梯门合上，再打开时，门口的人便换成了汪德川。他似乎是刚送完谁，又似乎在迎接她。

“贾小姐……”汪德川微笑地望着她。

“喊我名字就好。”贾静静不习惯他的过分客气。

“好。”汪德川领着她走至一间空办公室，递给她份还散着油墨香的宣传资料，又从抽屉里拿出一纸合同，介绍道：“老城南新开的酒店，需要一份完整的试睡报告。贾小姐觉得没问题的话，我们现在就可以签合同。然后我会派司机送你过去办理入住。”

贾静静大略扫了几眼资料页，问道：“你们不是挖了个试睡员吗？为什么找我呢？”

“林小姐吗？她的名气没你大，我们主要也是希望能把测评报告发在您各大平台的账号上，起到宣传的效果，我们杜总喜欢事半功倍。”汪德川回答得实诚。

“宣传”这两个字，从汪德川口中说出，贾静静觉得有些刺耳。“饼干商学院”的讲师说过，作为自媒体人，一定要尽可能保持中立，如果服务于某个人，或者某家企业的话，终有一日会成为傀儡，失去价值。她也曾接受过一些民宿和酒店的试睡邀约，但她能摸着良心说，没有一句虚假的话。可新叶……

但贾静静并没有将不悦表露出来，她向方启昀学到的第一招便是，不怒于形，不喜于色。

贾静静认真翻看着合同，一笔一划地签下了自己的名字。

汪德川亲自将她送上车，半小时后，司机将贾静静带到了新叶位于老城南的酒店。新叶并非做传统酒店行业出身，但胜在人脉广阔，竟与房地产行业巨鳄相勾结，拿下老城南的土地建酒店。

这是一间四星级酒店，主打游客群体。但大厅装潢，肉眼看上去，并无出众之处。

贾静静拿着房卡进入房间，第一眼望过去，酒店的房间格局四四方方，采光不错，不会让人感觉压抑。可装饰与大厅一样，很是普通，没有任何一处细节，有让人想拍照的欲望。

国内大多四星级酒店，只能达到三星级的标准，因地理位置优越，便上了四星，这算是也内普遍的潜规则。

贾静静拧开矿泉水瓶，吃下一粒抗嗜睡药片，随后开始细心观察起房间的硬件设施。

床铺洁净，躺上去还算柔软；空调制热制冷效果还算快；客房电话接听迅速，服务良好；热水器烧水速度也挺快……

贾静静将数据线拿出，打算给手机充个电时，却发现了问题：房间的电气线路没有护套，且使用的是单层绝缘胶线接线板，这种接线板一旦被动物咬噬，或者因为电器设备过热，都能引发火灾。

对这家酒店有了初步判断后，贾静静拿出电脑，开始写报告。

另一边。

新叶集团的总裁办公室内，杜衡生坐在沙发上，品着茶，听汪德川汇报 EMT 城南酒店的开业情况。

“他们下周五正式开业，但方启昀不会来剪彩。”汪德川恭敬地说。

“哦，他们做哪些开业活动，了解到了吗？”杜衡生问道。

“从这一周开始，老城南的两条主要街道悬挂灯杆灯箱广告，他们还向商业集中区投放了 DM 传单。开业当天，他们会在附近主街进行行为艺术类的游行宣传，引起行人关注，引发媒体关注。”汪德川回道。

“你知道该怎么做吧？”杜衡生老态龙钟地坐着，面上无任何表情。

“我们完全复制了他们的宣传模式，且将酒店开业时间提前了他们一天。他们买下的广告位，我们花双倍的钱去争夺。”汪德川双眼透出凶狠。

杜衡生犹不满意，皱眉道：“最近公司资金链不是很稳定，投出去的每一笔钱，都要能砸出水花。”

汪德川略沉了沉眸，说道：“林贞那边，已经出手了。”

“那小妮子，靠谱吗？”杜衡生不放心道。

“用人不疑，疑人不用，我觉得那小妞一直明白自己要什么。”汪德川说道。

夜阑更深。

（二）

次日，贾静静的试睡报告一大早便被提交至汪德川处。汪德川扫了几眼，面色阴晴不定，慢慢将打印出的报告团成废纸，直接丢到垃圾桶。

“给她钱，就是让她夸，谁让她如实说了？请她改。”汪德川对手底下的人怒道。

不过吃顿早餐的功夫，那人便回来了，“她不肯改怎么办？”

“不肯？”汪德川像是听到了什么笑话般，“那就把房门锁了，没收她的手机，切断她和外界的一切联络，什么时候改到我满意，什么时候放她回去。”

汪德川说话的语气没有起伏，却渗着狠意。

“这……是是是……”手底下的人刚想说非法软禁他人犯法，可他实在不敢反驳汪德川，只能点头照做。

房间内，贾静静被强行夺了手机。

“下午一点，汪助会来检查你新的报告。”几个身形魁梧的男人，没有丝毫怜香惜玉的意思，将她丢到地上，接着反锁了门。

“开门，你们不能这样，软禁是犯法的！”贾静静拍打着门，却无人理会她，只能听着几个男人的脚步声越来越远。

贾静静做梦也没想到自己会遇上这种事，或者说，她知道新叶的人非善类，可没料到他们如此胆大包天。

该怎么办？按照他们的要求，尽力美化，对隐存的忧患视而不见吗？

不可以，贾静静的性格虽怯弱，但绝不是一个可以昧着良心胡说八道的人。

一个上午的时间过去，贾静静睡了回笼觉，醒后神志清明。她发现在药物的治疗下，自己的嗜睡症缓解许多，虽然依旧时常发困，但已经在能控制的范围内。想到这里，贾静静便念及方启昀的好，他竟然愿意帮助自己克服病症，不禁嘴角上扬，感觉心底有了他，真的就像有了铠甲一般，完全不怕任何可怕的事情发生。

汪德川来要新的试睡报告时，发现贾静静一个字没写，他略惊讶，这样的场面居然没有吓到她，不禁腹诽，这跟方启昀有着千丝万缕关系的女人，果真不一般，是他“轻敌”了。

“贾小姐，不要敬酒不吃吃罚酒。”汪德川阴笑道。

“你们安全隐患不处置，这是视旅客的生命如无物。”贾静静也没在怕的，学起方启昀气定神闲地说道。

“安全隐患？那几根破电线？全国多少酒店都是这样省经费，也没见发生几起火灾，说到底，真的发生了，那也是旅客自己不小心。”汪德川不以为意道。

贾静静蓦地瞪大眼睛，完全无法苟同眼前的男人，视别人的生命如草芥。

“你们这个企业，简直良心……”被狗吃了这四个字，贾静静还是没说出口，此时此刻的处境，更是让她必须懂得自保，不要过分触怒对方。

汪德川似乎知道她要说什么，但并未生气，只是自信地告诉她：“你想耗，就耗着吧，你斗不过我们，总会乖乖听话的，性格这么倔，是会吃苦头的。”

说完，他又将她一个人丢在房内，这一次，汪德川命人切断了电。

没有电，贾静静便不能烧水，不能洗澡，甚至在晚上不见一丝光亮，她只能在黑暗中苦捱着。捱不到三天，她便会因为饥饿妥协，现代社会，汪德川不信一个柔弱姑娘，能多有骨气。

汪德川和他的下属离开后，贾静静陷入了一片寂静中。没有手机，她看不到时间，只能望着窗外的阳光，凭借阳光西斜的角度，进行一个大致的判断。这间房间位于六楼，外有防盗窗，从窗口逃走完全不现实。

“哎……”贾静静想到了所有逃跑的可能，但又自己一一否定，最后倚着床脚，瘫软地坐下，将头埋入膝盖。

该妥协吗？自己的安全都受不到保障了，还要坚持什么原则吗？或者，自己写两篇报告，表面假装妥协，实际告知大家这家酒店存在的真实问题？贾静静的脑中，蓦地出现汪德川的脸，不禁打了个寒颤，想想还是作罢。

此时的方启昀已经打了好几个电话给贾静静，却始终没有联系到她，好巧不巧，马上又要开董事会，自己是绝不能缺席的。

想着，眉头越皱越紧，叫来刘堂风。

“我联系不到贾静静了，你去找她。”方启昀总有种不好的预感。

刘堂风此时不知道该用什么表情来面对这位可爱的总裁：“我亲爱的方总，贾小姐现在已经是有名的试睡员了，虽然是我们公司外聘员工，但是我们如果没有项目的时候，也不好总是打扰她吧。”他看到方启昀越来越不好看的脸色，咽了咽口水继续道，“我知道您在意贾小姐，但是她去试睡，不接电话很正常啊，尤其贾小姐还有嗜睡症，一睡过去肯定天塌下来都不知道。”

方启昀抿抿嘴，他既害怕崔亦昕那群不讲道理的家人又找上门，也害怕她在工作的时候遇到危险。

“我不管。我现在没有时间了，不然董事会那帮人又要找我麻烦。你去找，就算她在哪里试睡也好，在家里也好，都得找到。然后带她去这个地址，跟她说是公司分配的员工宿舍。如果我开完会你还没找到，扣奖金。”方启昀一边拿起电脑，一边说着。其实刘堂风说的不无道理，她不接电话也是正常现象，但是不知道为什么总有些不安。

刘堂风惊讶的神情持续了足足 30 秒，“好的好的！您还真是……好老板！”这方总，真是陷进去了。说完，便风一样地跑出去。

不知过了多久，迷迷糊糊中，贾静静听到走廊传来窸窣的动静。

“谁？有人吗？”贾静静雀跃地跑到门边，拍打了两下门。

门外，眉清目秀的少年听到贾静静的声音，脚步停了下来。

“可以帮帮我吗？我被锁在房间里了。”因为不知门外是谁，又好像得到了求助的机会，紧张之下，贾静静身上居然溢出了层细细密密的汗。

“你为什么会被锁在里面？”少年疑惑地开口。

有人，真的有人，而且似乎不是汪德川的人！太好了！

“我，我是被坏蛋锁在里面了，你能救我出去吗？”贾静静不敢道出实情，含糊地发问。

等了许久，门外的动静消失，贾静静的心从悬在半空，到一直下沉，她从失望到绝望。外面的天，已经渐暗了。

“啊！”贾静静狠踢了一下门，瘫倒在床上。

这时，细微的一声“叮”传来，贾静静霎时起了身，鬼使神差地往门边凑。她瞪着眼睛，看到房门被打开一条缝，一名少年半探着身子走了进来。

少年看到她的一瞬间，脸上浮上惊喜，“樱子小姐！”

贾静静记起了他，电梯口，她以为他认错了人。

“谢谢你，可我不是……”贾静静矢口否认道。

“不，你就是……从漫画中走出的樱子小姐。”少年打断她，看她诧异的神色，他逐渐笑了起来，“你没看过日漫《会飞的樱子》么？”

贾静静看着他唇角浅浅的梨涡发怔，摇摇头。

“切，没有童年。”少年说道。

贾静静的目光由他的脸颊落到他手中的房卡，好奇地问：“你是什么人，怎么会有我房间的房卡？”

“这是万能房卡，防的就是你这种被困在房间出不来的人。”少年得意地晃了晃房卡。

“这不是犯法吗？”贾静静变了脸色。

“这酒店都是我家的，犯什么法？”少年说这句话时，脸上七分自豪，三分天真，稚气未脱一样。

“你家……你是谁？”贾静静茫然地发问。

“杜阮，麻省理工学院计算机科学系大二新生，新叶集团总裁的独生子。”杜阮说这句话时，脸上仿佛发着光，顿了顿，他又问：“那么小姐姐，你真名叫什么呢？”

“贾静静。”贾静静简短地回道。

“贾 - 静 - 静，漫画中走出的美少女，认识你很高兴。”杜阮一字一顿地咬着贾静静名字的发音，此刻天色已近黄昏，落日的余晖从窗边投入，给他整个人镀上一层暖暖的金色，他笑起来的梨涡里，仿佛也嵌了点点碎金。

贾静静笑了笑：“我也很高兴认识你。有一件事想要拜托你！能不能帮我找一下我的手机？”大眼睛里满是期待。

“他们竟然还抢走你的手机！太过分了！你等我几分钟，我去帮你要回来。”杜阮皱皱眉，一溜烟地跑了出去。

（三）

风和日丽的沙滩上，陆离牵着一名中年女子踩浪。海水湛蓝，海浪轻轻抚摩细软的沙滩和游人的脚踝。

女子玩心大起，笑得开朗，嘴角舒展出明媚的弧度。

“我去给你买瓶饮料，你在这里等我。”陆离温柔地对她说。

“好。”女子应道，继续往浪花翻滚的地方走。

突然间，白浪横接天地，翻腾迭起，掀起楼层高的巨浪，沙滩上一片尖叫声。

陆离刚把硬币丢进饮料机里，看到这个场景，忙跑回海滩，却看到女子被卷进风浪中，凄惨而无力地尖叫，他情急之下，也纵身跃入海水里。

咸涩的海水灌入他的耳中、鼻中、眼中，他很快便失去了听觉、视觉，最后是知觉……

“啊……”陆离从床上坐起，大口喘着气。

时针指向凌晨四点，天还未亮，陆离已经睡不着了。内心巨大的失落与剥离感，让他在醒来的凌晨，时常想要大哭。

冷静了情绪，他洗了把脸，打开电脑，开始上线玩起了游戏，直至天完全敞亮。

陶辞打电话给他，提醒他今日行程安排时，他却说：“都帮我推了吧，我今天要见一个人。”

陶辞并不知道自己的老板和崔亦昕闹得不愉快，便多嘴了一句：“是见崔主播吗？”

“不是，最近不许在我面前提她。”陆离声音森冷，将陶辞吓了一跳。

崔主播得罪老板了？不对，崔主播情商那么高。崔主播和老板吵架分手了？也不对，他们俩什么时候在一起过？

陶辞不懂，是真的不懂。

另一边，陆离已经收拾好自己，亲自驾车，去会见麦盒工作室的创始人麦总。

这位麦总，比陆离还年轻，其创业的经历是个传奇。大学沉迷于网游，被学校劝退，后来进了电竞的职业战队，成为明星竞技选手，用奖金开创了游戏工作室，自己开发出的 MoBa 网游《离镜》一经推出，便火爆大江南北。

陆离早上便是玩《离镜》玩了几个小时。

约的地点是一家私人会所，服务生将陆离引入一间独立房间，麦勇正在独自打斯洛克，他进入房间的一刻，刚好看到麦勇“一杆入洞”的表演。

“你来了，请坐。”麦勇头也不抬，自顾自打球。

陆离坐下，沉默地观赏他打球时专注的神情。

麦勇将白球也抵入洞内，这才抬头，对陆离微笑，“久等。”

“没关系，麦总的球打这么好，多看会儿也很养眼。”陆离礼貌地回应道。

“你来的目的，助理都告诉我了，可是我不想答应。”麦勇突然说。

陆离早就预料到这个结果，但不急不躁，只是微笑地反问：“为什么呢？”

麦勇将手机打开，翻出一条经纪公司发来的 pdf，给陆离看，“呐，想要参加明星赛的艺人太多了，而且个个水平比你们家主播高，你们家主播虽说是游戏主播，其实干的全是挂羊头卖狗肉的勾当。”

麦勇说话一点情面不留，谁也不怕得罪。

陆离早有心理准备，他轻笑了一声，“正是因为不公平，才会引发热议，才有热度不是吗？”

“每个要参赛的艺人，都自带宣传资源，在同等条件下，你们不具备优势。”麦勇话里，拒绝的意味很明显了。

陆离并不气馁，他将手机拿出，翻到一张图片，递给麦勇，“麦总，我也给你看个东西吧。”

照片里是一套SQ机器人的手办，全球限量版，麦勇眼睛看得发直，这一切都落在陆离的眼底。

“这是上次香港秋季拍卖会上出现的那款吧，我记得是被一个不知名富二代拍走了，晚了一步，据说机器人的鞋底有SQ创始人签名呢。”麦勇一瞬不瞬地盯着手办机器人，谈得头头是道，不知不觉便出卖了自己的弱点。

陆离在面见他之前早已调查清楚，麦勇一不好色，二没有太重的物欲，却痴迷于各类电玩手办。

“那名富二代是我朋友，这手办他打赌输给我了，麦总如果喜欢，那我就忍痛割爱了。”陆离轻笑。

麦勇眼底涌现惊喜，忙不迭地说谢谢，随即，他顿了一顿，像是做过一番思想上的剧烈斗争，才道：“我可以给你们家主播一次机会，但她的水平不能太丢人。”

“保证不丢人。”陆离打包票。

“那……”麦勇眼睛瞄着陆离的手机。

“明天，我让人将手办准时送到麦总公司。”陆离善解人意地说道。

“陆总这个朋友我交定了，来来，这家会所的淮扬菜很好吃，我们一起用完餐，再去做个SPA。”麦勇一把搂过陆离的肩，笑逐颜开。

陆离没有拒绝，他推掉一整天的行程，就是打算拿下麦勇。

麦勇算是他喜欢打交道的那类人，简单直接，没有心机，交个朋友也没什么不好。

（四）

陆离深夜回家时，打开手机，看到崔亦昕正在直播。

——还不睡？

他打字。

崔亦昕看到自己的头号土豪粉丝“上山打老虎”留言，娇笑着回答：“你不也没睡？”

陆离观赏着手机屏幕上，崔亦昕精致而妩媚的脸，疲惫地展露笑意。他竖起大拇指，给崔亦昕连刷了十条游艇。

——谢谢，谢谢上山打老虎，晚安，么么哒。

就算是因为金钱产生的笑容，也是只对他露出的笑容。

陆离给崔亦昕发了一条私信：可以给我你的微信号吗？没别的意思，只是想邀请你一起打游戏。

崔亦昕很快回复了他：当然可以。

陆离加了她的微信，当然，是用小号加的，令他感到意料之外却又情理之中的事是，崔亦昕给他的微信号，也是小号，朋友圈内容除了自拍便是美食，没有多余的暴露自己私生活的内容。

她是个小心谨慎的人，他亦是。他们是一个世界的人，却只有他一人察觉。

——我们一起玩《离镜》吧。

——好呀。

——你玩什么角色？

——法师哦~

——你玩坦克吧。

——咦，为什么？

——不容易死，如果你死在我眼前，我又没能力保护你，该多自责。

——哈哈哈，好。

陆离拖着崔亦昕打游戏，从凌晨到黎明。崔亦昕打游戏的天分不及她斗嘴天分的一半，不是在送人头，就是在送人头的路上，不过幸好是坦克职业，陆离稍微教了一下，她也不会太坑了。

——我休息会儿，该工作了，我们明天见。

——好的，晚安，哦不，应该是早安。

如果不是现实中认识她，陆离真的要认为崔主播是一名善解人意又俏皮可爱的女孩子了，但他见过她冷漠、精明与尖锐的一面。

她亮出明晃晃的匕首，自己却还要挺着胸膛往上撞，试图用苦肉计，换回她一丝怜悯。

在这场感情中，自己还真是爱得卑微，陆离苦笑。

——很抱歉拖着你熬夜，但我只是想安静地跟你多待一会儿，你快去睡吧。

如果以后的你，能理解现在我为你付出的一片苦心，你能有一丝感动吗？陆离不想抱期望，却又忍不住生出一丝奢求的欲望。

（五）

贾静静跟杜阮道了谢之后就离开酒店，刚踏出酒店门，手机就响了。

“哎呀，贾小姐呀，你可算接电话了，不然我奖金可就没了！”刘堂风的声音传来，“你没事吧？”

贾静静一听这句话，便知道是方启昀让他找自己的，鼻子一酸，“我没事，就是工作的时候不小心睡着了。”

“我就说嘛！方总还不信。你现在在哪里，我接你去方总安排的员工宿舍。”刘堂风长呼一口气。

员工宿舍？可能是上次崔亦昕的事……方总想得真周到，贾静静心底暖暖的。

没过多久，刘堂风就开车来接她了。车子驶入一片安静的区域，马路变得开阔，人烟却逐渐稀少，一幢幢欧式房屋掩映在绿树之间。贾静静逐渐反应过来，这似乎到了传说中的富人区。

刘堂风将车停在一栋六层高的建筑前，引贾静静入内。

“这栋房子里只有三户，上下两层，复式建筑，你住二户。”刘堂风边说，边按密码打开房门。

整个房子宽敞而明亮，别样风情的装饰，令人眼前一亮。

“你们，你们公司的员工，都住这么好吗？”贾静静被眼前的一切惊着了。

“普通员工当然没这么好，但老板的女朋友必须住得好。”刘堂风恭敬地回道。

贾静静脸颊一红，“我不是……”

“老板说是就是。”方启昀对贾静静的身份进行了“官方认证”。

刘堂风的手机响起，他听了两声后，嘴唇不动声色一弯，却对贾静静正色道：“我有事回公司，你的行李，待会儿会有人送来，你先熟悉一下新环境。”

“好，慢走。”贾静静送他到门外。

空气顿时安静下来，贾静静走至窗边，一把将窗户拉开，清风拂面，刚才糟糕的心情仿佛也随着这样爽朗的天气飘走了。

“咚咚——”

敲门声来自门口。

贾静静回头，居然看到方启昀倚在门外，正静静地望着她。

“啊！你怎么来了？”贾静静不禁轻呼一声，惊喜写满整张脸，她抬脚想要跑过去，却又觉得太不矜持，故而放慢脚步。

“咳。你怎么来了？”她又正经地问了一遍。

“怎么办，我更喜欢你刚刚那句。”方启昀懒懒地开口，眼角泄出柔柔的笑意。

“啊！你怎么来了？”贾静静重复了一遍，一边做出夸张的惊讶表情。

方启昀轻笑，摸了摸她的头发，“你真的没有一点演技。”

“方……”

“叫我启昀。”方启昀认真地说。

“启……昀……”贾静静喊出这两个字，牙齿都打颤。

“嗯？”方启昀静静地凝视她。

“刘助说你正在开会……。”

方启昀开完会后收到刘堂风的信息，便立马跑过来了，衣服都没换。

“你刚才不接电话是因为在工作？”

贾静静点点头，反正自己现在也没事了，不能让他再操心了。方启昀，真的带给自己太多温暖了。她的嗜睡症也渐渐好转，现在在自媒体圈内也小有名气，应该勇敢地面对自己的心意才算对得起自己，对得起他。我会努力的，努力与他并肩，贾静静暗暗想。

方启昀抿抿嘴，总感觉贾静静说的好像不是真话，但是只要她不愿意说，自己便不问。

“你刚刚不是问我怎么在这里吗？因为我住这儿，就在楼上。”方启昀扬扬嘴角。

贾静静惊得抬头，正对上他一双清澈透底的眸子。

“这栋楼只有三户，还有一户前些天搬走了，所以这栋楼其实只有我们两个人。”方启昀声音低低的，略带沙哑，温热的语气喷洒在她耳边，暧昧不已。

贾静静脑海中蓦地浮现“同居”二字。

“方……”

“嗯？”方启昀不满。

“启，启昀，听说，你以前没谈过恋爱？我怎么觉得，你那么游刃有余呢。”贾静静结结巴巴地提出质疑。

“恋爱不以经验分胜负，靠本能。”方启昀指了指自己的心脏。

“何况……我双商应该都不低，恋爱这门课程，我也可以取得高分。”他伸手将贾静静揽入怀中。

这家伙，真是什么时候都不忘炫耀呢。可是，并不讨厌。贾静静脸红红地缩入方启昀的怀中，忽而抬头看向他，夕阳的余晖打在他脸上，映衬得他光芒万丈。

（六）

崔亦昕接到《离境》周年庆明星赛事邀请时，内心是既兴奋又惊奇。

兴奋的是，这一波露脸，可以增强她的知名度，结交一些有用的人脉。惊奇的是，这样的好事，怎么就无缘无故落到她身上。事出反常必有妖！

晚上，崔亦昕将这件事告诉了“上山打老虎”。

——还好你拉我打了几天《离境》，不然我去录直播，真得丢人。

——你就选冷门的坦克职业，坑不到哪里去。

——为了感谢你，我会为你准备直播门票的，一定要来哦。地址给我，快递给你。

陆离怔了怔，给了她地址。

夜色朦胧，陆离心绪嘈杂，盯着崔亦昕发的信息看了很久后，决定跟她聊聊。

——你转去布偶直播后，资源好了很多，你老板一定很器重你。

——当然啦，毕竟我人见人爱。

——所以你的老板也很爱你咯？坊间传闻你是他未婚妻。

——你吃醋啦？哈哈哈。

——你觉得你老板是怎样的一个人？

操之过急的后果，便是长久的沉默。陆离狠命拍了几下额头，后悔自己刚刚打出的话，但覆水难收。

崔亦昕的头像黯下去，陆离手指重重地敲击了几下回车键，像在宣泄什么。

当陆离打算离开电脑时，崔亦昕的头像又忽然亮了。

——抱歉，刚刚掉线。

——我的老板，虽然有时候腹黑，平时爱开玩笑，但总体来说，是个不错的人，最起码我认为是。

陆离贴近电脑，一字一顿读完了她的话，不敢相信自己的眼睛。

他在她心目中，原来也有正面的形象。

——所以你有一点点喜欢他吗？

明知道这样问，会令她起疑，但陆离却忍不住。

崔亦昕似乎打了很久的字，最终出现的只有一行：我跟他不适合，他一出生，就已经站在我的终点。

——你对他有偏见。

——我是对自己有偏见，觉得自己不配得到美好的东西，必须得精打细算，很努力很努力，才能追逐到想要的生活。

她说“生活”，而不是“理想”，在陆离看来，她的水准早已在生活之上。看她喃喃自语式的感慨，陆离不明白，她想要的生活究竟是什么样的？

大大的房子、大大的落地窗、大大的露台，他给她了。其他的呢？

崔亦昕盯着暗下去的电脑屏幕发呆，今晚的“上山打老虎”问题有些多，甚至，略微侵袭到她的隐私。但她并不反感，不知是自己私心里不想得罪金主，下意识骗着哄着，还是她真的寂寞许久，想找一个听她絮叨的陌生人。

即将开始的直播赛上，她莫名期待与“上山打老虎”见面。

第十一章

心生嫌隙

（一）

EMT 老城南的酒店，进入开业倒计时。

虽然主要街道的硬广资源被新叶抢去一半，但 EMT 不以为意。EMT 做酒店行业出身，深谙行业规则，已经稳扎稳打数十年。论营销手段，他们办法很多，可论酒店立足于行业的根本，他们并不能领悟透彻。

何况，EMT 对自己酒店的硬件设施和服务理念的渗透一向自信。

黑夜中，有一道人影，鬼鬼祟祟地游走在 EMT 城南酒店的门外，绕了一圈后，他避开打瞌睡的保安，偷偷从管道爬到高处，从打开透气的窗户，潜入酒店内。

这一夜，方启昀睡得十分不安稳。

次日，贾静静出门时，便看到方启昀一身定制西装，倚在一辆蓝色保时捷边，身姿隽然。

“早安。”他冲她打招呼。

“早安，方……启昀。”贾静静还是没能习惯，对顶头上司使用昵称。

方启昀眉梢一扬，拉开车门，“怎么，还需要让我请你坐上来吗？”

“你这是……”贾静静有些迟疑。

“不是要去试睡我们城南酒店么？我亲自送你去。”方启昀将贾静静轻推上副驾驶的座位，自己则从另一边上车。

贾静静顿觉受宠若惊，结结巴巴地表示：“其实我自己打车，或者坐公交都可以的，方总……”

方启昀冷不丁地瞥向她，她十分有眼力见地话锋一转道：“启昀，你太辛苦了。”

她瞧见他眼底的乌青，又道：“你昨夜又没睡好。”

“原本以为把你放在附近，我就能受你的感染，一夜好眠，结果发现不行，看来，你还得离我更近一些才行。”方启昀一本正经地说道。

离，离他更近一些？去他的家里住吗？贾静静想到这里时，抬眼瞥见方启昀的嘴唇，脸霎时泛红。

方启昀对此毫无察觉，他一手打开中央扶手盒，说道：“牛奶，面包，我允许你在我的车上吃早餐。”

“呐……”方启昀又拿出一只精美的购物袋，丢到贾静静怀中。

“这是……”贾静静抽出袋中的物品，是一只PradaMirage白色女包。

“包治百病，送你的礼物。”方启昀看到贾静静微红的脸色，不禁轻笑。

他一踩油门，车飞速向前。贾静静的心情似乎也飞了起来。

她不知道这段感情，能够维持多久。可是这一刻，贾静静沉浸在这样的幸福体验中，不愿清醒。

（二）

被方总送到酒店的贾静静，得到了工作人员一致的最高礼遇。毕竟，谁也不会怠慢这样一位在自媒体界声名鹊起，又极有可能成为自己老板娘的人物。

贾静静被安排在顶层的套房，这间房间有一个很大的露台，可以饱览整个老城南最热闹的中心地带。甚至，贾静静可以在露台上，看到斜对面新叶酒店的楼顶。

每每看到新叶的logo，贾静静都会不自觉握紧手心。她惧怕汪德川，惧怕新叶的报复，可她仍旧要往前走。她想摘下日月星辰，拥有与天空比肩而立的实力。贾静静内心深处住着的那个怯弱、迟钝的小女孩，开始蜕变时，连自己都吓了一跳。

新叶酒店老城南店，开业一天，几乎占据了所有先机，店内店外人流如织，氛围热烈。

而新叶集团的总裁办公室内，气氛却并不算融洽。

杜阮冲杜衡生发火道："爸，你怎么能这么做？你很过分你知不知道？"

杜衡生翘着二郎腿，坐在沙发上，抽完一口雪茄后才回道："你拿了万能房卡，救了那小妮子不是更过分？"

"爸，你怎么颠倒是非？"杜阮瞪着眼道。

"她带着我们酒店差评的报告走了，她手里揣着的，就是个定时炸弹。"杜衡生面若寒霜。

"我们为什么非要掺合酒店行业，做保险不是很好嘛。再说，你跟方总不是朋友吗？"

"朋友？小杜总，生意场上，哪来的朋友，利来则聚，利去则散。"站在一边的汪德川笑着对杜阮说道。

"难道做生意不是我害你，就是你害我吗？爸，你不是从小就教育我为人要真诚吗？你从什么时候变成了这样？我对你很失望！"杜阮眼底写满厌恶和不解。

杜衡生起身，一脸恨铁不成钢地指着他骂道：“你这个混小子，我对你就是太放纵了，才养得你不知天高地厚！”

说着，杜衡生抄起杯子，就要砸向杜阮。汪德川忙伸手拉了下杜阮，杜衡生手中的杯子，只砸向了杜阮脚下。

“嘭——”碎得彻底。

“小杜总，给你爸爸认个错，这事就算过去了。”汪德川劝他。

杜阮推开汪德川，又满眼通红地看了一眼自己的父亲，失望至极地推门离开。

（三）

贾静静完成房内大半基本设施与卫生的测评后，已是午时。

她预约了酒店送餐服务后，便进入洗手间，打算沐浴。

EMT 城南店定位为四星级酒店，所以卫生间设计普通，没有什么让人惊艳的地方，但空间利用理念不错，合理且做到了“麻雀虽小，五脏俱全”，更令人惊喜的是，卫生间放置了大品牌的沐浴洗漱用品，比常规酒店的无标识沐浴用品，让客人更加放心使用。

她脱去衣物，进入洗浴间。

初夏时节，原本用不到浴霸，可身为试睡员，要测试酒店有的每一个物件。

贾静静伸手打开浴霸，略刺眼的黄色灯光将整个浴室提升了一个亮度，浴霸发射出的光线伴随着热水包裹住了她，贾静静开始觉得热到透不过气，便打算将水温调低。

突然，“砰”的一声爆炸，头顶又传来“吱吱”异响。

贾静静抬头一看，浴霸“噼噼啪啪”冒起火花并开始爆燃，甚至，还喷出一股黑色刺鼻的浓烟。

“啊！”因受到惊吓，贾静静脚下一滑，重重摔倒在湿滑的地砖上，腿极疼，根本不可能站起来。她艰难地扯下浴巾盖在身上，随后呛着浓烟，一步一步，匍匐着爬出卫生间。浑身像是骨头断裂一样，她疼得额角青筋暴突。

终于，她爬到门口，听到餐车的声音，像是看到了希望，她拼命起身打开门。

“你好，请帮下我！”她朝着女服务生大喊道。

女服务生从远处看到贾静静赤裸着身体，倒在地上，吃了一惊，立马放下餐车跑了过来。

“我摔倒了，浴室的浴霸在冒烟，快叫前台，不然可能发生火灾！”贾静静吃力地说道。

“好好。”女服务生先给贾静静套上衣服，然后打电话，将前台和保安一起上来。一队人负责喊人过来维修，控制现场，一队人负责将贾静静送至医院。

“股骨颈骨折，你需要进行髋关节置换手术，此后要住院卧床一周，不过你年轻，一般五天就可以了。”医生对贾静静说道。

贾静静望着苍白的天花板，内心哀嚎，但也改变不了自己被抬上手术床的态势。

好像自从认识了方启昀后，人生就开始变得跌宕起伏，永远也预测不到下一秒，是祸还是福。祸福相依的日子里，他整个人都变得刻骨铭心。

这一次的事件，是个意外吧？自己要不要如实写出来呢？如果照实写的话，对 EMT 的口碑有损，可隐瞒下去的话，也太对不起自己的良心了。下一个被浴霸所伤的客人，兴许就没自己这么好运了。

贾静静不敢深想。

麻醉打进自己皮肤后，贾静静的眼皮越发沉重，逐渐失去了意识。

另一边，城南店的员工已经将这一起突发事件汇报给了刘堂风，刘堂风又第一时间汇报给了方启昀。

“浴霸爆炸？”方启昀心一颤，眉头紧皱地问：“贾静静还好吗？”

“已经送去医院了，据说只是骨折。”刘堂风小心翼翼地回道。

方启昀一手拿起西装外套，快步向外走，刘堂风小跑着追上他。

“老板，你现在去，也见不到她，她在进行手术，不如我们先去调查这件事的起因。”刘堂风急道。

方启昀停下本想去医院的脚步，紧紧捏着拳头。他说的没错，不管自己再怎么担心贾静静，现在去医院也无济于事。

“迅速帮我要到她的主治医师联系方式，贾静静的所有情况我都要第一个知道。”方启昀低哑地嗓音传出，天知道他有多想守在她身边。“我们酒店的浴霸，这么多年，从没出过一起事故，这么巧，新叶酒店开业了，我们就出事了。”

“那咱们从哪里下手？”刘堂风发问。

“先调查监控录像，如果真的有人在浴霸上做手脚，必定是内外勾结。”方启昀声音沉下去，他思虑着，如果被他抓到是谁，他不会那么轻易放过他。幕后黑手不止一个，且恶毒的程度超过了他的底线，竟然动一个女孩子！

浴霸爆炸，既能制造舆论事件，打击EMT，又能伤到试睡员，一石二鸟。

可他们为什么要对付贾静静呢？难道她掌握了什么他们的秘密，导致他们不得不给她警告吗？

方启昀边走，脑中边飞速思考着各种可能性。

（四）

贾静静醒来时，已是晚上。

她发现自己被石膏裹成木乃伊般，躺在床上，半截身子不能动弹。

四周寂静无声，整个病房居然只有她一名病人。睡得够久，贾静静此时居然丝毫睡意也无，她挣扎着从床头柜上摸到手机，刚打开，门便被悄然推开。

是杜阮！贾静静万万没想到是他，为什么不是方启昀。

“你怎么……”贾静静张口，发现自己声音嘶哑。

杜阮替她倒了一杯水，递到她唇边，喂她喝下。贾静静惊疑不定地望着他，心中情感复杂，既感激又惧怕，毕竟他是杜总的儿子。但杜阮只是朝她抛出一个温顺的微笑，说道：“你受伤的事情，业内都知道了。”

“是吗？”那么，方启昀一定也知道了吧，可是他为什么不来看自己？贾静静觉得怅然若失，回过神来，对上杜阮的眼睛，抱歉道：“上次的事，多亏了你，这次还劳烦你亲自来看我。”

杜阮不好意思地挠了挠头道：“哎呀，那都是我爸不好，还有他那个助理，一肚子坏水儿，真讨厌。我可是费了好大的劲儿，才打听到你在哪家医院哪个病房的。”

“干吗那么关注我？”贾静静轻声开口问。

“因为……你是我的樱子小姐呀。”杜阮手肘撑道床边，托着腮，他说这句话时，眼底仿佛洒落了漫天星光。

贾静静愣了一下，随后挣扎着要起来，杜阮察觉了她的意图，“你要做什么？或者拿什么？我帮你。”

“那麻烦你帮我把电脑拿过来，我答应了我的粉丝，今天要更新公众号的。”贾静静说着，不再看他的眼睛。

贾静静虽反应总慢半拍，可身为女生，情感却细腻入微。被自己“仇人”的儿子惦记，被比自己小那么多的男生惦记，无论哪一种，都令她难以接受。

杜阮为她取来了电脑，并替她架起，又扶她坐起。

她敲着键盘，他便痴汉似地望着她。这一道炙热的目光，令她如坐针毡。

贾静静屏息凝神，将注意力全部集中在稿件上，写着写着，便旁若无人了。她写到浴霸那一段时，手指悬在半空中，停顿了很久。

如果将这一段如实写出，方启昀会怪自己吗？

病房外，方启昀手握一束蓝色满天星，旁边还点缀了精致的小花，他和刘堂风步伐匆匆，方启昀收到贾静静醒了的消息后便放下一切赶过来了，希望不迟。

刘堂风刚准备替老板推门，却被方启昀拦住。他面露不解，“方总……”

方启昀示意他噤声，随后从房门的小窗口看向里面。

刘堂风也好奇地将胖脑袋凑过去，于是，两人一起目睹了一名年轻清秀的男孩儿坐在贾静静床边，二人和谐共处的画面。贾静静正坐在床上写东西，男孩儿则时不时给她喂水，朝她笑得灿烂又腼腆。

“这，这……”刘堂风看着自家老板难看的脸色，冒死说出实情：“他是新叶集团杜总的独生子，刚从国外回来，好像在追贾小姐。”

方启昀抿抿嘴，好像在犹豫是否要进去，突然手机响了，方启昀看了眼手机号，立马接起。

随后转身迈开步伐，刘堂风紧跟其后，“方总，咱们不是特地来看望贾小姐的吗？”

“这不是有人在陪了？公司有要紧事，赶紧回去。”方启昀想到病房里两人和谐的画面，赌气地将满天星放在走廊的凳子上，走向电梯。

末了，又低声附了一句：“替我重新订一束花，明早再来。”

病房内。

贾静静似乎是听到了门外传来自己熟悉的声音，不禁抬头望了望。

“怎么了？”一旁的小奶狗痴痴地发问。

“没什么。”贾静静笑得敷衍。

屏幕里，她刚刚写好一篇测评报告，因为之前就得了批准，她的测评只要如实撰写，就不需要再次经过EMT同意便可以发送到自己的社交平台上。贾静静打开公众号开始认真排版，可是，排版完成后，她看着精致的页面犹豫再三，也没有按下发送键，而是按了保存。

方启昀曾说过，希望她成长为一名真正的试睡员。那么，想要成为优秀的试睡员，便不能沦为傀儡，她要凭借业界良心，客观叙述酒店存在的问题。可这件事，她必须等方启昀给自己一个说法，才可以再做打算。她之前培训，也有研究过EMT集团史，从未出过如此严重的安全事故，多事之秋，必定是对手在背后兴风作浪。

贾静静点开存档里关于新叶酒店的试睡报告，看了一会又瞥了一眼坐在一旁的杜阮。酒店的无底线竞争，令贾静静胆寒。

没过多久，贾静静便起了睡意，最近几天没有吃药，睡意一旦渐起，便像个噬人的魔鬼，很快吞没了她本人的神智。

杜阮买完水果回来看到贾静静已经睡下，便替她盖好被子，放置电脑时，发现屏幕还亮着，好奇心促使他越过隐私的界限，想要了解她多一点，于是，他打开了她的电脑。

电脑页面停留在公众号后台，杜阮看到粉丝留言堆积如山，大多是在关心她的近况，催促她更新推文。

她的粉丝应该很希望收到她的回复吧？杜阮这么想着，便替她一个个地回复粉丝，回得正起劲儿时，忽然瞥见她刚保存的一篇推文。

咦？她不是今天答应了粉丝要发文的，应该是还没发就睡着了……杜阮没有多想，将这篇最新的推文，直接点了发送。

做完这些后，他又回到贾静静身边，近距离看她安睡的容颜。杜阮觉得，贾静静犹如上天送给自己的礼物一般。

《会飞的樱子》里，樱子小姐被吸血鬼所伤，面容苍白地躺在床上，骑士守护了她七七四十九天，用自己的血，滴到她唇上，延续她的生命。

此时此刻，漫画复刻了现实，她是他的樱子小姐。

（五）

贾静静公众号里的稿件一经发出，经过一夜的发酵与好事媒体的推波助澜，已经引起大众的注意和广泛议论。

清晨时分，方启昀手捧彩虹玫瑰进入病房前，刘堂风向他电话汇报了这一突发事件。

方启昀立马打开新闻 APP，越看，脸色越冷。

“您是……伤者贾静静的家属吗？”身后有护士询问。

方启昀没有回答，径直推门入内。杜阮已经离开了，贾静静抬头，看到他的第一反应是欣喜，可方启昀的脸色看起来好像不是很好……

仅一秒，贾静静便猜到了缘由，杜阮走之前，邀功似地告诉自己，他帮她发了推文，满足了粉丝的期待。贾静静当下两眼一黑，心中那种不好的预感，一直延续到方启昀到来。

方启昀将花放在她的床头，寻了张椅子坐下来。

“感觉怎么样？”方启昀轻声道，眼眸里有着藏不住的关心以及……疑惑。

“医生说，大后天就可以出院了。”贾静静回道，眼睛一直围着他的面色打转。

方启昀点点头，其实他之前就要来了贾静静主治医师的联系方式，她的身体状况他全都知道。终于，他还是问出了口，“那篇测评为什么不能等我调查清楚再发？”

贾静静一脸歉意，“我本来是打算先问你，但是我写完就睡着了，我朋友误发了。”

方启昀听到最后一句话脸色就变得越来越难看，杜阮给她端茶送水，笑得一脸灿烂的场景便浮现在他眼前。他漆黑一团的双目凝视着她，仿佛要从她眼中找到答案。

“这么严重的事，你说得如此轻飘飘？新叶是我们最大的竞争对手，先前插刀，后跟我们竞争海外市场，如今又陷害我们，试图打垮城南店。这么恶劣的行为，你用误发这两个字就带过去了？还是说，你是被男人迷惑了？”方启昀轻轻挑眉，语气中尽是讽刺，他被那个小男生醋得心都发疼，无法控制地口不择言。

贾静静不敢置信地望着方启昀，冷静克制惯了的人，一旦生气，火焰便山崩地裂般，咆哮着，滚动着，势不可挡。

她又震惊又委屈，迟了良久，清澈且坚定的双瞳望向眼前这个男人：“方启昀，如果我没有自作多情的话，我想我应该是你的女朋友吧？我在你家的酒店受的伤，睁开眼第一个看到的不是你，今天好不容易来了，我以为是来看望我的，结果是来审查的？我什么时候骗过你，我怎么可能伤害你，你却丝毫不信任我。”贾静静轻笑了一声，“做生意的人，果真都是这样么？人命从来不值钱，你们眼里看到的，只有利益，原来天下的乌鸦一般黑啊。”

一向绵软又迟钝的贾静静，此刻的一言一笑，像把锐利的刀子，直往方启昀胸口上扎。

贾静静知道自己此时说的话有些过了，毕竟确实是自己亲手写的文章，也没有保管好，竟然被杜阮发出去了，现在 EMT 肯定遭到了很多攻击。可是，她也不是圣人，她可以道歉，可以想办法弥补，却没有办法忍受男朋友的侮辱。

方启昀冷笑，不再说话，他在意的根本不是酒店危机，这么多年，什么危机自己没处理过，就这么点小事自然不可能威胁到他。他在意的是她与杜阮的亲密关系，他气愤她被人利用而不自知，他心疼她不停受伤不懂得保护自己。可是，这所有的情绪混杂在一处，他不知如何表达。

“在你心中，我是什么？一个稍微有点价值的新奇玩具？你愿意哄着我，我就应该感恩。我碍着你的路了，我就应该被你臭骂一顿然后立刻滚开？”贾静静的心被绞一般的痛，她第一次体会到这种感觉。可她丝毫没有意识到，方启昀生气的是杜阮。

方启昀依旧沉默着，时间一点一点流逝，贾静静的心，一点一点下沉。

“没错，确实是我朋友不小心发的，可是浴霸爆炸是事实，我也是按照事实去写的。你凭什么说我是被男人迷惑？”平时软绵绵的她，此时怼起人来可是一点也不软。她就是讨厌方启昀什么都不说的样子，他越是这样，贾静静就越是想激他。

“好好休息吧，我会处理的。”方启昀声音低沉，眉头紧皱，不愿意多说，转身离去。

身后的贾静静，忽然之间，泪如雨下。

（六）

《离境》周年庆明星赛直播现场的后台。

崔艺昕和两个不知名艺人分配到了同一个化妆间，因为一线明星都有自己的独立化妆间。崔艺昕看到那两名艺人一边化妆，还一边架着电脑玩《离境》，进行赛事前的热身。

真是勤奋！可见每个人都不想在众多粉丝面前丢脸，谁都想蹭一波电竞的热度。

“准备好了吗？你们三个先上场，一人准备一句自我介绍台词，不要太长，先酝酿下吧。”工作人员来通知他们。

“好。”崔艺昕朝工作人员露出甜甜的笑。

三个人在工作人员的引领下，穿过长长的过道，眼前突然一亮，待适应了这阵光亮后，映入眼帘的便是灯光与观众，还有布置奇巧的比赛现场。

每个人简单地自我介绍了一下，便安心当起了人肉背景板，因为演艺界的流量小鲜肉齐晗和小花旦杨卿出场了。

他们二人的镜头自然比崔亦昕之流要多得多。

崔亦昕无聊的时候，会透着灯光去扫视观众群，试图寻找“上山打老虎”的身影。他会是怎样一个人呢？看朋友圈，应当是一位有品位、教养良好的男人。

导播室内。

陆离站在编导旁，看着镜头里的崔亦昕，唇角扬着微笑。

“咱们给化妆师特殊关照了，除了杨卿外，台上最漂亮的就是她了。”一名编导说。

“这个自然，不能抢一姐的风头。”陆离四两拨千斤。

编导笑了笑，干脆把话挑明：“我的意思是，陆总真的就站在导播室内，当这个无名的好人？”

“镜头里的她更美不是？你说的。”陆离还是没有正面回答他的问题。

编导不置可否。

台上。

五名嘉宾都介绍完自己，开始进入了选队友环节。一哥和一姐都挑了自己的助理上台，轮到崔亦昕时，主持人说，她可以在1-200中间任意说一个数字，入场券上是那个数字的观众上场。

这显然很刺激，现场突发一片小规模的骚动。

“嗯，那我就选77这个数字吧，折中一下，7又是我的幸运数字。”崔亦昕不假思索道。

“77，崔主播选的数字是 77！是哪位幸运观众？”主持人喊得慷慨激昂。

观众们大多一副看热闹的神态，四处张望，毕竟自己票券上的数字，不是 77。

导播室内的工作人员也在看热闹。

“你说，谁是这名幸运观众？”编导问。

陆离摇摇头。

等了蛮久，没有一名观众起身。

“唉，你的号码是多少？”编导突然想起了什么。

陆离低头，翻出票券，上面赫然印着的数字是 077。这一刻，他不得不感慨命运的神奇。见他愣在原地，编导已然猜到什么。

“该来的总要来，上天都看不下去你一直当背后好人。”编导笑道。

陆离犹豫着，眉头紧皱。

台上的主持人还在不厌其烦地问着：“谁是 77？不要害羞，跟美女主播一起打游戏的机会属于你啦！”

编导也在他身后鼓励道：“去吧，加油！”

陆离就这么被推出了导播室，眼前白光一闪，陆离再看清周围时，发现所有观众都将目光盯在自己身上。

“我们的神秘观众现身啦！让我们久等！快请到台上来！”主持人说道。

崔亦昕看着自己挑出的“神秘观众”，等那人走近时，面色一僵，但考虑到是直播，又重新换上欣喜的神色。

台下有好事的观众认出陆离，起哄道：“是陆总，布偶平台的陆总，崔主播的未婚夫！”

“未婚夫，未婚夫！”观众纷纷跟着起哄。

崔亦昕依然保持着优雅的笑容，却觉得自己牙都快倒了。

“怎么是你？”待他走向自己，崔亦昕蠕动嘴唇，轻声问了句。

陆离当作没听到，接过主持人的话筒，直接承认了自己的身份。

“真是好浪漫！如果不是随机的选择，我都要以为这是事先安排好的呢。”主持人笑道。

“还有更浪漫的……”陆离清了清嗓子，略带挑衅的目光掠过崔亦昕。

崔亦昕内心顿时起了不好的念头。

大家满心期待着，陆总似乎要爆什么大料。

“亦昕在别的平台直播时，我就开始关注她，每天给她刷礼物，只为了换她一笑。后来，我挖她来自己的平台，给她一姐的地位和身份，依然保持着每天给她刷礼物的习惯。就算我平时工作忙，错过她的直播，也一定让助理给我录下来。”

大家开始尖叫，尤其女观众，都被陆总的深情所打动。

“亦昕一直不知道，那个网名叫‘上山打老虎’，每天给她刷礼物的忠实观众，其实就是我。”事到如今，陆离已然死猪不怕开水烫，放手掀开底牌，最后一搏。

崔亦昕唇角抽了抽，与他斗智斗勇这么久，终究棋差一招。她不禁想起那个晚上，他问自己的许多问题，自己竟然还与他掏心掏肺？自己是否太轻信陌生人了？可恶，可恶！

大家的情绪开始激昂。

“那今天崔主播可是有了给力队友了，男女搭配，游戏不累。”主持人试图将局面拉回游戏。

“是，不过我的水平一般，听说杨卿小姐不但人长得漂亮，游戏打得也是傲视群雄，今天特别有幸能亲眼看到。”陆离将话题转移到杨卿身上。

主持人愣了愣，随即了解到陆离的用心。

崔亦昕明白，如果自己抢了一姐的风头，以后的日子不会太好过。杨卿的团队花钱买通稿和水军也能黑死她。

明明是好意，可她不想领他的情。但，这是在台上，该配合演出的戏，她得演好。

整场直播进行得很顺利，明星们搭配素人，跟职业战队对打，虽败犹荣。

直播一结束，崔亦昕跟场上的人道别，然后便匆忙离开，陆离紧跟其后。

“你站住！”陆离大步向前，抓住她的胳膊。

“公众场合，拉拉扯扯，我喊非礼啦。”崔亦昕微微一笑，言语里却透着警告的意味。

“大家都认为我们是情侣，你喊了，最多认为我们闹矛盾了，或者你在撒娇。”陆离手上稍稍一用力，就将崔亦昕反拉进怀里，再一用力，崔亦昕根本无法动弹。

崔亦昕手肘往后一撞，陆离吃痛，却没松开手，反而抬高手，绕过崔亦昕头顶，瞬间箍住她的腰。

“你再动一下，我就真的非礼你。”陆离威胁她。

这一招对她管用，崔亦昕终于老实下来。

他将她拖到他的车边，“上车。”

“去哪儿？”崔亦昕狐疑地问。

月黑风高，她不能不防。

“不是去我家，也不是去酒店，去一个能让我们解除误会的地方。”

（七）

陆离行驶的车速飞快，窗外的街景走马灯般在崔亦昕眼底掠过。

她有些害怕，有些不安，不停地问：“你到底要带我去哪里？”

“墓地。”陆离终于回答她。

什么？崔亦昕觉得陆离疯了。

“你放我下来！你这个疯子！”崔亦昕扒着车门，要下车。

陆离将油门踩到底，车子行进的速度更快了，“突”一声，车子猛然停下，一阵烟沙扬过，崔亦昕这才在月光的映衬下，看清楚“伊河公墓”四个字。

“你到底想干吗？”崔亦昕冷冷地问道。

“带你见我妈妈。”陆离回道，径直往里走。

车子被他锁了，这里又荒芜一人，崔亦昕没有选择，只能跟他走。

墓地空旷而安静，上弦月高悬于空，幽幽的银光斜斜地照在那一排排冰凉的石碑上，崔亦昕缩着身子，紧跟陆离的步伐。

陆离似乎对这里很熟悉，他很快便走到一块墓碑前，看着墓碑上的人，沉默不语，脸上露出哀伤。

崔亦昕借着月光看过去，那是一张美丽而年轻的脸庞，与陆离有六分相似。

在逝者面前，崔亦昕的心忽然安静下来。

“她，是怎么去世的？”崔亦昕轻轻地问。

“因为亲眼见到我爸出轨，便负气离家出走，再也没回来。一年后，我家小区旁边的一条河里打捞出一具女尸，已经腐烂得看不出容貌，也辨别不出身份，但身材与我妈相似……”陆离声音低沉。

“所以你就把她埋在了这里？”崔亦昕接过话。

“是我爸，他急着要给我娶后妈，所以急急认领了尸体，寻了墓地。其实这么多年以来，只有我经常一个人偷偷跑来这里，我爸一次都没来过。”陆离伸手抚摩墓碑，眼神无比眷恋地看着墓碑上的照片。

“你有没有想过，你妈妈可能还在世？”崔亦昕提出疑问。

“想过，只是不理解，如果还在世，为什么不来看我，就算恨我爸爸，难道也恨我吗？所以，她应该是不在了。这里埋着的，大约就是她。”陆离淡淡地说。

崔亦昕想要说些什么来安慰陆离，却不知道说什么。

“我带你来这里，只是想让我妈妈看看你。”陆离脸上浮出一丝温柔的神情，他顿了顿，继续道：“同时，也想告诉你，我不是一个整日游手好闲，靠挖掘别人隐私度日的纨绔子弟，其实我跟你是同类人，被最亲爱的人抛弃的可怜人，为什么不能互相取暖，而要用最尖锐的一面互相伤害呢？”

崔亦昕怔住，心底似乎有什么东西正在瓦解。

“我偷窥了你的秘密，现在我心底最深的秘密，你也知道了，我们扯平了。”陆离唇角露出一丝疲惫的笑意。

陆离或许知道，或许不知道，崔亦昕之所以能与贾静静做闺蜜，是因为贾静静的坦诚相待，崔亦昕用一张面具包裹住自己真实的模样，却渴望别人对她敞开心房。如果有人率先这么做，崔亦昕便会被打败。这就是崔亦昕最大的弱点。

崔亦昕忽然张开怀抱，轻轻抱住了陆离，低声说道：“我从来不知道，你也生活在绝望里，却依旧渴求希望。我们是同类人，所以从今天起，你不再孤单了，我来温暖你。”

她发觉到陆离的身体有丝丝颤抖，却也伸出手臂，拥住了她。

晚风拂过，掠过枝桠，发出的声响，像是在唱着古老的歌，为久眠于此的逝者默哀，又像在为墓园里这一对坦诚相对的男女吟祝福颂。

（八）

贾静静出院的那一天，崔亦昕和陆离准备了轮椅，一起来接她。这一出新叶陷害 EMT 的戏，通过陆离的嘴，贾静静和崔亦昕已然明了了。

缴费时，贾静静看到账单，内心一惊，忙开口问护士：“为什么会这么多？我这是工伤，公司不报销一部分的吗？”

护士表情有些尴尬地回道：“EMT 那边的意思是，您不属于正式员工，所以……不给报销。”

贾静静心中一酸，EMT 的意思，就是方启昀的意思吧。他，果真无情吗？

见贾静静表情难过，崔亦昕和陆离相视一看，崔亦昕忙将轮椅推到一边，陆离则掏出钱包，冲护士笑道：“多少？我来付。”

“一共是……”护士将单子递给陆离，话还没说完，就看到贾静静倔强地将轮椅摇回来，打开手机微信支付页面，忍着委屈道：“我有钱，我自己来付……就当还他的人情。”

崔亦昕和陆离又是相视一眼，崔亦昕在陆离眼里，看出了他的想法，朝他点了点头。陆离便推着贾静静的轮椅往走廊尽头去。

“陆总，您做什么？”贾静静没有防备，惊呼出声。

到了没人的空地，陆离才停下来，倚在窗台跟她说：“方启昀那小子，虽然是高高在上的总裁，但也是男人。你有没有想过，他那么聪明绝顶的人，怎么会看不穿新叶的把戏，又怎么会误会你，他只是不信任杜阮，不信任新叶的所有人，还有他……”

“他怎么了？”贾静静怔怔地望着陆离问道。

陆离从她眼底读出关切，狡黠一笑道：“他吃醋了，你跟别的男人在病房待了一夜，还让他碰你的电脑，不管他是有心还是无意的，都是大忌。”

贾静静一愣，方启昀也会吃醋吗？她想起他冷若冰霜的脸，，很难有什么情绪波动，跟吃醋这两个字极其不搭配。

“可他还是怪我了。”贾静静捏着手机，耿耿于怀道。

“你是说医疗费的事？你想啊，他那么忙，EMT 那么大一个集团，报销员工医药费这事儿，是他亲自管吗？”陆离点了她一句，尤显不够，又补充道："平时谁看你不顺眼，这会儿可是个复仇最佳时机。"

贾静静脑海中瞬间闪过几个人的身影，眉头皱了皱，觉得陆离的话有道理，却又得不出具体的结论。

"EMT 都已经因为你的那篇文章陷入舆论漩涡了，听说你还试睡了新叶酒店，不如让他们对打？"陆离望着她，提供了一种思路。

贾静静没有说话，却在听了陆离的话后，冷静了许多。

崔亦昕替贾静静交了住院费，又拿了出院通知，这才向走廊尽头跑来。她自然而然地揽住陆离的腰，毫不避讳贾静静的目光。

贾静静此刻倒有些羡慕自己这个闺蜜了，外表明艳动人，恋情亦是。

"聊完了？"崔亦昕冲陆离挑了挑眉。

"嗯。"陆离嘴角勾起，自崔亦昕走来后，目光没从她身上离开过，一双黑眸里全是宠溺与喜欢。

"走吧，送你回家。"崔亦昕故意不看陆离，将贾静静的轮椅转了边。

（九）

贾静静回家时，在家门口遇见方启昀。而陆离和崔亦昕早已消失得不见踪影。

天色向晚，路灯温暖的光打在他身上，影影绰绰，贾静静看不清他的表情。她故作漠视，略过他刚打算进门，却听到身后——

"等等……"方启昀喊了一声。

贾静静默默将轮椅转了个头。

"我给你请了个护工，这一个月都会住在这儿，方便照顾你。"方启昀声音里没有任何情绪，眼角的余光却一直盯着她的脸。

"谢谢。"贾静静平静地回道。

她和他之间，在初见面的瞬间，彼此内心隐隐激动过后，便只剩下了长久的沉默。

“脸蛋好看的男人都不可靠。”方启昀别扭地说。

贾静静愣了愣，才反应过来，他说的是杜阮，刚想为杜阮辩解几句，蓦地想到陆离说的话，话锋生硬地一转道：“可是方总，我觉得你也挺好看的，你是不是也不怎么可靠？”

她的声音软绵绵的，却仿佛一把大锤，总是不经意间提起来，钝钝地无声地打在他的心上。

方启昀被憋得心口一闷，一呼一吸之间，应该有一个世纪那样漫长。

幸好，他还能自持。

“我只是挺好看吗？”方启昀很不满意“挺”这个字眼，他要的是，贾静静绝对的赞赏。

“方总，你真是太不谦虚了。”贾静静感觉牙酸。

“优秀的人，从来不需要谦虚，平庸的人才需要。”方启昀说这句话时，表情骄傲得像一只雄狮。

贾静静撇了撇嘴，认为雄狮在森林称霸太久，根本无法和普通人类交流。但这只雄狮，却向她低头了，虽然方法笨拙。

“接下来我会很忙，你照顾好自己，有事记得第一个找我。”方启昀走上前来，轻轻抚摸她的头发，眼中透着不舍与愧疚。

贾静静看到方启昀这幅模样，哪里还会怪他，鼻子一酸，点点头。一把抱住方启昀，脑袋像小猫咪一样地蹭了蹭。

回到家中，贾静静打开电脑，脑海中又闪现陆离的话，“听说你还试睡了新叶酒店，不如让他们对打？”

新叶酒店的试睡报告已经躺在微信公众号后台的素材管理中两周，自己一旦发出，无异于往生意正红火的新叶酒店头上丢一个猝不及防的炸弹。

他们一定会忌恨自己，说不定还会做出更过分的事情。但自己，不可以退怯。

贾静静望着自己数据库中的几十万粉丝发怔，几分钟后，她沉下心，将这篇推文放置到新建图文中，果决地按下发送。

这一夜，酒店行业内，嚣声四起。

第十二章

心心相印

（一）

接下来的一个月内，贾静静都没见到方启昀，他只是每日微信联系关心，看起来忙得像陀螺。但他不光为贾静静请了护工，甚至还动用了自己的保镖，为贾静静的必要出行保驾护航。

贾静静心中明白，他这是担心自己遭受新叶的迫害。

几乎是同一时间，网络上出现多个神秘爆料人，爆料称贾静静脚踏两条船，与EMT总裁、新叶总裁之子关系均暧昧，并贴出几张背影合影，为自己的爆料增加实锤。

贾静静翻看并放大那些照片，一阵后怕。

自己与方启昀先前在一起时，新叶就已经未雨绸缪，算计到自己头上了吗？杜阮只是来医院看望自己，也被抓拍到看起来关系亲密的一面，他们连新叶的少主人都敢一起算计？还是说，从头到尾便是自己错信了，看起来纯良无害的杜阮，从一开始便是局中的一环。

粉丝们受爆料影响，大多认为贾静静不再清纯，不再是他们心中温软可爱的“睡仙儿”，变得有心计，并且婊里婊气。他们开始脱粉回踩，并疯狂攻击她。

说完全不在乎是不可能的，贾静静“啪”一下关了电脑，蒙头大睡。期间方启昀和杜阮都曾打电话来安慰她。杜阮是让她不要担心，这种谣言马上就会消失；而方总就比较厉害了，认为爆料自己和他在一起的神秘人还算有眼光，便不打算压下去，认为爆料她和杜阮关系暧昧的神秘人简直瞎了。依着方总的个性，估计现在已经让刘助理找到那个神秘人，写一百遍“贾静静和杜阮永远不可能”了吧。

想到方总那张被气的面色发黑的脸，贾静静“噗”的一下笑出。其实网上这些谣言并没有给自己造成多大伤害，只是粉丝的轻信让她有些难过。可是毕竟在自媒体圈里混了段时间，她深知套路，过几天这事便没热度了，自己稍微澄清下就是了。

在方启昀忙得像陀螺一般的日子里，贾静静也在不停地试睡新酒店，从本市到周边，经济型的、有特色的、她感兴趣的，无一放过。做了自己感兴趣的事，再加上谨遵方总介绍的医生医嘱，自己的嗜睡症都好了不少。

一篇篇生动有趣，妙笔生花的测评文，丝毫没被之前的事情影响，依旧在各大平台传播、被各大公众号转载，贾静静的粉丝也依旧“噌噌噌”地上涨。

不知不觉，盛夏来临，又湿又热，蝉鸣阵阵。这天下午，方启昀给她发了两条微信。

第一条内容：下楼。

第二条内容：想见你。

贾静静内心生出雀跃，从衣橱中挑出一件长裙，便下了楼。

方启昀剪短了头发，他穿了一件浅蓝色的衬衫，斜斜地倚在他的保时捷旁，清俊别致。

他的目光在她的裙摆处微作停留，最后落在了她裸露的锁骨上，目光深处有道不明的暗涌流动，却不说话，只迎她上车。

“我们去哪里？”贾静静雀跃地问。

“我买了电影票，我们去看电影。”方启昀带着温柔笑意回道。

贾静静惊讶地看着他，最近 EMT 因为城南店的事，众人可算是忙得焦头烂额，方总竟然有时间出来看电影？

“我一向私人时间很少，但和你在一起，第一次有了奢侈消磨的念头，所以下午，咱们看一场电影吧，作为第一次我们正式的约会。”方启昀声音低低的，说出的情话，犹如春日融雪，犹如漆黑冬夜里的银白月色，皎洁而温暖。

方启昀要看的是一部法国爱情文艺片，不知是因为这一刻正是工作时间，还是他们所去的厅是 VIP 厅的缘故，整个影院空无一人。

“我包了场。”方启昀看出贾静静心中疑惑，说道。

贾静静先松了一口气，但紧接着觉得，这也太夸张了。

电影很无聊，整体格调压抑而缓慢，贾静静昏昏欲睡，黑暗中，她望向一边的方启昀，他目光凝视大荧幕，却似乎透过那堵墙，在思考着什么。

他看上去也不喜欢这部电影，不知为什么要选这部。

思量了又思量，贾静静低声开口问道：“你最近，一直在处理城南店的事情吗？”

方启昀没看她，眼睛依旧盯着荧幕，只轻声一个字：“嗯。”

过了会儿，他又缓缓开口道：“你现在，倒真是成熟了不少。网上的事，你处理得很好。”方启昀突然回头，深深地望向贾静静。

“你，不希望我成熟一点吗？”贾静静转过脖子，略惊讶地凝视着他回道。

她细微的表情变化全部落在方启昀眼底，方启昀没有正面回复她，只是幽幽地说道：“有时希望你成熟，可以自保。有时又希望你能主动抓着我，诉说你的祈求，像小时候一样，我想我也是个很奇怪的人吧。”

电影一晃而过的光，掠过他眼底，荡出一道幽深的旋涡，贾静静心跳快得要失控。

像小时候一样……是什么意思？

似乎是看穿了贾静静的心思，方启昀柔声诉道：“青岛路 23 号，你小时候住在这个地址吧，你很害怕邻居家养的大狗，总是躲在那家男孩的身后。”他轻轻牵起她的手，“那个男孩，是我。”

贾静静惊得呼吸都快停滞了。小时候那个总会保护自己的漂亮哥哥……竟然是方启昀！

这一场无趣的电影终于迎来结局，男女主角在埃菲尔铁塔下重逢，拥吻。

贾静静内心莫名燥热，她偷偷用余光打量方启昀，方启昀用一种类似学术研究的姿态，认真盯着荧幕，察觉到贾静静的目光，蓦地转头，贾静静立即心虚地低头。

方启昀唇角扬起一丝不易察觉的微笑。

（二）

看完电影，方启昀又带她去一家清新雅致的越南餐厅吃了晚饭，才和她一起回家。

小区曲径通幽，寂静无声。

方启昀将她送到门口，却没有离去。

“谢谢你抽时间带我约会，今天很开心。”贾静静仿佛还沉浸在约会的喜悦中，语调都飘飘然的。

方启昀唇角一勾，“你开心就好。”随后，又盯着她的眸子道，“你好像有些心事。”

“嗯，我确实在想一些事。”贾静静诚实地承认。

“想杜阮在这个连环计里扮演了怎样一个角色吗？”方启昀突然步步逼近。

贾静静紧张地直摇头。

方启昀却没打算放过她，他将她逼到墙角，颀长的身影完全覆盖她的，他的气息，包裹着她，偌大的空间里，她无处可逃。

看着贾静静像一只小动物一样，瑟瑟发抖，然后缓缓闭上眼睛，嘴唇微微翘起，一副等着迎接什么的架势，方启昀觉得有趣。

他凑近她耳边，温声道：“好好休息，晚安。”

贾静静蓦地睁眼，方启昀眼底闪过一丝戏谑，她恼羞成怒，不知哪来的勇气，轻搡了他一下。这种不痛不痒的推搡，在他眼中，是欲拒还迎的表现。

方启昀压下心中难耐的燥火，卷起袖子，袖口上那只珐琅的袖扣散发出明亮的光泽，晃过她的眼睛。

“明天打扮漂亮一些，和我父母吃饭。”方启昀的声音低低沉沉。

“为什么？”贾静静感到很突然。

“我生日。”方启昀说道，然后他揉了揉她的头发，转身就离开，不愿给她机会拒绝。何况再待下去，他怕自己就不想走了。

贾静静满脸莫名其妙走回屋里，但她想起明天即将见方启昀父母的事情时，所有复杂的心情都消融成紧张。

崔亦昕打来电话，关心她和方启昀的恋爱进度。

“我明天要去见方启昀爸妈。”贾静静言简意赅地跟她说。

“嗯？”崔亦昕愣了愣，“方总来真的？你该不会是怀孕了吧？哇，我总以为你是个傻子，没想到这么聪明，先上车再补票的事情都做出来了。”

“打住，打住！才不是你说得那样呢，反正我跟你说不明白，就这样！挂了！”贾静静见崔亦昕越说越不靠谱，匆忙挂电话，脸却红得不像样。

洗漱完毕，躺在床上，贾静静脑袋里像跑马灯一样，这几天发生的事接连闪现，最后居然定格在方启昀袖口的袖扣上。

她有很多事想不明白，但却不会为此失眠，贾静静将头埋进柔软的枕头，一会儿功夫便睡过去。

而方启昀回到家，略作休整后，边打开电脑，边给刘堂风打电话：“将今天的工作内容发给我吧。”

耽误了一天，该完成的工作总还是要完成。待刘堂风汇报完工作后，方启昀忽然问了一句：“网上流言，公关得如何了？”

刘堂风愣了一下，很快反应过来，“该删的删，该封的封，删封不了的，咱们就找人骂回去，再写个技术贴辩驳，广为流传，留住她的真粉丝。”

“倒也不用都删了，显得我们霸道……现在的她，和过去不同了，没那么脆弱不堪。”方启昀眼前闪过她的脸，抿唇一笑。

“贾小姐，似乎是成长了不少。”刘堂风顺着他的话说道。

“嗯，你以后要将她看作预备老板娘，不可以怠慢。”方启昀语气严厉，不容置疑。

“是。”刘堂风应下了，心中感觉到一股酸意，往后方总，就不是和他一样同命相连的单身狗了。

“还有一件事……”刘堂风又道。

“黄经理的提议我已经采纳了。EMT 旗下中端型酒店，消耗部分空间，变成共享办公和分布式办公空间，度假酒店开放短租模式，是节省资源，并适应当下潮流之举。”方启昀直接说。

（三）

次日是周末，贾静静睡到日上三竿，醒后映入脑海的便是方启昀的模样。

今天是他生日！

贾静静难得不迟钝，她打开掌上银行，数着上面的数字，看看够买一件什么礼物给方启昀。

脑海中又出现那枚珐琅袖扣。

她打给崔亦昕，“你说什么袖扣既符合精英男士的定位，价格又不是非常贵呢？”

“那你得先告诉我，你是打算送给方总，还是方总他爸？”崔亦昕慵懒地问道。

贾静静脑中一个激灵！她说得对哦，跟对方父母第一次见面，是否要携带礼物？

“那……两枚袖扣是不是贵惨了？”贾静静哭丧着脸问。

聪明如崔亦昕，很快想到了贾静静的处境，她“嗯”了几秒，对贾静静说：“中午十一点，千景百货见。”

贾静静迅速起床，于十一点的时候，来到千景百货。

崔亦昕永远妖妖娆娆，熟门熟路领着贾静静前往四楼男装专柜。

“送礼物给他们那样地位的人，不是名牌根本拿不出手，但是名牌的衣服包包都很贵，所以你选择单品，很聪明。”崔亦昕肯定她。

其实贾静静不懂这些，她只是觉得，方启昀袖口的袖扣很好看，她得买一个不能逊色于那枚的。

“你可以挑一条颜色稳重大气的领带给他父亲，这条深蓝色条纹的就很好。”崔亦昕拿起一盒领带，递给贾静静。

接下来她们又走向路易威登店，崔亦昕挑中一款Monogram（字母组合）的袖扣，“简洁又严谨的风格，方总一定会喜欢。”

接着，她们又走向香水专柜，崔亦昕指明要“风中玫瑰”这一款。

“你闻闻。”崔亦昕将试香纸递到她鼻子下面，“味道清雅，很适合送给女性长辈。”

然后，崔亦昕并没有过多征求贾静静的意见，她对店员说：“刚刚拿的这些，都包起来。”

贾静静这才反应过来，这些单品加起来，肯定很贵吧？

“那个……”她有些急，想拦住店员去包礼物。

崔亦昕拉开她，食指贴在她唇上，“嘘，我来替你买单。”

说着，崔亦昕潇洒地掏出一张信用卡，“结账。”

贾静静瞪着眼睛看她行如流水般的一套动作，然后像她的助理一般，拎着大包小包，走出店。

“多少钱？等我拿到下一笔广告赞助，一起给你。”贾静静急急问道。

“总裁夫人，以后我找你帮忙的地方多着呢，这些小礼物，就当是我给你的贿赂吧。”崔亦昕妩媚一笑。

“什么总裁夫人，什么贿赂，你别乱讲！我不可以再占你便宜了！”贾静静脸红得很。

这时，她手机响起，是方启昀打来的。

“在哪儿呢？我妈妈迫不及待想见你，我们现在就出发可以吗？”他体贴地问道。

“我，我在外面，马上回去，等我一下。”贾静静慌里慌张地说完就挂电话。

崔亦昕趁她打电话的功夫，已经拦到一辆出租车，她坐在车上，摇下车窗，冲贾静静懒懒地挥挥手，抛出一个飞吻。

（四）

方启昀在贾静静家门外等她，看她大包小包拎了一手，顺势接过袋子，拉着贾静静的手，一起到楼下。

替她开了车门，方启昀却没立刻进去，“为你准备了一套衣服，你先换上。”

贾静静进入车内，果然在后座看到一套衣服，白色的毛衣搭配碎花的半身裙，贾静静换上之后，整个人清纯而柔软，这是长辈通常会喜欢的模样吧。

车子绕过大半个城市，从东郊到西郊，停在一处警卫森严的别墅区。

门外的警卫向方启昀敬礼，放他入内。

贾静静紧张地憋着气，心跳随着脚步声高速跳动。

“别紧张，有我在。”方启昀给她吃了一颗定心丸。

方启昀父母的家，与他办公室、家里的风格完全不同，富丽堂皇，非常典型的中国古典主义。他们家还养着一只德牧，从贾静静进门的那一刻起，便机警地盯着她，贾静静躲到方启昀背后，满脸惊恐，方启昀想起了什么，眼底盛出温柔，一手握住她的手，另一只手向它摆出坐下的手势，那只狗才暂时放下戒备。

与想象中见家长的场面不同，方启昀的母亲是一位本人看上去比实际年龄小很多的气质女性，她很爱笑，也很活泼，一直打听自己是怎么跟她儿子谈上恋爱的八卦，还说了许多方启昀小时候的趣事。

“他从小就不爱笑，跟冰块一样，一脸严肃，都没人跟他玩儿。”

“小时候尿床还不承认，把水倒床上，说那是水。”

“妈，你能说点别的吗？”方启昀脸微微发红，贾静静却听得津津有味。

这样和谐的气氛终止于方启昀父亲的到来，他从楼梯上走下来，轻咳了几声，全世界都安静了。

贾静静终于明白，方启昀的严肃是遗传自哪里。

一点的时候，一家人围在桌上开始用午餐，方家的佣人站在一边布菜，贾静静刚好坐在方父的斜对面，时不时能够感觉到他打量的目光。

“贾小姐毕业于哪所高校？”方父喝了口水，擦了擦嘴，开始对贾静静进行拷问。

“千城综合大学，中文专业。”贾静静如实说。

方父皱了皱眉头，“没去国外深造过？”

“没有。”贾静静答道。

方启昀刚要开口说什么，被父亲一个抬手的手势打断。

“那之前从事的工作有哪些？有做过管理岗位吗？”他又问。

“一直都是文字相关的工作，没有做过管理岗位。”贾静静一直面带微笑地回答。

“文字工作者，怎么会成为EMT的试睡员呢？”他的问题一针见血。

“这……”贾静静用眼神向方启昀求助，难道说自己被直播了？出名了？这样抛头露面的方式，家长应该不会喜欢吧。

“这件事说来话长。”方启昀轻声说，起身舀了一碗热汤，递给父亲，“爸，喝点汤。”

俗话说，以柔克刚，方父果真没有再追问什么，低头喝汤。

贾静静略松了口气。

四个人静静地吃饭，没有过多交流。一顿饭吃完后，方父对贾静静说：“你跟我来一下书房。”

方启昀对贾静静点点头，眼神里满是让她放心的神情，贾静静的心蓦地定了下来。

眼见自己的女朋友和父亲消失在楼梯转角，方启昀开口：“妈，再过几分钟，可以把她带出来吧？”

“放心吧，妈办事儿，什么时候错过。”方母答应得干脆。

顿了顿，方启昀又问："那你觉得静静怎么样？"

"挺好的，没有太多心机，简简单单的，就算有些小毛病，也不伤大雅，咱们这样的家庭，难道还需要她养家？"方母的看法很乐观，"哦对了，我还关注了她公众号呢，挺有意思的小姑娘，哈哈。回头给你爸也看看。"

方启昀点点头。

楼上书房里，贾静静和方父静默相对。

方父点燃一只雪茄，沉默地吞云吐雾。方父不是一般人，能一手将 EMT 发扬光大的人，是开拓疆土的战士，也是守护城池的帝王。

因此，贾静静是惧怕他的。

"实话说，你和启昀不适合，我只有启昀一个独子，所以期待的儿媳妇类型，不光身世上能给予他助力，能力上，也要能和他匹配。我不希望我的儿媳妇，除了生孩子外，一无是处。"方父熄灭雪茄，盯着贾静静，缓缓说出这一段话。

贾静静其实一进门便知道会听到这样一段话，即便自己有千万句想反驳的话却碍于是敬佩的长辈无法争辩。这时，有人敲门，随后门被推开。

"启昀说公司有些事需要处理。"方母说。

"那就去吧，为什么要跟我说？"方父不悦地抬头。

"他说得带着静静。"方母俏皮地冲贾静静眨了眨眼睛。

"那你去吧，该说的，我也都说了。"方父说。

贾静静心底对方母充满感激，起身，向方父微微弯了弯身子，离开书房。

楼下，方启昀一脸担忧地看着她，拉过她的手，对母亲说："我先带她出门，晚上再回来。"

“去吧，玩得开心，你今天是寿星。”方母笑得和善。

方启昀和贾静静出了别墅区，方启昀才问贾静静：“我父亲，为难你了没？”

贾静静摇头，略有些黯然道：“不算为难，只是说了实话。”

方启昀沉默片刻，已经猜出自己父亲会说什么。

“他从小对我严厉，年纪越大，做事却越来越墨守成规，你不用将他的话太放在心上。”方启昀安慰道。

贾静静咬着下唇，声音低低的，“可我觉得他说得挺对的。”

“完全不对！”方启昀反应过激。

贾静静被吓到，第一次见到方启昀喜形于色的一面，她突然察觉到，那个高高在上的总裁，其实也只是个普通人，他也有七情六欲、喜怒哀乐，只是惯于压抑自己了。

方启昀也忽然意识到自己的失态，轻咳两声掩饰自己的害羞，生硬地转移话题，“你在我家一定没吃饱，带你去吃海鲜餐。”

话刚说完，车子便飞速向前，仿佛以这样的速度，才能掩饰他刚刚不自觉的失态。

贾静静第一次觉得，方总裁其实也挺可爱的。

（五）

立冬的这一天，发生了一件大事，将 EMT 推向了舆论高峰。

圈内还算火的一名网红，在微博爆料自己住 EMT 绵雀区中心店时，遭遇电梯拖拽、猥亵事件，幸好被其他客人看见救下。

她言辞激烈地声讨 EMT 的安保制度是否是摆设。

一石激起千层浪，许多网友就此展开讨论，更有网友爆料回忆，先前山泉酒店还未被收购时，也出过同样的事件，后来 EMT 收购山泉之后，向大家保证，EMT 会动用自己的安保力量，整顿山泉，为酒店行业的安保环境做出示范。

如今，EMT 再爆出相同的事，大家感叹天下乌鸦一般黑。

董事会第一时间召开会议，紧急讨论事情如何解决。

每位董事就解决的办法，争得面红耳赤，方启昀蹙着眉头，手指叩了叩会议桌面，大家顿时安静下来。

“我想知道，我们旗下的酒店是否真的存在网上说的情况？”他问。

“是，这是实情。”齐董事承认。

“那么，你们当中的谁，和不法分子勾结，允许这些脏东西进酒店，背后谋求私利呢？”方启昀一记眼风扫过去，凌厉得很。

众人面面相觑，最后王董事仗着年纪大、资历老，说道：“方总，就算你对我们不了解不放心，不妨问问你父亲，我们是那样的人吗？对 EMT 忠心耿耿，一生的心血都付在这上面了。”

方启昀面无表情，看到齐董事似乎有话要说，他道：“有什么话就说吧，今天就是来解决事情的。”

齐董事说：“出事的那家酒店原先是山泉名下的，我们 EMT 主打高端酒店，收购山泉，才有了经济型酒店。原先山泉的那批管理层，并没有全离开，这里头盘根错节，恐怕真不是我们自家人干的。”

方启昀目光沉了一沉，陷入深思。难道真是山泉的人伺机报复？为什么他隐隐觉得，这事和新叶脱不了干系呢？自上次贾静静的那篇推文发布后，新叶酒店遭受舆论夹击，按照杜衡生睚眦必报的性格来说，后来的一切都平静得太过了。

“还有一件事，出事的女人是一名网红，我怀疑……”齐董事接下来的话没说下去，大家便都明白了。

商场上尔虞我诈，并不是每个人都选择和你公平竞争。正所谓能逮到耗子的猫就是好猫，谁管你是白猫还是黑猫。能损伤敌人的办法就是好办法，谁管你什么手段。

方启昀思虑了一会儿，开口道："不管怎么说，山泉现在的酒店都归EMT名下，出了事就是我们的责任，不要第一件事想着去推卸责任。先找到当事人，对当事人进行安抚，该赔钱就赔钱，接着对所有酒店加强安保，山泉那边高层的清理速度也要快，尽快换成我们的人。以及，猥亵那名女子的人，不要轻易放过，好好调查，看这背后到底有什么猫腻。"

"是。"众人齐声应道。

只一个人不认可方启昀的思路，他提出质疑："我觉得安抚当事人是必要的，但没必要那么快就清理山泉的人，把兔子逼急了也要咬人。"

这人，便是方启昀的叔叔，祁董事。他经常在会议上跟方启昀唱反调，大家早已见怪不怪。

"哦？那叔叔有何高见？"方启昀唇角浮起一丝笑意，坐在他身旁的刘堂风明白，老板并不是要真心听他的意见，老板的笑意，在这种时候，像是一种危险的警示。

"对于有能力的人，我们应该大度收用，对于忠心的人，我们应该给予培养。"祁董事说。

"叔叔的意思是，能给叔叔你提供好处的人，就留下，听叔叔你话的人，就给予培养，最后这些人都成了你的心腹，再安插到我身边来，取代我身边的人，对么？"方启昀皮笑肉不笑。

众人皆吃了一惊，大家都明白方启昀跟祁董事之间的矛盾，但没想到方启昀今天会直接撕破脸。

"你，你这是什么意思？我也是为你好！"祁董事气不打一处来。

"那就多谢叔叔好意了。"方启昀顿了一顿，笑意更加明显，也更加寒意刺骨，"但我才是EMT的主人，这件事必须按照我说的去做。"

祁董事脸色铁青，方启昀直接宣布散会。刘堂风边收拾文件，边默默为自家老板竖起大拇指：干得漂亮！

随后，刘堂风屁颠屁颠跑过去，替老板善后，他拦住祁董事，笑盈盈道：“方总小孩子脾气，您别跟他计较，知道您是为他好。”

“这话我听你说了很多遍了，上次为了他那个小女朋友，你也这么说的，我不想再听了，罢了罢了，管不了他了。”祁董事面色不善，摇摇手，直接离开。

刘堂风撇了撇唇角，又回到方启昀身边问：“接下来做什么？老板要跟贾小姐约会去么？”

方启昀好笑似地瞪了他一眼，“还有很多事要做，真当我是见色忘工作的人么？”

“是是是，老板就是老板，日理万机，为了EMT的前程，废寝忘食，我们……”刘堂风马屁拍着拍着，被方启昀一记眼光一扫便住了嘴。

“你再说一句废话，我就把你调到安保部去看大门。”方启昀笑着威胁道。

“别别别呀……”

方总和刘堂风越走越远。

会议室却还留着一人未走，他停在角落里，似乎在想着什么，唇角露出算计的微笑。

（六）

一小时后，贾静静的手机上接到一条短信：方总让您十分钟后下楼，我会去接您。

算算时间，应该方启昀刚好开完会，这个大忙人，连发微信的时间都没有！贾静静精心收拾了下自己，还破例涂了从崔亦昕那拿来的渐变色口红，美美地下楼。

楼下是一辆宾利轿车，车内出来一位西装革履的男人，不是方启昀的司机。

“贾小姐，上车吧，方总在餐厅等您呢。”他恭敬道。

“那个……”贾静静左顾右盼。

男人知道她在找谁，说：“蔡司机回老家了，这几天都是我负责接送方总。”

“好。”她点点头。

车子绕了城市一圈，来到西城区中心的EMT五星酒店门口。

“就是这里，贾小姐，方总在八楼餐厅等您。”司机始终对她毕恭毕敬。

贾静静看到EMT的标识，腹诽道：这个小气鬼，请客吃饭，居然是到自家酒店。

这个时间点，酒店大堂的人很少，除了前台，便是打扫卫生的阿姨。贾静静理了理衣服，径直入电梯。

电梯内除了她，还有一个男人，穿着黑色的风衣，戴着棒球帽，看不清脸，贾静静原先还心情轻松地透过光滑的电梯墙壁整理仪容，看到那男人后，背后忽然一凉。女人的直觉，让她紧贴电梯门，提高警惕。

怎么还没到八楼呢？每一秒似乎都难熬。

“叮……”八楼终于到了。

贾静静松了口气，刚准备踏出电梯门，后脑勺传来一阵钝痛，她浑身发麻，随即失去知觉。

酒店警卫室的一名警卫注意到这个画面，瞌睡顿时消失，他拿起对讲机，“所有人注意，一号电梯有人挟持一名女子，迅速出动。”

说完，他抄起桌上的警棍，立即跑出去。

一号电梯，由八楼下到地下一楼。黑风衣男子将昏迷的贾静静拖拽进一辆不显眼的面包车内，离开酒店。

整个酒店在十分钟之内，变成警戒森严的状态，客人们都不明白发生了什么，也随着这样的状态变得紧张兮兮，然而，媒体的嗅觉比客人灵敏，很快，新闻传出，EMT 再次发生歹人挟持女子事件，这一次的事发地，是五星级酒店。

EMT 官方在刚刚发布官方消息，他们向先前的受害女子道歉，却也阐述了原因，EMT 旗下的高端型酒店治安状况一直良好，发生事件的酒店是刚刚收购还没来得及整顿好的山泉经济型酒店。

但贾静静遭挟持事件一出，生生打了 EMT 官方的脸，仿佛官方说自己家的高端型酒店治安良好就是个天大的笑话。

EMT 内部，已经一片哗然，大家都认出了新闻画面里被挟持的女子，正是方总的女朋友，试睡员大 v 贾静静。

十二楼内。

方启昀反复看着酒店传回来的录像，眉头紧锁。

“老板，我知道让你不担心不可能，但我们已经派出所有人在寻找贾小姐了，她一定会没事的。”刘堂风安慰方启昀。

“我想不明白，这个时间点，她去酒店做什么？谁让她去的？”方启昀似乎在问刘堂风，又似乎在自言自语。

“方总的意思是……”刘堂风慢慢揣摩出了老板的意思，迟疑道。

“这件事，十有八九是冲着我来的，所以她可能不会有危险，是有人要借她的名义，来打击我。”方启昀说道。

刘堂风脑袋飞速转着，认同了老板的观点。

可是，是谁呢？

刘堂风和方启昀对视了一眼，内心都有了不那么确切的答案。

第十三章

风波

（一）

贾静静醒来时，发现自己躺在一片泥地里，四周是高矮不一的树木丛林。她不知道自己在哪里，也不知道现在几时几分，只记得失去意识前，她是要去见方启昀。

摸了摸衣服，她的衣衫是整齐的，但随身携带的钱包、手机和证件全部消失。

电梯里的那个风衣男人，只为劫财？贾静静不知自己是该庆幸，还是认倒霉。她踉踉跄跄从地上爬起来，头一阵眩晕，不知道是不是被打出了脑震荡。

她也不认识路，东南西北分不清，不知道该往哪里走，但是……不能停留在这里。

跌跌撞撞，她努力朝着一个方向往前走，贾静静很渴很饿，脚步虚浮。

逐渐的，她似乎听到人声，便挣扎地喊道："救命，救命啊！"

那群人似乎听到了她虚弱的呼救，往她这里寻来。

——"好像有人喊救命，这个方向。"

——"在这里！"

贾静静看到五六名穿迷彩服，背着BB弹的男男女女，他们是来玩野外CS的。

"你怎么了？"一个姑娘关心她道。

贾静静摇摇头，几乎要再次晕厥过去。其他几个人见她脸色蜡黄，由一名力气大些的男人背着她，一群人匆忙返回了基地。

吃过了一些东西，又喝了一大杯水，贾静静感觉从地狱回到了人间。

"说出来可能很扯，但我是在市里面的酒店被抢劫了，然后丢到这里的。"贾静静说道。

几名男女面面相觑，其中一个男人盯着贾静静敲了半天，忽然喊道："对了，是挺像的！"

其他几人莫名其妙地看着他，他解释道："你们不看新闻的吗？EMT酒店又出现了电梯劫持女子的事故，她跟新闻里的女子似乎是很像。"

贾静静心中错愕，事情已经传开了？那自己是昏迷了多久？方启昀肯定也受到影响了……

一名女人喊道："那还愣着干什么，报警啊！"一群人这才醒悟过来，报警的报警，陪着贾静静的出言安抚。

警察接到报案，便开始出动，但抵达这里，需要至少一个小时。贾静静这才知道，她是被抛到了离市区两小时远的山沟沟里。幸运的是，这片山沟沟刚被开发作景区，不算渺无人烟。有一位高人在这里建了一座精品旅社，这座旅社以玻璃花房出名，旅社内的每一个细节都古朴雅致，为了让游客玩得尽兴，旅社的老板还在四周开发了真人CS、竹林迷宫、高空弹跳等项目。

救助她的那几名男女累了，回各自的房间休息去了，贾静静一个人坐在玻璃花房，等待警察的到来。

玻璃花房又出现了一个人，是一名中年女子，她拿着扫帚，正在清理花草的落叶。

因为无聊，贾静静一直在观察她，她的皮肤很白，虽然年华不在，却依稀能看出，年轻的时候一定是个大美人，就算是人到中年，依旧气质出众，让人很难不去注意她。

她是……旅社的老板娘？贾静静心里猜想着。

"怎么了吗？你看了我很久。"女子突然抬头，温柔望向她说。

那一瞬间，一束阳光刚好照进她眼底，波光潋滟。贾静静晕晕乎乎的，倒有些不好意思了。

"觉得您很好看，跟这花房的气质很相配，很适合做这里的女主人。"贾静静诚实地说。

中年女子愣了愣，忽然笑了，"我不是这里的女主人，我只是个过路人，停留在这里几日，帮帮忙，赚取路费。"

"啊？"贾静静有些尴尬。

"我们合张影吧。"女子笑笑说，想着如果他还在身边的话，也应该和这个女孩一样大了。

"呃……可是我手机被拿走了。"贾静静无奈道。

"没关系，等我一下。"女子进屋，出来时手里拿着一个拍立得，还跟出来一位年轻一些，也很有气质的美人。

"这位才是老板娘，让她给我们拍吧。"中年女子将相机交到老板娘手上。

她和贾静静并肩站在一起，她微微一笑，贾静静侧眼看着她，总觉得她的面容似乎在哪里见过，却怎么也想不起来。

“1，2，3……很美。”老板娘将相机还给女子。女子将两张相片取出，其中一张送给贾静静，“相识就是缘分。”

“我听说了你遇到的倒霉事，你要相信所有的厄运都会结束，你的未来会光明一片的。”中年女子拎着扫帚，回屋前，送了她这样一句祝福。

“谢谢。”贾静静喃喃地回话。

贾静静觉得今天所遇到的事都很莫名其妙，但不全是糟糕。应该说，这群好心人的搭救，和这名神秘中年美女子的温暖鼓励，都算是今天奇妙的际遇，已经消除了大半自己被人劫持丢到山沟沟里的阴影。

（二）

警察将贾静静接回EMT大楼做笔录。

贾静静在十二楼再次见到方启昀，虽然只跟他分别了一日，却仿佛过了许多年一般，她内心迟钝地涌出很多莫名的情绪。

方启昀看着她，面色平静，“跟警察好好聊聊吧，尽量交代详细一些。”说着，他便坐到一边去。他一向修养良好，心里再怎么波涛汹涌，面上却让人看不出他有任何情绪波动。

“事情是这样，我收到一条陌生短信，说方总在餐厅等我吃饭，司机在楼下等我。”贾静静叙述道。

“我到楼下时，看到的司机不是方总常用的司机，但他说出了之前那个司机的名字，我就没想太多，就上车了。到了酒店，进了电梯，撞见一个穿着黑色风衣、戴着棒球帽的男人，他敲晕我，我醒后就发现自己被抛在荒地里，手机、证件什么的都被抢了。”贾静静叙述完了整件事。

“你看清楚那男人的脸了吗？”警察又问，监控录像里，没法看清楚男人的长相，要找他，无疑是在大海捞针。

贾静静仔细想了想，摇摇头。

“好，谢谢你提供的这些信息，来签个字。”警察将笔录递给她。

贾静静签完字，警察便离开，同时离开的，还有办公室中乌压压的一片人，最后，只剩下方启昀和贾静静两个。

大家都走了，方启昀也不再克制自己的感情，他走上前，抱住脏兮兮的她，往日的洁癖全然不见。

“对不起，我又给你拖后腿了。”贾静静头被他按在怀里，闷闷地说。

“是我没有守护好你，被别有居心的人利用了。”方启昀叹了口气，满是懊悔。“以后我都会亲自找你，亲自接你，不会让陌生人来的。”

他的怀抱，使她产生了一种此生都无法舍弃的依恋，她想在他怀中入睡。而她柔软的身躯，她皱巴巴、表情委屈的脸，却织成了一张巨网，一张方启昀此生都难以逃脱的网。

“累了吧，你先在这里好好休息，一会儿家庭医生过来给你检查，我去开会，完了再来陪你。”纵然再不舍，方启昀也有许多他要完成的使命。

“我陪你去。”贾静静拉了拉他的衣袖，虽然惧怕见到那些高层，但是不管是试睡测评事件，还是这次的绑架风波，都与自己有关。

方启昀第一反应是拒绝，他不想让贾静静受到那些人的抨击，但是看到她眼中的坚定，他心下一软，自己不该替她做决定。

“好。”他应下。

贾静静上前抱住他，浅浅的口袋中中突然飘下一张照片。

方启昀比她先捡起，看了一眼照片里的人，“这是谁？”

“今天遇到的一个很美好的姐姐，真真是温婉明媚。”贾静静笑着说。

方启昀宠溺地看着她单纯的笑容，遇到这么多事，还能笑得出来，这个傻丫头可真是让人心疼。

（三）

会议室里早就吵翻了天，眼见方启昀出现，身后还跟着贾静静，顿时鸦片无声。

方启昀走到首位时，眼角一抬，望向大家开口道：“大家都坐吧。”

刘堂风为贾静静空出总裁旁边的位置，她却婉拒，默不作声地坐到会议桌的最角落。

“方总，目前的舆论导向对我们很不利，我们要尽快商讨出一个万全的办法，公关部才好行动。”公关部负责人说。

“树大招风，我们敌人不止一个，他们眼见 EMT 出事，必定煽风点火。”王董事说。

“现在各个旅游网站线上酒店预定取消率高达 40%，其中大多数是女性，我们需要跟平台对接，让他们采取强制措施吗？”数据部负责人问。

“不用，这些损失 EMT 还担得起，何况做酒店起家，客人就是上帝，采取强制措施，就是和我们的衣食父母对着干，会引起他们更大的反感。”方启昀说。

“请方总指示，接下来我们现在该怎么办？”一名高层问。

“告诉大家，被袭击的女子是我女朋友。”方启昀挑挑眉道。。

“不行！”立刻提出反对意见的，是祁董事。

方启昀见怪不怪，静静地看着他，祁董事喝了口水，望着大家说：“告诉大家这件事，难道不是在昭告天下，EMT 的总裁很无能，连自己女朋友都守不住，还怎么守住 EMT ？”

“这是你的真心话吧，叔叔。”方启昀脸上浮起冷意。

“什么？”祁董事煞有其事地反问了一声。

方启昀却不再重复，只是冷冷地看着他。

“我认为方总的办法很好，放出去这个消息，大家便都明白，这只是私人恩怨，跟 EMT 的安保制度无关，我们还可以深挖一下之前那名网红的黑料，散发到网上，让大家将这两件事联系到一处。”贾静静的声音清脆，却不稚嫩，一字一句，掷地有声。“大家放心，我手里也有一些料可以爆，再加上我在试睡测评圈应该还有一定影响力，我会不遗余力地帮助EMT，与大家共度难关。”

她的回应，令方启昀眼前一亮。不知从何时起，那只胆怯的小奶猫，终于有了独当一面的能力。

祁董事冷哼了一声，“靠女人来解决事情，不感到丢人吗？”

“那如果没有小姨，你会坐在这里吗？叔叔你不也是靠女人吗？EMT是家族企业没错，但它姓方，不姓祁。”方启昀唇角漾起一丝讽刺的笑。

祁董事整张脸铁青。谁都知道方总与祁董事不睦，但方总说话一向对公不对私，这一次，他居然将祁董事的隐私直接摆上台嘲讽，在座的所有人都震惊不已。可再怎么觉得方总不对，也没有人明说，毕竟，EMT当家作主的是方总，而不是祁董事。为了所谓正义，得罪自己的顶头上司，可不是什么成熟的做法。

祁董事将水杯重重摔在桌上，“小兔崽子，你给我等着。”

说完这句话，他便直接离开会议室。

众人更加目瞪口呆，看到一个有身份有头脸的人在工作场合骂另一个更有身份更有头脸的人“小兔崽子”，这事儿太罕见了，罕见到众人以为自己幻听了。

“就这么做吧，事关EMT的名誉，希望大家认真对待。”方启昀丝毫没受到祁董事的影响，语气坚定道。

“明白。”大家应道，然后纷纷离开会议室。

方启昀这时脸色才略显苍白，坐在椅子上，久久未言语。

“你还好吗？”贾静静关切地问。

方启昀依旧沉默。

“对自己的亲叔叔开口斥责，很难做吧？但有些事情已经到了箭在弦上，不得不发的地步，对不对？没关系的，反正我会一直陪着你。”贾静静声音轻柔，却有力量，仿佛一杆强心剂。

方启昀看向她的目光极其温柔，伸出手，握住她的。他发现，她的手心全是冷汗，会议上说出那些话，她似乎真的用了很大的勇气。

“谢谢。”方启昀由衷地说道。

贾静静愣了愣，“你跟我之间，永远用不到这个谢字。”

如果没有你，我还不知陷落在那块淤泥里挣扎。因为有了你，我的人生才重见光明。

（四）

陆离的办公室内，站着一排大约五六名年轻的姑娘，看模样都很朴实。

崔亦昕和陆离坐在靠墙的沙发上，正在煮茶。

“你选吧，看中谁就选谁，都会做饭，会打扫，嘴巴严，乖巧听话。”陆离指着她们说。

崔亦昕沏了一杯茶，瞟了她们一眼，问陆离：“怎么没男的？”

陆离佯装吃醋：“你想要男助理？我不允许，难道我一个还不够？”

“你会做饭？”崔亦昕挑眉问。

“当然了！你以为我四年国外白待的？英国菜那么难吃，我只能自己动手丰衣足食。”陆离说。

“那你会打扫？”崔亦昕又问。

“这个嘛，可以请保洁，实在不行，我可以为了你学。”陆离讨好地靠近她。

“那……”崔亦昕还想问什么，陆离直接打断，举起三根手指宣誓道：“我嘴巴严，也会听你的话，我发誓，你让我往东，我绝对不往西边走一厘米。”

崔亦昕噗嗤笑出来，打了陆离一下。

对面站着的女孩子们，看到未来的老板和老板娘在疯狂秀恩爱，赶紧低下头，只有中间的一名姑娘抬着头，好奇地看着崔亦昕，崔亦昕也刚好注意到她。

“就你了，过来。”崔亦昕向她招手。

“叫什么名字？”崔亦昕问。

“青青河边草的青青。”姑娘回道。

青青姑娘看起来有些文化，也有些胆量，是崔亦昕喜欢的类型，但陆离却皱起眉头，指着另一个畏畏缩缩的姑娘问崔亦昕：“这个是不是更好一些？”

崔亦昕微微一笑，她明白陆离的顾虑，开口道：“我对青青有眼缘，就她吧。”

“行，左右都是你挑助理，还是要你喜欢的。”陆离应允，然后摆摆手，示意姑娘们下去，包括青青。

等到办公室内只剩下自己和崔亦昕时，他才开口：“其实助理贴心能干忠实就行，不需要太聪明太出挑。”

“我明白，可你知道吗？对于家境不好的女孩子而言，想要出人头地，就必须博得别人的注意。当初的我，为了得到别人的关注，在网上做一些出位的表演，而今日的她，在我面前卖弄，也是想要得到我的注意。她的眼神里全是渴望，我忍不住想拉她一把。”崔亦昕说。

“但是这样的姑娘非常有野心，野心不是个好东西。”陆离说。

“我也有野心，你不还是选择爱我？”崔亦昕忽然勾起陆离的下巴，轻佻地笑出声，像极了一只狐狸。

陆离眼神暗了暗，将她抱到自己的腿上，叹道：“我终于能明白《聊斋》里面的书生为什么都爱狐狸精了，如果我是白面书生，我也情愿为了你这样的狐狸精去死。”

崔亦昕妩媚一笑，抱住陆离的脖子，在他唇上印上深深一吻。

“我还为你准备了一份大礼。”陆离喘着气，说道。

“还有什么？”崔亦昕眼里透着亮意，很是好奇。

“我聘了达姐做你的经纪人。”陆离也不卖关子，直接说。

崔亦昕先是一愣，接着惊喜道：“是齐晗的经纪人达姐？真的？”

“当然是真的，她手上有很多很好的资源。”陆离说。

崔亦昕额头贴近他的额头，语气软糯，撒娇道：“你得花了多少钱，费了多少人脉才聘道她的呀。”

“为了你，什么都值得。”陆离声音低低的，充斥着金属质感。

崔亦昕又笑着主动吻过去，热情地与他交缠在沙发之上。

这时，崔亦昕的手机忽然跳出一条新闻，崔亦昕瞄了一眼，便不动了，她捋捋头发，从陆离身上爬起来，读出那条新闻的标题：“EMT酒店遭挟持女孩竟是总裁女友？事件背后究竟有何隐情？”

陆离愣了愣，“是……贾静静？”

“三日不见，发生了这么惊天动地的事，我得找她好好聊聊了，毕竟不是谁都有被挟持的刺激体验的。”崔亦昕虽然嘴上不饶人，但眉眼里的担忧，显现了她跟贾静静之间货真价实的情谊。

“方启昀那小子终于被针对了？真是可喜可贺，让他平时装忙，还那么嚣张。”陆离嘴上挤兑方启昀，眉眼里但有隐隐的忧色，他对上崔亦昕的眸子，二人都愣了愣，随即默契地相视一笑。

我们很相似，从骨子里便是天生一对。

（五）

陆离和崔亦昕说好，两个人一起去看望方启昀他们，可临时，陆离被家里一通电话叫回去。

“亲爱的，你先去，我随后就来。”陆离说。

“你家里平时不给你打电话，现在打，怕是出什么大事了吧？”崔亦昕撇撇嘴角。

崔亦昕像一个预言家，漫不经心地道出了陆离的命运。

陆离一回到家，就遭到父亲劈头盖脸的两巴掌。

“你五千万花去哪儿了？”陆父声音里是不可遏制的怒意。

陆离仰起脖子，不在意地笑笑，原来父亲是为了钱打他。

“给旗下主播请了个经纪人。”陆离说。

“什么经纪人值五千万？钱不够，还拿信用卡去套，知道利滚利多贵吗？”听到儿子是为了工作花钱，陆父怒意稍稍消了些。虽然一直不支持儿子做直播行业，但这一年，他做得有声有色，陆父在心底也逐渐认同了。

“其实不值五千万，只不过为了捧我心爱的姑娘，我愿意花钱给她镀金，而且信用卡是副卡，要还钱也是你还。”陆离讽刺地笑笑，特别无所谓的样子。

陆父平息下去的怒意，蓦地翻腾上来，他反手一巴掌，直接打在陆离头上。

“败家子儿！”陆父吼道。

陆离被这股力道甩到墙上，额角顿时磕出一个血包，眼冒金星。

“知道自己错了吗？”陆父粗鲁地抓着他肩膀问。

陆离唇角的讽刺意味越来越浓，“你能花钱给女人买房买车买名牌包，我花钱给我的女人请个经纪人哪里错了？”

“忤逆！那个女人？哪个女人？那个女人现在是你妈！”陆父气得双目通红，像是要吃人的野兽。

“没有血缘关系，算哪门子的妈？我妈在墓地里躺着呢！她就是个小三！不要脸，专门破坏别人家庭的破烂货！”陆离双目清透，丝毫不畏惧，抬起下巴，直视他父亲。

陆父这才看清陆离额角的血包，想要伸手去查看，却被陆离一把拂开。

“你少装模作样了！”陆离冷冷道。

陆父深吸一口气，努力使自己平静下来，对儿子说：“先不说这个，你那个女朋友，要是真的那么喜欢，就带回家给我看看。”

“出身乡下，没有父母，养父养母素质极其低下，你还要看吗？”陆离讥笑道。

“那当然不行！我们家的媳妇儿，最起码也得是中产阶级、书香世家……”陆父说。

“呵，从小到大，你管我很多，但在选女人这件事上，你没资格管我。”陆离回道。

陆父看着他良久，叹气道：“你还在恨我。”

陆离理了理衣服，并不否认：“你知道就好。”

说完，他直接摔门离开，没有再理会父亲在背后喊着“你的额角……好歹贴个创口贴……”

陆离坐到车上，手机跳出一条消息，来自方启昀：来我公司一下，有事找你。

“刚好，我也正打算去看看你的怂样。”陆离回完短信，将车驶离这个自己讨厌的地方。

来到EMT大楼，前台小姐认出他后，让他直接去十二楼，说方总已经派人交代过了，陆离微笑道谢时，前台小姐盯着他看了许久，心中感慨：哪个天杀的和陆总打架，还把那么帅气的一张脸搞破了相。

陆离觉得今日整个EMT的气氛都很奇怪，表面上像齿轮一般正常运转，空气里却浮着一丝肃杀的静谧。

他的心跳愈来愈快，奇怪，方启昀的公司出事儿，他心跳个什么劲儿？

来到十二楼，陆离敲了敲办公室的门，没有人回应，他便擅自推门入内，里面居然一个人也没有，陆离严重怀疑，方启昀这个家伙拐着自己的女朋友跑了。

陆离一屁股坐在沙发上，东张西望，想给方启昀发条短信问他的去向，却无意间被茶几上的一张照片吸引。

这是拍立得拍出的照片，白色的相纸，大概是拍时的阳光过于强烈，照片曝光严重，但仍能清晰看出照片上两名女子的容貌。

左边的是方启昀的女友贾静静，另一名……

陆离顿时心率失常。

长长的头发，瓜子脸，肤色白净，笑起来时眉眼弯弯，令人顿生好感，除了眼角比记忆里多了一条浅浅的鱼尾纹外，她还是那么姿容过人。

“啪嗒……”有豆大的泪珠掉落到相片上。

这时，办公室的门打开，方启昀、贾静静、崔亦昕走进来，一见陆离这副样子，纷纷面面相觑。

崔亦昕走到他身边，看到照片上的人时，一下子怔住。

“静静，这是你跟谁的合影？”她指着照片问。

贾静静走过去，歪着脖子一看，回道：“我被挟持丢到野外时，不是一群玩CS的青年救了我嘛，他们住的客栈里有个很漂亮的玻璃花房，这位姐姐就是负责打扫花房的。”

“什么花房？什么客栈？你带我去。”陆离蓦地站起来，拉着贾静静的胳膊就要走，吓了贾静静一跳。

方启昀分开他们俩，眉头直皱，“你发什么疯？”

“静静，你大概是，遇到了，陆离的妈妈。”崔亦昕说话一字一顿，带着太多的不确定，说完之后看了一眼陆离。

陆离一直沉浸在喜极而泣、不能自已的情绪中，早就忽视了周遭所有的人事。

“他的妈妈，不是早就……”方启昀后半句没说下去。

“你告诉我，地址是哪里，没关系，我自己去。”陆离抹干眼泪，继续拉住贾静静的胳膊，情绪始终激动。

“那个姐姐，说自己只是个过路人，在那个客栈帮忙，我不知道还在不在，但这才一天，我估计在的。”贾静静被吓得直往后退，却依旧努力地告诉陆离自己知道的信息。

方启昀上前再次拉开陆离，“你冷静一些。”随后，他又跟六神无主的贾静静说：“找到那家客栈的电话，打过去，说想去感谢那位花房姐姐，一则确定她在不在，二则留住她。”

接着，方启昀跟陆离说：“你听我说，等静静电话确认后，我们陪你一起去，但现在，我有重要的事跟你说，你跟我来。”

他将陆离领至办公室旁的一间休息室，然后关上门。

贾静静有些不知所措地问崔亦昕：“有什么大事要发生了是吗？”

“大概吧。”崔亦昕看着她朝休息室望去，敲了敲贾静静的头，“他只是不想让你担心。”崔亦昕一语道破。

“我只是想要参与进他所有的人生啊，毕竟前半生我已经错过了。”贾静静语气低落，她想知道他一切的事，不论公事私事。

崔亦昕唇角微扬，“已经决定和他共度一生了？”

“嗯！”贾静静重重点头。

崔亦昕有些诧异她的勇敢，原本以为她会脸红、羞涩地支支吾吾，最后否认，没料到贾静静居然大方点头了。

“那你呢？”贾静静反问。

崔亦昕愣了一愣，在感情面前，她远没有贾静静勇敢。她对陆离的感情，仿佛从最初的顾影自怜进化到如今的同病相怜。他将伤口撕开给她看，她回以拥抱与陪伴。真的爱他吗？要与他共度一生吗？崔亦昕从没思考过这个问题。但崔亦昕真真切切地感觉到，当自己看到陆离落泪时，她的心也皱得仿佛一张再也无法抚平的纸。那不是同情或者别的什么情绪，那是心痛。

“我？我不知道，只是希望我们大家都能得偿所愿。”崔亦昕也望向休息室的门，若有所思道。

（六）

贾静静按照方启昀说的，打电话到山中客栈，确认了花房姐姐仍在的事实。

大约半小时后，方启昀和陆离从休息室走出，二人皆是凝重的表情，却在见到贾静静和崔亦昕时，表情有所缓和。

“我打完电话了，她还在的。”贾静静上前邀功。

陆离眼前一亮，迫切的心情写在脸上。

方启昀摸了摸贾静静的头发，“那我们走吧。”

一行四人，从市区出发，开到山间时，已经日落黄昏，温柔的光辉被乡间山峦割成零零碎碎的画片，缥缈如梦。

贾静静一天之内，来到这里两次，脸上已经显现出倦态，与陆离开了两小时车后依旧精神抖擞的状态形成鲜明对比。

陆离刚要冲入，被崔亦昕拉住，她从口袋里掏出一块创口贴撕开，然后捋开陆离额角的头发，贴在他的伤口上。

“好了。”崔亦昕朝他微微一笑。

他们像一群不速之客，就这么闯入了客栈内。

进入时，老板娘正抱着猫，和花房姐姐坐在沙发上闲聊，茶几上正煮着一壶好茶，“咕噜咕噜”冒着蒸汽。

花房姐姐看到贾静静时，脸上浮起温柔的笑意，却在看到陆离时，笑意消失，表情疑惑茫然了片刻。

陆离看到她，径直奔过去，紧紧拥住她，后背不断颤抖。女人下意识轻拍他的肩，似是安慰，又似是某种记忆里习惯性的动作。

此时无声胜有声，没有人去打扰他们，都只是静静看着，包括老板娘。

“妈……妈……”陆离终于喊出这个对他而言，已经不那么熟悉的称呼，声音比他的肩还要颤抖，带着哭腔。

“阿……离？”女人抱着他，终于喊出了他的名字。

大家这才确信，眼前的女人，确实是陆离消失已久的母亲。陆离从妈妈怀中抬起头，擦干眼泪，已然一副失而复得的笑脸。

“妈妈，你跟我回去吧。”他说。

女人愣了愣，随即摇头，“这不合适。”

“妈妈你好狠心，抛下我，就这么一走了之，当年我们都以为你死了。你知道吗？你走后，我爸立刻娶了那个女人为妻，她表面上对我很温柔，实际上根本没有教导过我好的东西，她纵容我犯错，让我爸对我失望。”一别多年，陆离有很多话想对母亲说。他想告诉她，他这么多年以来，过得不好，一点都不好。

“对不起，阿离，可是我不能回去，回不去了。我现在这样……很好。”女人喃喃地说道。

陆离愣了愣，随即说道：“妈，你是不是担心我爸那边？我已经长大了，我有自己的事业，有自己的住所，你跟我住就可以了。”

女人依旧迟疑着，一旁的老板娘见况，刚要开口说什么，便被陆离打断，他拉过崔亦昕到女人跟前，“妈，这是我女朋友崔亦昕，是不是很漂亮？”

崔亦昕没想到，自己此生见“婆婆”，居然是在这样的情景下，她挤出一副乖巧的笑容，硬着头皮喊了一声：“伯母好。”

女人温柔地看了一眼她，笑道：“漂亮。”

陆离又将方启昀拉到女人跟前，忙不迭地介绍："妈你还记得吗？这是启昀，EMT现在交到他手里了。"

女人望向方启昀，慈爱地朝他点头："都长这么大了，阿离有你这样一个朋友，真好。"

方启昀对女人说："伯母一定有很多话想跟陆离讲，这附近不远处有一家我朋友开的会所，我们吃些野味，边吃边聊。"

女人应允，起身向老板娘告辞。

一行人从客栈转至会所用晚餐，这一顿饭却吃得有些沉默，因为每个人都有心事。吃完之后，桌上还有好几样菜根本无人动过筷子。

"静静，我们出去散散步。"方启昀用餐巾擦过唇角，便起身唤自己的女友。

贾静静跟着方启昀出门，崔亦昕也起身往外走，他们三人心照不宣地为陆离和他的母亲留一个私密空间。一别多年，他们一定有很多体己话想说。

房间内，终于只剩下陆离和他的母亲。

女人用温情的目光凝视着他，在等他先开口。陆离如鲠在喉，踌躇了半天，"噗通"一声跪道女人面前，请求道："妈妈，你就跟我回去吧。"

女人伸手，替他整理头发，喃喃回道："不要怪我狠心，在所有人眼里，我已经死了，如果我突然回去，必定会引起轩然大波。将来别人议论起你，就多了许多莫须有的花边新闻，你的竞争对手会将事情添油加醋，想办法中伤你，我不希望我的儿子被人议论。"

"我不怕被议论，我就怕和你分开。"陆离将脸埋在女人腿上。

女人抚摸他的脸，最后手指停留在他的额角，"他脾气还是那么暴躁。"

敢打陆离的，除了他的父亲，也没别人。

“只是对我暴躁罢了，对那个贱人好得很。”陆离忿忿不平道。

“阿离，其实……当初我和你父亲的结合，我才是那个第三者。”女人突然说。

陆离惊讶地抬头。

“你父亲，他以前是有女友的，后来我父亲看上他的潜力，用强硬的手段招他为婿，后来我父亲去世，他继承了家业，并且把家业发扬光大，他的女友一直没嫁人，在等着他。平心而论，你的父亲待我其实很好，是我不忍心看他痛苦，才选择离开。”女人平淡地叙述往事，仿佛这段往事，跟她丝毫不相关。

“所以，你抛下了我，那个时候我才六岁。”陆离咬着牙，记忆里从没愈合的伤口再次被撕开，涌出的血肉再度吸收微薄的空气，痛到极致。

“你知道吗？你走后，我爸爸稍有不顺心就打我，那个女人，从没管过我，放任我做错事情，一错再错。”说着说着，陆离的泪水再次决堤。

这一日，他将一生的眼泪都流尽了。

“你父亲，只是过于严格，他就你这一个儿子，望子成龙。那个女人也牺牲了很多，你的父亲一辈子都没让她有自己的孩子，这还不够吗？”女人说出的话，让陆离愣了一愣，他一直认为，继母没有孩子，是因为身体抱恙，没想到是父亲不让她有孩子。

“你的父亲，大约是知道我还在世的，我离开的时候，带走了所有嫁妆，想要自杀的人，是不会贪恋钱财的。你的父亲，在我离开后的一年里，一直在调查我的身份证使用情况，都显示正常，所以他确定，我并没有遭遇不测，匆匆为一名不知名女子收尸，只是想要还我自由吧。”女人说到这里时，脸上竟浮起一丝云淡风轻的笑意。

陆离震惊地说不出话。

女人接着道:“你十二岁的那一年,和同学打架打输,老师让请家长,你躲在学校后门迟迟不敢回家,一名陌生阿姨带你去医院处理伤口,又给你买饭,第二天还冒充你家长去跟老师协调。”

“十七岁那一年,你第一次出国,嫌弃英国菜难吃,学校附近又没有像样的中餐馆,整个人饿瘦了一圈,有一天你收到一个包裹,里面是好几本中餐菜谱和火锅底料。”

“二十三岁时,你学同学炒股,被人设了套,亏得一塌糊涂,又不敢找你爸爸要钱,在路边遇到非缠着你打赌的醉汉,他输了,给了你一笔钱,让你度过难关。”

“二十八岁,你要创办直播平台,软磨硬泡,你父亲应允,但一开始,你并不顺利,后来经过高人指点才一帆风顺。”

……

对于妈妈能将自己的人生履历如数家珍,陆离想了想便明白其中缘由。那些人生道路上的难堪与艰险,陆离一直认为是自己跌跌撞撞孤独走来,屡次化险为夷是上天助力,殊不知全是母亲的爱。

“妈妈,妈妈……”陆离像一个一直迷路的孩子,终于找到了家。

“我从没缺席过你的青春,你的生命,往后也是,只是,我真的不适合再与你生活在一起了。其实漂泊的这些年,我很快乐,比从前被束缚着的日子要快乐自由很多。”女人说。

“妈妈,我尊重你,但是你不可以再无缘无故消失,我必须要常常联系到你,好吗?”陆离说着,从女人的口袋里翻出手机,强硬地将自己的号码存进手机通讯录,又用女人的手机拨打自己的号码。

“好。”女人始终温和。

会所外,方启昀牵着贾静静的手,走到一处无人的走廊。他手臂绕过贾静静头顶,将她圈进怀里,下巴抵到她头上。

“静静,如果有一天,我一无所有了,你还会和我在一起吗?”他问。

“会。”贾静静毫不犹豫地回答。

方启昀很满意她果断的回答，他温情脉脉地说道：“不过你放心，我不会一无所有，而且会交给你一个完完全全属于你我的商业帝国。”

他的话语，温柔里潜伏了坚不可摧的决心。贾静静对他有信心，毕竟，他从未让她失望过。

不远处，崔亦昕一个人坐在台阶上，深秋的夜晚，她只穿了一件薄薄的毛衣，蜷缩成一团。崔亦昕从口袋里掏出一盒烟盒，抽出一支，颤着手点上。香烟在黑暗中闪烁，忽明忽灭，没人知道这一刻，崔亦昕内心在想什么。

夜空无星，似乎是大雨将来的前兆。

第十四章

大雨欲来

（一）

从山中客栈归来后，方启昀和陆离变得格外忙碌。除了日常工作外，他们不断穿梭于国内外各大城市，奔波于各大顶尖商业酒会。

贾静静感觉自己已经很久没有看到方启昀的身影，仔细算算时间，不过三四天，却像过了三四年之久。

与此同时，社会舆论陡然生出了许多对方启昀不利的传闻，譬如，他拖欠员工薪水；再譬如，他刚愎自用，导致 EMT 多家酒店关门大吉。

网络与纸媒上用的新闻标题几乎是同一句话，明眼人一看便知是通稿，中文系出身的贾静静对这类事件有着天然的敏感度。

几乎每一篇新闻都有理有据，甚至给出证据来证明所言非虚。但贾静静知道这些传闻所有的真相：拖欠员工薪水，是因为那名员工自己违反公司规章制度，被扣除当月工资，心生报复，才会被有心人利用。至于所谓多家 EMT 酒店关门，是因为整顿改革派，开放空间为办公场地的缘故。

贾静静逐渐觉察到，这一系列事情都是自公司内部而起，有一双大手在背后翻云覆雨，密密层层、有条不紊地策划一场惊天阴谋。

她利用自己十分有优势的文案撰写能力，以EMT内部员工爆料形式将实情一一写出，说的是感人肺腑，声情并茂，把方启昀塑造成一个面冷心热、严苛却十分温暖的领导。再将这个通稿发给自己圈内的朋友，借由他们的账号发出。他们都不是一般的营销号，是实打实凭本事赢得的粉丝，影响力也非常大。物以类聚，这些大V也都很喜欢认真努力的贾静静，收下她的感谢后便纷纷帮忙，以每个人独特的风格将通稿散播出去。

做完这些事后，贾静静还是觉得有些不安，她想知道究竟是谁在对方启昀不利，是新叶？还是……只有知道了这个，才能从根本上帮助方启昀，虽然也许他并不需要。

可她不知道从何入手，她在EMT的地位十分尴尬，每个人都认识她，但每个人都跟她不熟，所以她想从员工口中套出有用信息绝对不可能。

忽然，贾静静脑中一闪，她找到了一个突破口，只是，那个突破口，让她平复已久的心又泛起层层涟漪。

犹豫很久，反复思量，贾静静下定决心去找他。

没有方启昀陪伴的第一个周末，她约了杜阮见面。

黄昏时刻，她和杜阮坐在街角咖啡厅。一整个夏天，他黑了不少，看起来，多了男人的气概。但当他朝她笑起时，脸颊泛起的梨涡，又提醒她，这不过就是一个稚气未脱的男孩。

“好久不见。”她微笑道。

“你能主动约我，我深感荣幸，樱子小姐。”杜阮落座前，吻了下贾静静的手背。

贾静静蓦地缩回手，“我找你，是想问一件事，如果你当我是朋友的话，请如实告诉我。”她郑重地说道。

分明是葱茏盛夏，咖啡厅门外的树木顶端的叶片却已经被晒得发黄，地上更是铺满枯黄落叶。

（二）

从咖啡厅回到家的前一分钟，天降大雨，有滂沱之势。

贾静静掸了掸不小心滴到肩上的雨水，匆忙上楼，却在出电梯口的一瞬间，看到方启昀站在她家门口。

“去哪儿了？”他哑着嗓子问。

他眼窝深陷，眼下布满明显的黑眼圈，一脸倦态，却依旧保持着精致、高雅的穿着。

“去……看了一个朋友。”贾静静有些心虚。

“你在千城除了崔亦昕还有别的朋友吗？崔亦昕去海城试戏了，所以你去见了谁？”方启昀将她迫到墙角，语气温柔，气度却逼人。

贾静静摸索出钥匙，开了门，还没来得及开灯，就被方启昀一把揽进怀里。在他怀里，她隐约嗅出微微酒味。

“你，你喝酒了？”她问。

方启昀随手关上门，双手圈住她，下巴压住她的肩，他说话的间隙，含着酒味的温热气息喷洒在她的脖颈间，她身体感觉到一股电流穿过，酥酥麻麻。

“别想转移话题，见谁去了？”方启昀不依不饶地问。

“去，去见杜阮了。”贾静静不擅长说谎，只能选择说实话。

她明显感觉他的手臂一僵，随后将她圈得更紧。

“你见他干什么？”方启昀语气不善。

“不是，我只是去问问谁会对你不利，我觉得杜阮，身为新叶总裁的独子，总会知道些内情，我看你最近这么累，我什么都不做，于心不安，所以，所以……”贾静静声音低下去。

如果开着灯，就能明白为什么贾静静连理由都解释不下去。她的脸红得像醉虾，方启昀的唇刚刚掠过她的耳朵。

“所以，你问出什么了？”方启昀的声音愈发低沉、暗哑，他的唇继续在她的耳垂、脖颈间游走，怀中的人身体已经出现轻微的颤抖。

“他说是此次事件真的跟新叶无关，好像，好像是EMT内部有人要对你不利，这个人是上次会议上说话的高层吗？”贾静静一动不敢动，她问话的声音忽然高出几分贝，试图引开方启昀的注意力。

“他是公司董事，是我的叔叔，我小姨的老公，他要对我不利，我很早就知道，不需要你从杜阮口中问出这个结果，你去问，是对我能力的不信任，还是纯粹找个借口，会见你的小奶狗呢？”方启昀猛地将她拉转过身。

黑暗中，两个人零距离对视。

“不，不是……”贾静静否认的话还没说出口，唇即被堵住。

方启昀箍住她的腰，不断加深这个吻。

“是不是，都不重要了。”方启昀含糊地说着。

两个人从玄关处，一路转至沙发。

方启昀将她压倒在沙发上，随手扯掉领带与外套，他的手带着灼热的温度，游离在她身体的每一处。

他能感觉到，她虽然浑身在颤抖，却并没有抗拒。

方启昀抬头，刚好对上贾静静明亮却泛着雾气的眼睛。

“你怎么不闭眼？”方启昀问。

“我，我想把你看清一些。”贾静静憨涩地回道。

方启昀长臂绕过她头顶，拉了一旁的落地台灯。明黄的光线，“啪嗒”一声在两人之间溢开。台灯上的装饰摇摇晃晃，阴影在贾静静脸上浮浮沉沉。

贾静静蓦地看到方启昀趴在自己身上衣衫不整，猜想到自己的模样应当好不到哪里去，下意识捂住眼，“这灯也太亮了。”

半晌，她都没见方启昀再说什么，或做什么，便移开手，大胆看他，发现他正用一种饱含某种暗潮却刻意压制的目光凝视自己。

“我，我是不是太傻了？”贾静静有些不安。

她扭了扭身子，换了一个相对舒适的姿势，“要不，我们继续？不过你得告诉我怎么做，我是应该抱着你的腰还是脖子？还是，我应该主动去亲你？”

方启昀看到她面红耳赤又一脸好奇的模样，“噗”一下笑出声。

他坐直身体，看到茶几上有一壶早已冷却的茶，想给自己倒一杯，贾静静见况，连忙下地，赤脚跑去烧水。

“静静，我今天心情很不好。”在她背后，方启昀幽幽开口。

贾静静将烧水壶的烧水键按下后，便又跑回方启昀身边，“怎么了？是因为我吗？我以后都不会再见杜阮了，我保证，我发誓！”

方启昀揉揉她的脸，轻笑道：“我心情不好是因为……算了，不应该跟你说这些。”

“是……公司的事吗？”贾静静小心翼翼地开口。

“嗯。”方启昀应道。

“其实我真的很想和你一起分担，我现在已经不是温室里的花朵了。”贾静静坚定地目光望向他。

方启昀深深凝视了她良久，想到这两天在网上热度不减的通稿，想必也是她做的。他叹了口气说道：“EMT 是个家族企业，我虽然是董事长，但手里只有百分之八的股份，其余的股份在我父亲、母亲，以及其他几位亲戚手里，但他们总共加起来的股份也才百分之六十，剩下的四十被其他财阀买入手。如今，祁董事，也就是我叔叔在到处收买股份，当他手里的股份大于我和父母时，EMT 的十二楼就要换主人了。”

贾静静默默地听着。

“他这些年通过各种不光彩渠道捞了不少钱，所以他的私人流动资产比我多。如果比钱，我铁定会输。我跟陆离这几天四处奔走，就是在游说股东们不要轻易出售自己手中的股份，还希望在接下来的变动里，他们能够站在我这一边。”方启昀尽量用浅显的语言，将这个复杂又残酷的事叙述给贾静静听。

“是有人不愿意站在你这边吗？”贾静静谨慎地道出自己的猜测。

方启昀点头，他将烧开的水，倒入杯中冲茶。氤氲的雾气中，方启昀的表情变得模糊，只能听到他低低的声音在说：“我们的大股东友东集团，想利用我们公司的动荡稳赚一笔，他们高价将股份抛出，并且压低行情，等股价低到谷底时，再把股份买回，高出低进，市场的老把戏了。”

“那这件事没办法解决了吗？”她担忧地问。

方启昀没有回答，只是抿了口茶，然后向她招手，“静静，来。”

贾静静走过去，被他一把圈进怀里。

他躺倒在沙发上，贾静静也被他拉着，躺倒在一旁，头侧向他胸口的位置。方启昀从椅背上扯下一条毯子改在二人身上。

“别动，陪我躺一会儿，我已经两三天没怎么好好睡过了。”方启昀闭上眼睛，手将贾静静搂得更紧，“还好有你，不然又要失眠了。”

贾静静乖乖地被环着，没多久方启昀就进入梦乡，他的睡容安详，眼角的黑眼圈却越发加重，让她心疼。

她将毯子大部分盖到他身上，然后整个人蜷缩成一团，缩进他的怀中，安然地闭上眼睛。

就算明天是世界末日，今天，他们还是要甜蜜地相拥而眠。

（三）

冷空气还未南下，所以海城还算气候宜人。

崔亦昕跟着达姐来《繁花似锦》的剧组试戏，试的角色是女三号，一名富有心机又心狠手辣的人物。

崔亦昕不是科班出身，毫无演技可言，台词功底也差劲得很，刚开口，就被总导演不耐烦地挥手让退下。

“达姐，要不算了，我知道自己的水平，演不了这个角色。”崔亦昕说。

“算了？我大老远陪你跑到这儿，你当我很闲？我的字典里没有‘算了’，你必须拿到这个角色。”达姐扬扬眉头，语气笃定。

“导演都说不行了，难道你有别的办法？而且我也不想演这个反面角色，还不如演个丫鬟。虽说直播时也被骂过，但那是小范围的被骂。这部剧要是出来，我就是大范围的被骂，我又不犯贱，谁喜欢天天挨骂？”崔亦昕撇撇嘴道。

“黑红，总好过不红。现在的剧，白莲花不讨喜，狠辣的女性角色反而出彩。就算被骂也没什么，先出名，以后有了钱再慢慢洗白就是了。再说了，你男朋友那么有钱，还怕洗不白？”达姐用一种揶揄的目光打量她。

崔亦昕被这种目光打量得浑身不适，却不能对这位经纪人圈的大姐大翻白眼，只能沉默以对。

“好了，办法是死的，人是活的，这件事你不要管了，我来负责，你只需要……关键时刻放聪明点儿。”达姐顿了顿，附在她耳边暧昧地说道。

崔亦昕身上顿时起了层鸡皮疙瘩。

当晚，崔亦昕亲眼看到达姐在阳台上跟人通电话通了半个多小时，回到房间时，满脸喜气，心情大好的样子。

“你真的有一个很给力的男朋友。”达姐对她说。

崔亦昕迅速意识到，达姐打电话的对象是陆离。她悄悄给陆离发了一条微信：达姐找你干什么？

陆离回道：说需要一笔钱通融关系。

这个回答倒是跟崔亦昕预料的相差不离，她又打字问：要了多少钱？

陆离回道：三百万。

崔亦昕在心底倒吸一口冷气。虽说在有钱人的世界里，三百万大概就跟他们平民所理解的三百块差不多，但收买一个三流导演，需要这么多钱吗？何况达姐在圈内是有头有脸的人物，还需要花重金收买别人？

达姐手下有一线艺人，肯屈尊带自己一个网红，必然有所图。崔亦昕在心底默默埋怨他的傻，却又觉得感动非凡。这场从一开始便目的不纯的爱情里，两个自以为聪明的人，互相为对方变得既迟钝又傻。

或许陆离明白其中黑幕，但他一丝一毫不想让自己成为崔亦昕失败的可能，越是重视的位置越容易被威胁轻信。

崔亦昕在海城的宾馆里住了两天，依旧没有收到任何消息。

第三天的傍晚，达姐终于出现，她喝得醉醺醺的，摇摇晃晃地对崔亦昕说："机会来了，今晚导演会来找你讲剧本，你好好接待，别让他生气。"

说完这些，达姐便去休息了，剩下崔亦昕一个人在房间内不安地等待。

她其实不想听从达姐的安排，甚至，她想收拾行李走人，但想起陆离花的那些钱，她还是顿住脚步，坐在房间内，直到天色完全黑沉。

林导演是在晚间九点多敲她门的，崔亦昕刚洗完澡，烧了一壶热水。

崔亦昕披了一件大衣，只将门开了一道缝。林导演也喝得醉醺醺的，满脸横肉的脸看起来十分狰狞。

他看着崔亦昕的眼睛直发光，与大前天试戏现场不屑的目光截然不同。

“让我进去。”他晃了晃手中所谓的剧本。

“我们出去聊吧。”崔亦昕回道。

“外面这么冷，你让我进来。”林导演一手推门，只用胳膊肘力撞了几下，一身肥肉便挤进门来。

崔亦昕皱眉，往后退了退，与他保持安全距离。

林导演十分自来熟地坐到床边，笑呵呵道："哟，你还烧了水，刚好，我口渴，给我倒一杯。”

这不算是过分要求，崔亦昕便转身去给他倒水。林导演上上下下、肆无忌惮地打量她的好身材，酒意上头，林导顾不得那么多了，他像一个急中色鬼一样站起来，将崔亦昕从后面抱住，并往床的位置拖拽。

崔亦昕一惊，胳膊肘用力往后一撞，刚好撞到导演的鼻子，他吃痛之下，松开她。崔亦昕抓起手机，跑到门口。

“你敢打我！给脸不要脸的东西！”导演气急败坏地扑过来。

崔亦昕出门，并将门用力一关，导演撞到门上，发出“咚”一声闷响。

她跑到达姐房间门外，用力敲门，达姐开门时一脸不耐烦，“怎么了？”

“林导跑我房间来，手脚不老实。”崔亦昕急忙说。

达姐“噗”一声笑出来，点了点崔亦昕的额头，“要上戏，先上床，听说这规矩没？成年人了，矫情什么？总导演来你房间是看得起你，乖，回去好好伺候着。”

“呵……我好歹也是陆总的女朋友，不看僧面看佛面，这三流导演算个什么东西！”关键时刻，崔亦昕挺能狐假虎威，她唇角扬起一丝冷笑。

“这里不是千城，是海城，是林导的地盘，强龙不压地头蛇！而且这个是不可避免的，陆总不会不知道吧？”达姐翻了脸。

早已料到达姐是这样的反应，但亲眼见到她的态度后，崔亦昕算是彻底死心。娱乐圈是乱，但是一定不存在什么先上床再上戏这种奇葩规矩，陆离也定不会让自己踏入这水深火热之中。

林导演已经走出房间，捂着鼻子往她这边来，嘴里骂骂咧咧。

达姐见这情景，皱眉道："你把林导打了？"

崔亦昕不理会她，也不理会林导，径直下楼。她坐在大堂的沙发上给陆离打电话："喂，我想回家，一刻都不想在这里待了。"

电话那头的陆离刚跟方启昀聊完公事，听到崔亦昕这句话，愣了一愣，并没有细问原因，只说了一声："好。"

只这一个字，便让崔亦昕安心。但他毫不追问的态度，令她反而有些惭愧。

"你都不问问为什么吗？我这一回去，演戏的事儿就泡汤了，你白花那么多钱了。"崔亦昕说。

"你是个有独立思想和逻辑的人，既然要回来，一定有你的理由，你想说便说，不想说我不会逼你。"陆离回道，顿了顿，他望向身旁的方启昀，压低声音笑道："毕竟，比起钱，我更在乎你。"

方启昀站在一旁默不作声，其实牙都快要酸倒。

崔亦昕唇角绽开笑容，她还是选择告诉陆离真相："达姐收了钱不办事，还让导演来我房间潜规则我，我拒绝了，现在在酒店大堂坐着。"

陆离脸上的笑意消失，"我让我当地的朋友去保护你，你在酒店等着，我亲自去接你回来。"

崔亦昕愣了愣，"现在？已经九点多了，没有临近航班来海城了吧。"

"你等着就是。"陆离说道。

挂完电话，陆离转身问方启昀："能借你的私人飞机一用吗？"

"当然。"方启昀耸耸肩膀。

毕竟，往后几天还需要陆离帮自己的忙，这时候出借私人飞机，让他英雄救美，算是提前的报答。

“对了，友东集团最近会有大动向……”陆离像想起了什么，提点了方启昀一句。

“你指的是……”方启昀眉头紧锁，思虑片刻，却逐渐松开。

“我知道了，我快去救你女朋友吧。”方启昀说道。

（四）

陆离离开千城前，将早已备好的戒指盒放在了裤袋内。如果不出意外，他原本是想等崔亦昕成功拿下《繁花似锦》女三号角色后，向她求婚，圆她事业、爱情双得意的梦想，但如今……情况有变，他得随机应变。

陆离命人在方启昀的飞机上装满香槟玫瑰，自己则站在镜子前，拨弄碎发，反复练习表情，内心已经将求婚的场景预演了一遍又一遍。

因为千城机场的酒店归管EMT旗下，通过这层合作关系，陆离轻松通过了临时执飞审批计划。

飞机于夜晚的十一点整抵达海城机场。

他见到崔亦昕时，她正裹着大衣，悠然地坐在沙发上喝咖啡。而剧组人员和他派去的人形成对峙。

陆离派去的人见到他，顿时松了口气，纷纷给他让道，以示“大哥”来了。

林导横在前面，看到陆离，眼底闪过一抹狠厉，装作不认识他，语气不客气道：“又来一个给你撑腰的小白脸！但你别张狂，来几个人，这事也没完！”

崔亦昕看到陆离，朝他嫣然一笑。这妩媚的笑，让陆离愿为她肝脑涂地。

“我不是什么小白脸，是崔亦昕的男朋友。”陆离云淡风轻地介绍自己。

“呵，原来是金主来了，怪不得不愿意跟我睡，这样吧，你要愿意为这女的买单，我便放她走。”林导指了指自己红肿的鼻子道。

陆离微笑着，并不作声。

林导演以为他怕了，继续说：“给五十万，当作医药费和精神损失费，我就放你们走。”

这时，酒店又走进一名衣冠楚楚的男人，他向陆离点了点头，算作打招呼。

“这是你们海城本地最有声望的律师沐通，最擅长处理这类欺诈事故了。”陆离说道。

“什么，什么欺诈事故？”林导演不敢相信自己的耳朵和眼睛。

“根据我当事人的反馈，林导演，您对崔小姐所做的行为够得上猥亵，而崔小姐对您的行为只能算作正当防卫。”沐通慢条斯理地说道。

“什么狗屁律师！冒充的吧！在这里装什么大爷！我告诉你们，不给钱，今天别想活着出这个门！”林导演瞪红眼睛，脾气暴躁道。

崔亦昕从前就听说过，除了国内的两大主流一线城市，海城这种地方的影视行业，水深得很。所谓导演与制片，与其说是艺术从业人员，不如说是拉帮结派的土匪。崔亦昕今日算是彻底认识了。

不过有陆离在，她并不担心今天真的会出不了这个门。没有好几把刷子，怎么当她崔亦昕的男朋友？这样一想，崔亦昕继续悠闲自得地品咖啡。

“忘记给您名片了，是我的失误。”沐通并不生气，毕竟在海城这个地方待久了，什么样的人他都见过。他从包内优雅地取出一叠名片，抽出其中一张，恭敬地递给林导演。

林导看了两眼，神色一变，跟身后的几名场务对视之后，他正色道：“本来也没多大事儿，这女的自己约我去她房间，不就是要做那事儿嘛，结果她说不给她女一号的角色，就喊非礼，还打伤我！”

崔亦昕的咖啡喝不下去了，林导演是在颠倒黑白。

沐通神色如常，微笑着问崔亦昕："我听陆总说，你随身会携带录音笔，林导进你房间说的话，你都录下来了吧？"

什么录音笔？崔亦昕一愣，她望向陆离，陆离眸色一转，她很快明白过来，反应迅速道："是，录音笔就在我房间。"

"既然有证据，我们就一起上楼看证据再说话吧。"沐通说道。

林导演的神色顿时就不对了，但还是跟几名工作人员硬撑着准备上楼。崔亦昕面色如常，走在第一个，但内心十分慌张，她根本没有所谓的录音笔。偶尔转头望着陆离与沐通，他们二人面色冷静，似乎十拿九稳。

一行人来到崔亦昕的房间，眼看着崔亦昕找录音笔。林导的眼睛一直死盯着崔亦昕，似乎是在跟她赌心态，看她能翻出什么花样。

崔亦昕硬着头皮从床边找到桌上，却突然听到沐通喊了一声："呀，不是在这里么？"

大家一齐望向沐通，只见他从柜子中取出一只录音笔。

"把录音笔放柜子里，很安全，你很聪明。"沐通还夸了她一句。

崔亦昕皮笑肉不笑地应了两声，她内心恍然大悟，陆离和沐律师大约是早就商量好了，他们知道，她要上来找录音笔，所有人的视线都盯在她身上，根本没人注意沐律师在干吗，将录音笔悄无声息地放到柜子里，再当着所有人的面取出来，这就形成了所谓证据。

"崔小姐，这录音笔怎么开，让大家都来听听林导对你说了什么吧。"沐通把玩手中的录音笔，对崔亦昕说道。

崔亦昕还未应答，林导便大喝道："不用了！本来是她经纪人说，她可以陪我一晚上，给她一个女三号的角色，是她自己没跟经纪人商量好，倒让我做了这个冤大头！"

此话一出，所有人都下意识开始寻找崔亦昕的经纪人，说起来，从陆离进酒店开始，就没见过达姐的影子。

“林导，我知道，从前因为我父亲临时撤资，导致你一部准备了很久的戏没拍成，但商人有商人的考量，请你见谅。我们不是本地人，不想与你们为敌。我明白，今天这事儿，你是存心找我晦气，这件事要么就这么算了，我做东请大家吃饭，要么，咱们就法庭见，论钱，论关系，我大概不输谁。在我女朋友受欺负的事情上，我决不让步，这是底线。”陆离正色道。

林导演“哼”了一声，“那这事就这么算了吧，搞这么大阵仗！”随即，他带人撤出了崔亦昕房间。

沐通识案情，更通人性，也知趣地退出房间，将空间留给陆离和崔亦昕。

崔亦昕从背后抱住陆离，将脸埋进他的衣服里，声音娇媚道：“你是我的英雄。”

陆离蓦地转身，将崔亦昕抱进怀里，吻了吻她的额头道:“兵不厌诈，为了美人，我做什么都可以。”

陆离正对的方向有一面落地镜，他盯着镜子看了一会儿，皱起眉头问：“你没发觉这面镜子有哪里不对吗？”

“嗯？”崔亦昕走到镜子前。

镜子里倒映出两人相宜相衬的身影，初看没察觉出什么，可越看越觉得哪里不对，崔亦昕伸出食指，触及玻璃表面，发现指甲与它的映像处于直接相连的状态。

“这是单向镜！”崔亦昕惊道，随即不寒而栗。

陆离从卫生间找出一块毛巾，包裹住拳头，直接砸开了镜子，两人看到镜子后面果然暗藏玄机——一个小小的摄像头。

只是愣了几秒，陆离掏出手机打电话给楼下守候的朋友，“把达姐给我找到，快一点。”

“确实只能是她了，如果是剧组的人干的，刚刚对峙，他们会拿这个摄像头录的内容做要挟的。”崔亦昕眸色一暗，冷静下来。

“抱歉，本来是好意，现在却把你推入了狼窝。”陆离有些歉疚，海城的事情远比他想象得复杂。

“怎么能怪你呢？你自责的样子，没有刚刚逗导演的样子帅。”崔亦昕开了个玩笑，想要缓和气氛。

然而，陆离的神色却严肃得容不下一丝笑意。

不一会儿，有电话回过来，有人说，他们在酒店的地下停车场找到达姐，她正在与其他客人协商，带她一路，打算逃跑。

陆离与崔亦昕对视一眼，眸中冷光闪现。

达姐不情不愿地被陆离的朋友“请”到房间内，脸上满是倨傲的神情，看到破碎的镜子，也没有因为事情败露而显出一丝慌张。

“达姐，你不解释一下的吗？”陆离对她还算礼貌。

“解释什么？圈内有很多事，你们圈外人根本不懂，都看着这个圈子光鲜，其实根本不能适应。很多小艺人叛逆得很，不通过一些手段控制他们，哪能乖乖听话？现在恨我，红了以后不都感谢我？”达姐不屑一顾道。

崔亦昕气得发抖，陆离按住她肩膀，依旧客气地对达姐说：“达姐，我不想与你为敌，这样，你将底片给我，这件事我们就不追究了。”

“如果我不给呢？你预备怎么办？”达姐脸上的笑容很怪异。

“那你今天就出不了这个门了，且我会把你控制艺人的手段告知各大门户网站、营销号，总有人不惧你的势力，选择爆料的对不对？”陆离微微一笑。

达姐沉默片刻，似乎是在衡量利弊，最终乖乖将U盘交出，陆离用眼神示意朋友，几名男人扣下达姐的行李箱、手提包，里里外外非常仔细地搜查一遍，甚至于，连她的电脑也不放过。

“陆总，都搜过了。”男人们回道。

“达姐，得罪了。”陆离说。

达姐将自己的行李收拾好，剜了崔亦昕一眼道：“崔小姐，那我们的合约就算终止了，我看你也不想在演艺圈好好发展，你的资质也很一般。”

陆离想要说什么，被崔亦昕抢先道：“我会发电子解约合同给您，到时候麻烦您签字。我资质确实一般，但至少所赚每一分钱，都是别人自愿给我的，而非坑蒙拐骗。”

崔亦昕意有所指，在场所有人都听明白了。

达姐倒没否认什么，唇角微微扬了扬，略带讽刺。她拿着行李，昂首走出房间。

“我们也该走了。”陆离笑着抚了抚崔亦昕的背。

崔艺昕点头，麻利地开始收拾自己的东西。

“大家辛苦了，钱我会尽快打到你们账上，都回去休息吧。”陆离对大家说道。

崔亦昕后背僵住，陆离为了她，究竟散下多少金钱？一种温暖又酸涩的感动再次浮上心头。

“为陆总办事，是荣幸。”大家纷纷说道。

沐通上前一步，“陆总，我得留下善后。”

“好。”陆离信任地拍了拍他的肩。

待崔亦昕收拾好行李后，一行人离开了酒店。他们中的两三人一直护送陆离、崔亦昕到机场才算完。

（五）

少了正常的登机手续，崔亦昕便猜到这是一架私人飞机。

夜风之中，她打开手机前置摄像头。

“Hey，在干吗呢？”陆离踏上登机楼梯，回首问。

“宝贝们晚上好，小喵要给你们送上深夜福利啦，看到我背后的私人飞机没？简直壕无人性对不对？什么？我背后这位是谁？当然是我壕无人性的男朋友陆总啦！”崔亦昕小跑上楼梯，一把揽住陆离，二人一起出现在镜头内。

“现在我要送给我的大英雄、大金主一个么么哒！”崔艺昕挑选好角度，转头，本打算亲吻陆离的侧颜，却对上陆离近在咫尺的唇。

陆离唇角浮起一丝痞笑，吻上她的唇。

直播平台上，进房的粉丝数忽然暴涨，礼物刷满屏幕。

凌晨两点时，崔亦昕已经坐在飞机上，在一堆香槟玫瑰的环绕下，心情舒展地吃完一顿夜宵，并喝了一点红酒，睡意很快来袭。

陆离坐在她身旁，为她盖好毛毯。她闭着眼睛，眉眼与唇角藏着止不住的笑意。陆离的唇角忽然也弯了弯，复刻了与崔亦昕同样的弧度。

陆离从口袋掏出戒指盒，取出那一枚他早已备好的、刻了他与她英文名缩写的婚戒。

他小心翼翼抬起她垂在身侧的右手，将戒指一点一点戴上她的无名指。她的无名指轻轻上翘，配合着他的动作。陆离一愣，抬头，看到崔艺昕睁着眼，正望着他娇艳地笑。

陆离右腿膝盖着地，做出单膝下跪的举动，“嫁给我，好不好？”

人生尔尔三十年，从未有一刻，他像此刻这么紧张与激动。在镜子前练过数遍的表情在此刻挥发成了一张严肃又僵硬的脸。

“我不是早就是你未婚妻了么？大家都知道。”崔亦昕语气慵懒平常。

她将戒指戴好，举到灯光下，左看右看，满意地点头，“克拉数够大，我喜欢！”

转而，崔亦昕又望向陆离道：“花不少钱吧？”

陆离松了口气，从地上站起来，很酷地撇撇唇角，“你喜欢就好。”

“希望这是你送给我最后一件礼物……”崔亦昕突然说。

陆离心里的石头骤然沉下去，他面色不善，“为什么？”

“以前你为我花钱，是花的你的钱，从今以后，你再花钱，花的就是我们的钱，我这个人很小气的，不喜欢花冤枉钱。”崔亦昕目光狡黠又清澈。

陆离面色又由黑转红，笑得无奈。

“妖精。”他低低地沉吟这二字，这声单音节的叹息，是陆离的臣服，亦是他最深情的告白。

（六）

EMT 内部每个月举行一次董事会，集中讨论集团的战略规划和人员聘任事务。十一月的董事大会，大家围绕山泉酒店收购后的规整工作以及马来西亚仙本那酒店开业问题展开讨论。

会议一直持续到晚间九点，所有人的脸上都现出疲劳的神态。

“山泉酒店归到 EMT 之后，管理一直较为混乱，企划部得费心，收尾工作得在年前结束。仙本那酒店开业典礼延迟到一月，届时是马来西亚人过的大宝森节，我们融入当地氛围会博得好感。”方启昀总结发言道。

大家纷纷点头，压力不言而喻，尤其是企划部新任的总监，山泉酒店的管理工作一直是祁董事负责，却在一周前突然落到自己肩上，数双眼睛盯着，如果出了篓子，一定没有好果子吃。想到这里，他烦闷地揉按太阳穴。

“如果没有别的事，今天的会议到此结束。”方启昀扫视了一圈人的脸。

“EMT 酒店的安保问题没有从根部解决，外面传闻也一直没有熄灭，公关部不作为，也一直没有说法。怎么会议就结束了呢？”说话的是祁云杉，他声音不高，却足以把所有人的瞌睡赶跑。

“那叔叔有何高见？”方启昀抱胸，后背往椅子上一靠，对祁董事的话并不感到意外。

“我建议罢免现任董事长，任命新的董事长。”祁云杉盯着方启昀缓缓说道。

此话一出，全场哗然。

“哦，那叔叔认为谁合适呢？”方启昀镇定自若，神色冷淡道。

“当然是我。”祁云杉自信地笑道。

方启昀沉默不语，只是微笑着看着祁云杉。

“诸位董事意下如何？”祁云杉站起身，笑着环顾四周。

整个会议室，表面一池静水，底下已经暗潮汹涌。

祁云杉的司马昭之心，路人皆知。大家都明白方总已经跟祁董事彻底闹翻，也明白祁董事在这时突然提出罢免董事长的提议，并非一时冲动，而是已做足完全准备。但大多数人并不打算就此站队，或表态，而是选择观望。中庸之道方能长久，万一站错队，就得赔上自己的锦绣前程。能够坐在会议室里的人，都能想明白这个道理。

当然，少数人除外，刘堂风“蹭”地站起来，杀气腾腾道：“酒店安保事件分明就是你搞出来的，事件真相如何，你心里清楚。”

祁云杉并不反驳，他胜券在握，似乎并不把一个助理放在眼里。

“孰是孰非不重要，重要的是，今天坐在这个位置上的人，已经没有能力带领EMT走向美好的明天。”祁云杉边说边望着桌上的每一个人。

方启昀给了刘堂风一记眼色，他立刻从笔记本里拿出一叠照片，推到会议桌中央，振振有词道：“上门女婿要霸占主人的家业，不知道贵夫人怎么想。”

“上门女婿”、“主人”这样的词，在谁听来，都很刺耳，祁云杉终于动怒。

桌上散落着的照片，是祁云杉和不同年轻女孩儿的亲密合照，地点分别拍摄于温泉酒店、汽车旅馆和高档会所。

所有人面面相觑，更加不做声。董事的私生活摆上台面作为竞争筹码，这是不给对方台阶下的最高级别警示。所有人都静待好戏开场。

祁云杉面色黑了一黑，愠怒道：“你派人跟踪我？”

“是，那又怎样？”刘堂风丝毫不惧怕他。

“有意思，一个助理，仗着有方总给你撑腰，就敢站在这里威胁我？那你试试。”祁云杉怒极反笑。

接着，他双手撑住桌沿，迫视众人，目光最后停留在王董事和刘董事脸上，这二人都心虚地低下头。

方启昀大约猜到，这二人已被祁云杉收买，他微微蹙了蹙眉头。

“我不需要我老婆那点可怜的股份，你以为这点伎俩能威胁到我，你真天真。”祁云杉语气嚣张地冲方启昀说。

接着，他又俯视众人道：“下周一，我会发起董事长的罢免会议，希望大家准时参与。”

说完，他抛下众人，径直离去。

所有人在位置上如坐针毡，幸好方启昀说了一句：“散会。”大家纷纷作鸟兽散。

方启昀定了定神，独自起身走至窗边。

天空始终阴霾，它诞生了一张巨大而黑暗的网，要把自己包围住，并要压倒自己。

“老板……”身后响起刘堂风的声音。

一转头，是刘堂风走进来。

“虽然这么说有些自不量力，毕竟是董事间的争斗，但我是站在老板这一边的，我会支持老板。”刘堂风说道。

“你已经做得够多了。”方启昀神色无变化。

“这一次的风暴，跟以往不一样，老板，你还好吗？”刘堂风问出这句话后，忽然觉得有些逾越。他跟方启昀之间，虽然有过数次不涉及工作的私人对话，他也算是整个 EMT 敢对老板私生活发出提问的人，但这一次，他关切了老板的脆弱情绪，这分明不妥。掌权者的骄傲，不容下级挑衅。掌权者的难堪，不容下级窥视。

方启昀怔了怔后，居然露出一丝微笑，刘堂风以为自己出现了幻视。

“我还好，你不用担心，你永远都是 EMT 董事长面前的第一助理。”方启昀居然用略带调侃的语气说道。

刘堂风是真的相信方启昀没事了。

可恍惚间，他又似乎听到一声轻轻的叹息逸出方总的喉间。

（七）

一天前。

方启昀家的别墅里，氛围森冷。

方父早已得知祁云杉的狼子野心，他连抽四根雪茄后，在书房和方启昀清算 EMT 的股权分配。

“你手里是百分之八，我手里是百分之十二，你母亲手里是百分之九，加起来是百分之二十九，祁云杉手里握着百分之三的股权，他近日收买了友东集团近十五的股份，其他财阀百分之九的股份，如果公司的部分董事再见风使舵，或见利忘义，他手里的股份就会超过你。”方父明明白白地说道。

“让别人无缘无故站在我这边不太可能，除非看到现实的利益，我早就看破，解决这件事的办法，只能加倍收购股权。这样一来，大部分的股权在我们手里，也解决了日后类似的纷争，二来，EMT 的高层确实要经过一番清洗，借着这个机会，我要清理门户。我跟陆离前些日子一直在各股东间奔走，确认把股权卖给我们的，只有百分之五。”方启昀说道。

方父顿了顿，开口道：“据我所知，友东集团还没有走程序，只是放出这个风声，他们是完完全全的利益主义者，只要我们能拿到足够的压倒性优势，友东集团可能会倾向我们。”

“压倒性优势？这很难。”方启昀皱眉。

“是很难，不过……宿安集团的掌门人，有个侄女儿，一直挺喜欢你，如果你能娶了她，那宿安集团便会放弃手中持有的 EMT 百分之五的股权。”方父说道。

方启昀心底忽然起了一丝不妙的预感，父亲继续跟他说：“历来门当户对，原因便是商场有起有伏，一旦失势，你的另一半可以拉你一把……”

“爸爸，我如果为了争取一点股份，就去娶一个不爱的女人，那我成了什么？对别人也不公平。”方启昀抢先说道。

“什么爱不爱的，当年我和你母亲也是包办，现在不一样很好？娶一个有家世的女人，外能助你事业有成，内能安家。”方父不给儿子含糊其辞的机会。

“我已经有女朋友了。”方启昀说道。

“那不适合，我已经说过的话，不想重复。”方父轻皱眉头，顿了顿，他又道：“除非，你想把 EMT 的江山拱手让人。”

“爸爸……”面对父亲的说一不二，方启昀不能承受。

方父向他摆了摆手，示意不愿再在这件事上多谈。方启昀走出书房，他在客厅遇见正在亲自摆布下午茶的母亲。

“启昀，来吃点心。”方母笑着对他说。

“妈妈……”方启昀略思虑了下，还是开口道：“我和叔叔的关系已经恶劣到水火不容的地步了，小姨那边……”

“你尽管放手去做，妈妈永远站在你这边。”方母没有说太多，轻轻的一句话让方启昀顿生温柔。

“谢谢妈妈。”方启昀用力抱了抱母亲。

每一个最亲爱的人，都是一颗明亮的星星，将方启昀要走的路照得敞亮，方启昀洞若观火，心中不曾有一丝一毫的畏惧。

第十五章

最终篇

（一）

一周时间很快过去，转眼便到了罢免董事长会议的这一天。

偌大的会议室，长长的椭圆形桌前，数名董事与高层正襟危坐。所有人都已到齐，就差方启昀。

祁云杉径直坐到会议桌的首位，看着手表，满面春风得意。

有人微微皱眉，并轻声议论，认为会议还没出结果，祁云杉就坐到那个位置上，十分不妥。

十分钟过去，方启昀没来。

“方总以为缺席，就能避免被罢免的结果了吗？”祁云杉笑道。

二十分钟过去，方启昀依旧没来。

董事会站在方启昀那边的人，露出不安的神色，开始左顾右盼，祁云杉刚要站起说什么，门外就出现方启昀的身影。

他一身利落剪裁的定制西装，面色宠荣不惊。在他身后，跟着进来的，还有一名年长者。待祁云杉看清楚年长者的面容后，大吃一惊。

会议室内有不少人认识他，正是友东集团的董事长——严友东。

祁云杉内心腾升起不妙的预感，但仍旧保持着胜利在望的笑容。

方启昀径直走到祁云杉跟前，面无表情道：“祁董事帮我主持大局辛苦了，现在回到自己座位上去吧。”

他居高临下的森冷语气，令祁云杉十分不爽。

祁云杉站着不动，方启昀没有再理他，绕过他，直接坐下，衬得还站在一边的祁云杉像一名跟班助理。

最令祁云杉尴尬的是，严友东进会议室后，自顾自寻了空位坐下，那正是自己的位置。一时之间，祁云杉只剩下两个选择，要么站着，要么坐到会议桌最末的位置。

怔愣片刻，祁云杉固执地选择站着。

“今天的会议主题跟我有关，所以我不方便主持会议，特地请来友东集团的严总代主持。”方启昀说。

严友东向在座的所有人微微点头致意，他的助理走进会议室，给每个人发了一张纸。

“罢免董事长应由董事会全体股东来行使职权，现在你们每个人面前都有纸笔，写上赞成或者反对，签上自己的名字，投入纸箱内即可。”严友东表情肃穆地望着众人。

他的助理已将纸箱放在桌子的最前方，也就是方启昀眼皮底下。

几名高层不需要参与此次决议，他们乐得一身轻松，而董事们则是一脸凝重。他们看不清方启昀、祁云杉各自的底牌，谁也不知道在这场战役里，获胜方究竟是谁。在没有宣布股权信息的情况下，率先投票，且取消匿名制，这是在逼迫他们站队。所有董事都替自己捏了一把冷汗。

但该做的决定总要做，每位董事或迟疑，或迅速地写下自己的意见，然后排队将票投入纸箱。

严友东将纸箱拆开，票散落在桌子上。

他面无表情地念着手中的选票，助理则在一旁记录。

“赞成一票，反对一票，赞成两票……反对三票……”

大家屏息期待着，EMT 未来的命运，或者说是自己的命运。

“反对七票，赞成五票，此次罢免董事长决议不通过。”严友东宣布道。

祁云杉表情难看，在座的各位董事，有一半是他私下给过贿赂与好处的，这一刻的叛变，跟严友东的到来不无关系。他到现在也想不明白，严友东怎么会突然出现，自己明明和他商量好，他将股权卖给自己，等自己掌控 EMT 后，会给友东集团出行住宿的最优政策。他此刻出现，似乎带着肃杀的敌意。

王董事与刘董事二人面面相觑，后背冷汗横流，他们都是投的赞成票。

方启昀一句话没说，只是静静地观赏每个人的表情。

“因我是 EMT 的大股东，所以方总今日请我来主持会议。我认识方总很久，看着他接手 EMT 以来做的一系列举动，都是英明正确的抉择。他一没有损害公司利益的行为，二没有损害其他股东利益的行为，此次罢免会议在我看来是无稽之举！”严友东一本正经地说道。

祁云杉越听越觉得不对劲，顾不上礼仪与隐私，直接打断道：“严总，是不是方启昀给你更多优惠你才偏向他？我们之前不是谈好的，只要你助我一臂之力，我会免你公司员工一年的住宿！”

“祁董事，我跟你何时见过面？”严友东问道。

“哈？上个月的二十八日，我们在花园酒店的天台……”祁云杉说着，却被严友东的助理打断：“上个月二十八号，我们严总在美国洛杉矶参加商业峰会。”

祁云杉一愣，严友东这是要跟自己划清界线。

王董事和刘董事二人已经看清局势，祁云杉失去友东集团的帮助，股权的优势荡然无存，因为野心的暴露，方家人一定会将他排挤出商圈。

“方总，我是被祁董事逼的，他说我不站队他，他也一样能上位，到时候不让我好过。”王董事哭丧着脸说道。

“对对，我们都是被逼的。”刘董事顾不上丢脸，上赶着对方总表忠心。

祁云杉一看这情景，明白大势已去，顿时有些颓然。

怎么会这样呢？自己处心积虑这么久，居然这么轻易输给一个小兔崽子？

他不甘心，绝对不甘心！

愤怒冲昏了他的头脑，祁云杉将桌上的投票纸一把挥掀到地上。

“你算什么东西？小小年纪坐这么高的位置，对长辈不尊不敬，没有你爸爸，你算什么？”祁云杉怒瞪方启昀。

“我只尊敬，值得尊敬的人。倚老卖老的人在我看来，他应当退休，将位置让给年轻有实力的人。”方启昀冷冷淡淡地回了一句。

祁云杉左右一看，将墙角的一盆富贵树推向方启昀的位置，方启昀退后向右两步，富贵树没伤到他，却压倒了一名高层。

“你敢伤人？”方启昀斥问。

祁云杉已经失去理智，他拾起盆栽底盆的碎片，就要去划方启昀的脸，众人惊呼！方启昀一把抓住祁云杉的手腕，双目森寒地凝视着他。而祁云杉双目通红，咬牙切齿地回望着他，二人僵持不下。

祁云杉肥胖，而方启昀清瘦却有力，两人的手腕微微显出颤意。

说时迟那时快，刘堂风领着保安，径直闯入会议室，将祁云杉一举拿下。

众人轻呼一口气。

“老板，我报警了。”刘堂风说道。

“嗯。”方启昀清冷一笑，单手掸了掸西装上，刚刚被盆栽树木染上的灰尘。

所有人都还站在会议室，方启昀面无表情地宣布道：“散会。”

他说这两个字时优雅精明的模样，亦如过去的每一个董事会结束时，而今日的闹剧似乎像是没发生过，但所有人都已明白，EMT 的主人，是方启昀，且永远只能是他。

人群渐渐散去，方启昀路过严友东身边，发自内心说了一句：“谢谢。”

“小子，不要得了便宜还卖乖，把证据给我交出来。”严友东冷脸道。

“要不是世伯您打算空手套白狼，空壳收购人家公司，哪里能被我找到证据呢。其实……我没把握您会来的。”方启昀说道。

“你那小女朋友，单枪匹马地找了新叶集团，她伙同杜总的独子，说要去报警杜总曾非法囚禁自己的事，又诓他自己有新叶在你们酒店淋浴设施上动手脚的证据，一条一条分析利害关系，威逼利诱，这才哄得杜总交出了我的老底给你。”严友东冷着脸道。

方启昀一愣，唇角杨起一丝懒懒的笑意。

这傻丫头，真是越来越不乖巧，她居然又去找了杜阮。转念一想，父亲如果得知贾静静在此事上给予关键的助力，也该对她刮目相看了吧？

“哼，你小子下次就没这么走运了。”严友东临走时，冷哼一声。

“世伯您下次见我时，我就不是现在这样了。”方启昀做出恭送的姿态。

下一次再见我时，我会更强大。

（二）

方启昀处理完了一些其余的琐事，很早便离开了公司。

他亲自开车，路过街道花店时，想要停下来买一束花。站在一片“花海”前，却又有些迷茫，论“沾花惹草”，他远远不是陆离那小子的对手。

“这位先生，买花吗？送谁呢？”有店员上前询问道。

“女……未婚妻。”方启昀斩钉截铁地回答，眼睛却未离开过眼前的花，“这花很漂亮。”他突然赞美道。

店员一看，这位英俊的先生看上了一捧粉色的郁金香，笑着说道：“粉色郁金香象征永恒的爱，在古欧洲，只有贵族名流才有资格种它，所以也是象征高贵的爱。”

“就它了。”方启昀满意地笑了笑，这种淡雅的粉和那丫头软萌的气质还是很配的。

他捧着郁金香，回到家。玄关处摆放着一双男士拖鞋，还有贾静静脱下的皮靴。这些天，他忙于工作，很少回家，她便自告奋勇担当起为方启昀打扫家的责任。

家里光线昏暗，方启昀却没开灯，他径直步入房间，果然看到贾静静裹得厚厚的，正蜷缩在床上酣睡。

床头柜上亮着一盏小小的台灯，将她的脸映得温柔可爱，她在等他归来。

方启昀唇角微扬，轻轻吻了吻她的额头。

“晚安，我的美梦小姐。”

愿你的梦里有光，路途遥远，我会陪在你身旁。

【全文终】

后记

记住我，在爱的记忆消失前

在我将这个拖了两个月的稿子写完时，美国迪士尼电影《寻梦环游记》以超高的评分，火遍全球。

这部电影以墨西哥亡灵节为载体，探讨了死亡与爱。人有两种意义上的死亡，一是社会宣布你离世，二是最后一个记得你的人离开这个世界。

我在电影院哭得稀里哗啦，用掉一包纸巾。

年轻的时候，我迷恋一段感情里分离、崩裂的伤感，喜欢的小说，大多以主人公离世作为结尾。大约是因为太年轻，有着浑然天成的生命活力，仿佛只有死亡与分离才能帮助消耗一些这种活力。而如今，我喜欢圆满，会拼命拼命去留住感情里最温柔动人的东西。

《晚安，我的美梦小姐》总体来说，就是一个“霸道总裁爱上我”的故事，眼高于顶，做任何事都毫不费力的总裁大人，总是会爱上一个突然出现在自己生命中，做任何事都十分费力的小白兔。小白兔特别能睡，甚至“一睡成名”，总裁大人总是因焦虑而失眠。二人一相爱，胜却世间无数。从此，总裁大人有了软肋，小白兔被温柔豢养。

如果你觉得这一对很套路，那么这个故事里的另一对，你一定会喜欢，因为他们的相爱过程更加套路。

一个身世凄惨，独立自强，长大后靠“坑蒙拐骗”上头条的网红女骗子，与一个身世也凄惨，独立自强，万花丛中过、片叶不沾身的花心大萝卜。当一个开车很稳的男司机，遇上一个喜爱飙车的女司机，你猜谁会臣服于谁？

生活的绝大多数时刻，我们总会遇到一些不幸的事情，压力和难过将我们堵到逼仄的角落，无处可逃。我们总会自暴自弃，陷入绝境。总是忘了，我们其实被爱着。

贾静静这样的姑娘，由于身带缺陷，所以活得自卑，在许多人面前，她都是讨好型人格，遇到方启昀，她才明白，每一个人都可以被另一个人深爱。

这个故事很圆满，我很喜欢，希望你们也是。

陆宝